MELISSA DAVID

CHEETAH MANOR

DAS ERBE

c/o Papyrus Autoren-Club
Pettenkoferstr. 16-18
10247 Berlin
Blog: www.mel-david.de
E-Mail: melissa@mel-david.de

Umschlaggestaltung: Juliane Schneeweiss
www.juliane-schneeweiss.de
Bildmaterial: © Depositphotos.com
© Shutterstock.com

Lektorat/Korrektorat: Lektorat Bücherseele, Natalie Röllig
www.lektorat-buecherseele.de

ISBN: 978-1520-50778-1

Cheetah Manor

Das Erbe

MELISSA DAVID

PROLOG

„Er hat *was*?“ Völlig entgeistert starrte Darren Morgan seinen Anwalt, Vertrauten und besten Freund an.

„Brain war verheiratet.“ Ethans Stimme klang ruhig, aber Darren nahm das leichte Beben darin wahr. „Eine Deutsche.“

„Das ist nicht möglich.“

„Wie es scheint, schon.“

Darren schüttelte ungläubig den Kopf. Sein Bruder hatte sich nie groß für das andere Geschlecht interessiert, aber er musste zugeben, dass ihr letztes Treffen schon ein paar Jahre her war. „Was ist das für eine Frau?“

Ethan blätterte in den Unterlagen, die er mitgebracht hatte. „Dr. Sarah Beck. Sie arbeitet in der Notaufnahme in München. Klinikum Schwabing. Im selben Krankenhaus war dein Bruder als Facharzt tätig.“

Darren hob eine Augenbraue. Immer noch war ihm völlig unbegreiflich, wie es Brain gelungen war, seinen Aufenthaltsort so lange zu verschleiern. Dass er seit Jahren in Deutschland lebte, war ihm bekannt, denn schließlich floss regelmäßig Geld dorthin. Von Brains Medizinstudium wusste er ebenfalls, auch wenn er sich seinen Bruder nicht als praktizierenden Arzt vorstellen konnte. Aber heiraten? Brain war kein Familienmensch, er war immer ein Außenseiter gewesen. Nun sollte er tatsächlich der Erste von ihnen sein, der den Bund fürs Leben geschlossen hatte. Was mochte das für eine Frau sein, der es gelungen war, seinem Bruder Ketten anzulegen?

„Kann man das Erbe anfechten?“

Ethan schüttelte bedauernd den Kopf. „Ich vermute, damit werden wir sowohl vor den deutschen als auch vor den amerikanischen Gerichten kaum eine Chance haben.“

Darren presste die Lippen fest zusammen und ballte die Hände zu Fäusten. Das durfte einfach nicht wahr sein.

„Ich werde die Frau aufsuchen, der zwanzig Prozent *meiner* Plantage gehören sollen. Unsere Familie hat zu hart für Cheetah Manor gearbeitet, als dass ich tatenlos zusehe, wie ein deutsches Modepüppchen alles kaputtmacht.“ Darren erhob sich und umrundete seinen Schreibtisch. Mit langen Schritten durchquerte er den Raum, bis Ethan ihm den Weg zur Tür versperrte.

„Du kannst unmöglich weg! Die Erntezeit hat begonnen. Cheetah Manor und das Dorf brauchen dich.“

Darren funkelte seinen Freund zornig an. Ihm fiel jedoch keine Erwiderung ein, denn er musste sich eingestehen, dass Ethan Recht hatte.

„Ich werde nach Deutschland fliegen“, verkündete sein Freund in diesem Moment. „Als dein Anwalt kann ich dich problemlos in allen Belangen vertreten.“

Darren nickte verhalten. Es missfiel ihm, Ethan ziehen zu lassen, aber er wusste, dass sein Platz in dieser schweren Zeit hier war – auf Cheetah Manor. Er konnte Ethan vorbehaltlos vertrauen.

„Geh und finde heraus, was für eine Frau das ist und wie viel sie für ihre Anteile an der Plantage verlangt. Ich möchte nicht, dass auch nur ein Prozent in fremde Hände fällt. Wir sind ein Familienunternehmen und das werden wir bleiben.“

„Ich werde mein Möglichstes tun“, versprach Ethan.

Mit einem Kopfnicken entließ Darren seinen Freund, tigerte zurück zum Schreibtisch und ließ sich in den Sessel fallen. Für einen Whiskey war es noch zu früh. Er musste gleich los auf die Felder und dafür brauchte er einen klaren

Kopf. Die Erntezeit war immer stressig, und auch wenn er es nicht mehr nötig hatte, selbst Hand anzulegen, schaute er doch regelmäßig vorbei.

Die Unruhe, die ihn ergriffen hatte, ließ sich einfach nicht abschütteln. *Sie* hatten Brain gefunden? Darren schloss für einen Moment die Augen und ließ das Gefühl des Verlusts in sich zu, ehe er es sorgfältig im hintersten Winkel seines Selbst verbarg. Er konnte es sich nicht leisten, um Brain zu trauern, er musste dafür sorgen, dass diese Frau seine Familie nicht ruinierte. Und er musste die Leute im Dorf beschwichtigen.

Darren erhob sich, warf noch einen bedauernden Blick auf den Schrank, in dem sich der Whiskey befand, und griff nach seinem Hut, eher er sich auf den Weg zu den Feldern machte.

KAPITEL 1

Das Wochenende war stressig gewesen. Sarah hatte in der Notaufnahme Dienst und dabei keine ruhige Minute gehabt. Aber das war gut so. Die Arbeit lenkte sie wenigstens ab, und so redete sie sich ein, dass alles wie immer war. Ihr graute davor, in das stille Haus zurückzukehren und zu wissen, dass Alex tot war. Noch immer konnte sie es nicht fassen. Seit sie denken konnte, war er immer da gewesen. Nachdem ihre Mutter gestorben war, hatten sie zumindest einander gehabt. Sie hatten es immer geschafft – irgendwie. Ihr Bruder hatte als Rettungssanitäter gearbeitet und dadurch nicht nur ihr Leben, sondern auch ihre Ausbildung finanziert. Dann trat Brain in Alex' Leben. Sarah mochte den blonden jungen Arzt auf Anhieb. Er kam genau zur richtigen Zeit, griff ihnen finanziell unter die Arme und bezahlte das dringend benötigte Dach. So war es selbstverständlich, dass Brain zu ihnen zog. Sarah bewohnte zwei Zimmer im oberen Stockwerk, Alex und Brain im Erdgeschoss. Küche, Ess- und Wohnbereich teilten sie sich. Ohnehin hatten sie viel gemeinsam gemacht.
Sarah parkte das Auto und stieg aus. Mechanisch holte sie die Einkäufe aus dem Kofferraum und angelte nach dem Schlüssel. Es war still, als sie das Haus betrat. Und doch wirkte es so, als würden Alex und Brain jeden Moment zurückkehren. Sarah

musste sich einfach nur vorstellen, dass sie im Krankenhaus waren oder auf einem ihrer vielen Streifzüge in den Bergen. Eine leise Stimme redete ihr ein, dass sie sich den Trugbildern hingeben konnte, doch sie wusste es besser. Routiniert räumte sie die Einkäufe in den Kühlschrank. Es fühlte sich noch immer unwirklich an zu wissen, dass sie hier nun allein wohnte. In der Ferne ertönte das Martinshorn eines Krankenwagens und ihr gefiel die Vorstellung, dass Alex dort mitfuhr.

Da sie keine Lust hatte zu kochen und es ihr ohnehin an Appetit fehlte, griff sie nach einem Joghurt und setzte sich aufs Sofa. Hier fühlte sie sich Alex näher als oben in ihren Zimmern. Die Leere und Einsamkeit erdrückten sie. Sarah hielt die Stille einfach nicht mehr aus. Kurzerhand schaltete sie den Fernseher ein und zappte sich durch das spätnachmittägliche Programm.

Das Klingeln an der Tür schreckte sie auf. Verwundert schaltete Sarah den Fernseher stumm, um nachzuschauen, wer dort war.

„Ja, bitte?“, meldete sie sich über die Türsprechanlage.

„Mrs. Beck? Mein Name ist Ethan Washington aus Louisiana.“ Der Südstaatenakzent, den sie bei Brain so gemocht hatte, war nicht zu überhören.

War er ein Bekannter von Brain? Ein Freund? Familie? Sarah schluckte. „Brain ist nicht da“, erklärte sie heiser. Sie wusste nicht, wie sie dem Mann sagen sollte, dass Brain nie wieder zurückkommen würde.

„Das weiß ich. Ich bin wegen Ihnen gekommen.“

„Wegen mir?“, fragte sie verwundert.

„Sie sind doch Sarah Beck, die Ehefrau von Brain Morgan?“

Sie seufzte. „Ja“, gab sie schließlich Auskunft. In ihrem Kopf drehte sich alles. Sarah mochte es nicht, wenn man von ihr als Brains Ehefrau sprach. Das war sie schließlich nur auf dem Papier gewesen. Vor drei Jahren, nach Brains Ausbildung zum Facharzt, hätte er wieder zurück in die Staaten gehen müssen. Er wollte das nicht, obwohl Alex sogar mitgegangen wäre. Sarah hätte es nicht ertragen, ihren Bruder zu verlieren, und so kam die Idee auf, dass sie und Brain heirateten. Einen homo-

sexuellen Lebenspartner hätte Brains konservative Familie nicht gutgeheißen, eine angehende Ärztin dagegen schien akzeptabel. Es war keine große Sache gewesen. Sie gingen zum Standesamt, unterschrieben die Urkunde und besuchten anschließend ein nobles Restaurant. Sarah hatte sich entschieden, ihren Namen zu behalten, und so änderte sich nichts – außer dass sie in eine andere Steuerklasse fiel und beim Ausfüllen von Formularen *verheiratet* angeben musste. Hin und wieder legte Brain ihr einige Papiere zum Unterschreiben vor, was sie, ohne zu lesen, tat. Brain und Alex hatten sich um die finanziellen Belange gekümmert, während sich Sarah voll und ganz auf ihr zweites Staatsexamen konzentriert hatte, das sie dann auch mit Bravour bestanden hatte.
„Mrs. Beck, wäre es vielleicht möglich, dass Sie mich kurz hineinbitten?“, holte sie die Stimme des Fremden zurück in die Gegenwart.
„Natürlich“, murmelte Sarah und drückte den Summer.
Sie war neugierig, wer den Weg aus Louisiana auf sich genommen hatte, um mit ihr zu sprechen. Von Brains Familie hatte sie bisher niemanden kennengelernt. Brain war ohnehin sehr schweigsam gewesen, wenn es um sein Leben in den Staaten ging.
Erstaunt sah sie den Mann an, der nun vor ihr stand. Ethan Washington war Afroamerikaner, die Haut so dunkel wie Schokolade. Seine Augen und die helleren Lippen stachen hervor. Er war groß, überragte sie locker um einen Kopf. Sein Alter konnte sie schwer schätzen, aber viel älter als Ende dreißig konnte er nicht sein. Er trug einen perfekt sitzenden Anzug und kam mit geschmeidigen Schritten auf sie zu.
Sarah musste sich zwingen, nicht zurückzuweichen.
„Ethan Washington, Anwalt der Familie Morgan“, stellte er sich mit einem festen Händedruck vor.
Sarah glaubte für einen Moment, ihr Herz würde stehen bleiben. Warum schickte Brains Familie einen Anwalt? Sie hatte nichts getan und wollte auch nichts von ihnen.
„Bitte folgen Sie mir“, bat sie und drehte sich schnell um, damit er ihre Unsicherheit nicht bemerkte. Sie deutete auf den

Esstisch, an dem Brain, Alex und sie so oft zusammen gegessen hatten. „Bitte.“ Sie machte eine einladende Handbewegung Richtung Tisch und eilte dann zum Fernseher hinüber, um diesen auszuschalten. Den angefangenen Joghurt stellte sie auf den Küchentresen.
Mit zwei Gläsern und einer Wasserkaraffe ging sie zum Tisch und setzte sich.
„Möchten Sie etwas trinken?“, fragte sie angespannt. Noch immer konnte sie sich nicht erklären, was dieser Anwalt von ihr wollte. Brain hatte ziemlich viel Geld in die Renovierung dieses Hauses gesteckt. Wollte Brains Familie das Geld zurückfordern?
„Nein danke“, sagte der Anwalt, holte einige Schriftstücke aus seiner Aktentasche und breitete sie vor sich auf dem Tisch aus. „Zuerst möchte ich Ihnen mein Beileid aussprechen über den Verlust Ihres Mannes.“
Abwesend nickte Sarah. Sie hatte Brain nicht geliebt, er war ein Freund gewesen und es tat weh, dass er nicht mehr da war. Die Leere, die ihr Bruder in ihrem Herzen hinterlassen hatte, war ein viel tieferer Schmerz.
„Danke“, murmelte sie und hoffte, ihre Unsicherheit kaschieren zu können.
„Darf ich Sie bitten, mir einen Ausweis zu zeigen, damit ich sicher sein kann, dass Sie wirklich Brains Witwe sind?“
Das alles hörte sich so fremd an, so vollkommen absurd.
„Ich bin nicht sicher, ob das nötig ist …“, murmelte Sarah, holte tief Luft und unterbrach sich dann. Was, wenn er wirklich Geld von ihr zurückforderte? Natürlich hatte sie in den letzten zwei Jahren eine kleine Menge an Erspartem zur Seite legen können, aber das würde kaum genügen, um das zu begleichen, was Brain in das Haus gesteckt hatte.
„Ich bestehe darauf, Mrs. Beck.“
Sarah presste die Lippen aufeinander, erhob sich und holte aus ihrem Geldbeutel die Ausweiskarte.
„Ich weiß nicht genau, was Sie von mir wollen. Ich hatte nie Kontakt zu Brains Familie. Wenn Sie möchten, packe ich Ihnen gerne Brains persönliche Sachen zusammen und Sie können sie

mitnehmen." Es war ein letzter verzweifelter Versuch, den Anwalt möglichst schnell loszuwerden.
Ethan Washington sah sie einen Augenblick verwundert an. Dann verschloss sich seine Miene. „Ich bin ein langjähriger Freund der Familie. Ich habe Brain länger gekannt als Sie." Bitterkeit schwang in seiner Stimme mit.
Sarahs Hals zog sich zusammen, als sie an den Moment dachte, als zwei Polizeibeamte vor der Tür gestanden und um Einlass gebeten hatten. Sie wusste sofort, dass etwas geschehen war. Als sie ihr dann von dem Tod ihres Bruders und Brains erzählten, geriet Sarahs Welt vollkommen aus den Fugen. Sie war hart im Nehmen und durch ihre Arbeit in der Notaufnahme viel gewohnt. Doch die Bilder der zerschmetterten Körper der beiden Männer hatten sich tief in ihr Gedächtnis eingebrannt. Unter Tränen hatte sie Alex' und Brains Identität bestätigt.
„Für die Familie ist es schlimm genug, dass er ums Leben kam. Keiner von ihnen hat Interesse daran, Sie näher kennenzulernen."
Seine Worte versetzten ihr einen Stich. Auch sie wollte Brains Familie nicht sehen, aber es so ungeschönt gesagt zu bekommen, tat trotzdem weh.
„Wir können das Ganze ziemlich flott hinter uns bringen. Ich brauche nur eine Unterschrift, dass Sie auf das Erbe, das Ihnen als Witwe zusteht, verzichten."
„Ich will kein Erbe", stieß sie wütend hervor. Was bildete sich dieser Anwalt eigentlich ein? „Wenn ich Ihnen diesen Wisch unterschreibe, verschwinden Sie und Brains Familie für immer aus meinem Leben?"
„Selbstverständlich."
Sarah griff nach dem Kugelschreiber, den ihr der Anwalt reichte. Er blätterte eines der Dokumente auf und hielt es ihr hin. Sie setzte den Stift an und zögerte. Was war mit ihrem Elternhaus? Das Einzige, was ihre Mutter ihr hinterlassen hatte?
„Was geschieht mit diesem Haus hier?", wollte Sarah wissen.
„Wie meinen Sie das?"

„Es gehört seit Jahren meiner Familie. Brain hat die letzten Reparaturen finanziert. Ich möchte es nicht verlieren. Es ist alles, was von meiner Familie geblieben ist."
„Ich denke, das dürfte kein Problem sein", erklärte ihr der Anwalt. „Ich kenne natürlich die Rechtslage hier in Deutschland nicht, kann Ihnen aber versichern, dass die Familie Morgan keinen Anspruch auf dieses Grundstück geltend machen würde."
Sarah legte den Stift zur Seite, lehnte sich zurück und verschränkte die Arme vor der Brust. „Sie denken? Es tut mir leid, aber das ist mir zu wenig."
Der Anwalt seufzte, zog die Papiere zu sich heran und machte eine handschriftliche Notiz.
„Sehen Sie, ich habe es ergänzt." Er schob ihr das Dokument zu.
Unsicher betrachtete Sarah den handschriftlichen Abschnitt. War dieser tatsächlich rechtskräftig? Sie konnte es sich nicht leisten, das Haus zu verlieren. Eine Mietwohnung in Krankenhausnähe überstieg ihre finanziellen Mittel. Davon abgesehen hingen so viele Erinnerungen an diesem Haus.
„Ich werde einen deutschen Anwalt hinzuziehen", sagte sie entschieden.
Ihr Gegenüber kniff die Augen zusammen und musterte sie. „Selbstverständlich", murmelte er. Das Lächeln auf seinen Lippen war nicht echt, als er ihr zunickte. „Das ist natürlich Ihr gutes Recht." Er zog eine Visitenkarte aus der Tasche und reichte sie ihr. „Hinten steht die Telefonnummer meines Hotels. Sie können mich dort zu jeder Tages- und Nachtzeit erreichen. Am Freitag werde ich zurückfliegen. Es wäre gut, wenn ich bis dahin die Unterlagen hätte."
Sarah starrte auf die Visitenkarte.
Der Anwalt erhob sich und Sarah machte Anstalten, es ihm gleichzutun. „Machen Sie sich keine Umstände. Ich finde allein hinaus."
Die Tür fiel ins Schloss, und Sarah war wieder allein. Noch immer saß sie da und konnte den Blick nicht von der Visitenkarte wenden. Es musste aufhören. Wieso konnte sie nicht

einfach nur die Augen öffnen und aufwachen? Sie wollte, dass Alex und Brain zurückkamen. Tränen liefen ihr über die Wangen und sie erkannte nur noch verschwommen die Umrisse der Karte. Zorn ergriff sie. Wut auf Alex, der einfach gegangen war und sie vollkommen allein zurückgelassen hatte. Warum war das Leben so grausam zu ihr? Warum nur hatten die beiden abstürzen müssen? Sie waren so oft in den Bergen unterwegs gewesen, hatten sich in der Wildnis ausgekannt.
Mit dem Ärmel wischte sie sich über die tränennassen Augen und schniefte noch ein paarmal, ehe sie sich zusammenriss. Entschlossen griff sie zum Telefon und rief ihre Freundin Emily an, die als Assistentin der Geschäftsleitung im Klinikum tätig war.
„Sarah, schön, dass du dich meldest“, begrüßte die Freundin sie.
„Emily.“ Sarah seufzte. „Ich brauche deine Hilfe. Kannst du mir einen guten Anwalt empfehlen?“
„Einen Anwalt?“, wiederholte ihre Freundin erschrocken.
„Nach dem Tod von Brain und Alex muss ich ein paar Dinge klären“, gab Sarah vage Auskunft. Dass sie mit Brain verheiratet war, war kein Geheimnis. Wie ihre seltsame Ehe jedoch zustande gekommen war, wussten nur wenige. Emily war eine davon.
„Natürlich.“ Blätterrascheln war am anderen Ende der Leitung zu hören. „Ich schicke dir die Kontaktdaten der Kanzlei, mit der das Klinikum zusammenarbeitet. Die haben für alle Bereiche eine Fachabteilung.“
„Vielen Dank, Emily.“
„Kann ich dir sonst noch irgendwie helfen?“
Sarah blickte sich in der leeren Wohnung um. Das Herz wurde ihr schwer. „Nein, vermutlich nicht. Mit dem Rest muss ich allein klarkommen.“
„Du weißt, wenn ich etwas für dich tun kann …“ Emily musste den Satz nicht vollenden.
„Ja, danke. Bis die Tage.“
„Bis bald.“
Sarah legte auf, wartete nicht, bis Emily ihr die versprochenen

Kontaktdaten zusandte, sondern eilte in das Nebenzimmer, das Alex und Brain als Büro genutzt hatten. Die Ordner waren fein säuberlich beschriftet, und Sarah zog jene, die ihr wichtig erschienen, heraus. Sie setzte sich an den Schreibtisch und begann sie durchzublättern.
Sarah begriff nur die Hälfte von dem, was dort stand. Nach drei Stunden gab sie entnervt auf. Wenn sie die Zahlen richtig deutete, konnte sie sich dieses Haus in München absolut nicht leisten. Bisher hatte Brain immer eine großzügige Summe beigesteuert, und wenn diese wegfiel, musste sie das Haus verkaufen.
Frustriert klappte sie den Ordner zu und ging zurück in den Wohnbereich. Die Papiere für ihre Verzichtserklärung lagen noch immer auf dem Tisch, daneben ihr Handy. Entschlossen griff sie danach. Sie hoffte inständig, dass ihr der von Emily empfohlene Anwalt helfen konnte, das Chaos zu sortieren. Sie musste dieses Haus behalten und hoffte, dass der Anwalt ihr sagen konnte, wie.

KAPITEL 2

Nach einer turbulenten Schicht in der Notaufnahme – es hatte einen schweren Verkehrsunfall gegeben und Sarah hatte verzweifelt drei Stunden um das Leben eines Kindes gekämpft und schließlich verloren – hatte sie sich auf den Weg zur Anwaltskanzlei Krieger und Partner gemacht. Eine tüchtige Assistentin hatte sie zu Herrn Reichwald geführt, einem älteren Herrn mit schütterem Haupthaar und einer dicken Hornbrille.

„Bitte nehmen Sie Platz, Frau Beck. Möchten Sie etwas trinken?"

Sie schüttelte den Kopf und brannte darauf, endlich zu erfahren, wie es um ihr Haus stand. Schon vor zwei Tagen hatte sie sämtliche Unterlagen, die sie gefunden hatte, hergebracht.

„Gut, dann fangen wir an." Herr Reichwald ordnete die Stifte auf dem Schreibtisch, blickte Sarah an und begann dann zu erzählen. „Auf Ihren Wunsch hin habe ich alles überprüfen lassen. Es ist tatsächlich so, dass eine größere Hypothek auf dem Haus liegt, die in den letzten Jahren ausnahmslos Ihr Mann abbezahlt hat."

Sarah war erstaunt. Woher hatte Brain so viel Geld? Klar, als Facharzt verdiente er deutlich mehr als sie, aber …

„Ich habe ein wenig recherchiert", unterbrach Herr Reichwald ihre Gedanken. „Die Familie Morgan besitzt in der Nähe von New Orleans eine riesige Baumwollplantage. Ihr Mann gehörte einer der größten Baumwolldynastien in den Südstaaten an."

Sarahs Augen wurden groß. Mit so etwas hatte sie absolut nicht gerechnet.

Der Anwalt reichte ihr eine Mappe. Neugierig öffnete Sarah diese und erstarrte, als Brain sie von einem Foto anblickte. Er mochte etwas jünger sein, die Haare kürzer als zuletzt, aber eindeutig Brain. Eine Verwechslung war ausgeschlossen. Sie überflog die erste Seite. Brain Samuel Morgan war in Louisiana geboren. Sein Vater Wayne Morgan, war 2005 bei dem großen Hurrikan in New Orleans ums Leben gekommen. Brains Mutter Moira und sein ältester Bruder wohnten auf Cheetah Manor, während sein anderer Bruder in Cheetahville und seine Schwester in New Orleans lebte. Der Familie gehörte eine riesige Baumwollplantage mit angeschlossener Weberei, die sehr begehrte Bio-Baumwollstoffe herstellte.

„Hat Ihr Mann ein Testament verfasst?", wollte der Anwalt wissen.

Sarah blickte flüchtig zu ihm auf. „Nicht dass ich wüsste." Sie blätterte in der Mappe. Eine Liste mit den Schulen, die Brain besucht hatte, sowie den Stationen seiner Ausbildung fiel ihr in die Hände. Auf der nächsten Seite fand sie Kontoauszüge. Regelmäßig hatte Brain aus Louisiana Geld bezogen. Was sie jedoch erschreckte, war die Höhe der Summe.

„Wie ich den Unterlagen entnehmen konnte, haben Sie keine Kinder. Laut deutschem Recht würde das Erbe zwischen Ihnen, Ihrer Schwiegermutter und den Geschwistern Ihres Mannes aufgeteilt werden. Da Ihr Mann allerdings Amerikaner ist, kann ich Sie nur an einen Kollegen aus Louisiana verweisen. Fest steht allerdings, dass Sie etwas bekommen werden."

Verständnislos blickte Sarah ihn an. „Was soll ich erben?"

Herr Reichwald lächelte milde. „Sie, Frau Beck, bekommen den Jackpot, wenn man es so formulieren kann."

Sarahs Herz schlug schneller.

„Soweit ich mir einen Überblick verschaffen konnte, gehört Ihnen mit Antreten des Erbes ein Teil der Baumwollplantage sowie der Weberei und ein nicht zu verachtender Anteil an Fonds und diversen Bankkonten. Wie aus den Papieren ersichtlich, erhielt Ihr Mann einen regelmäßigen Betrag, der zukünftig zu Ihrer Verfügung steht."

Sarah schnappte nach Luft und suchte eilig das Blatt, auf dem die Zahlungen aufgelistet waren.

„Mein Gott", murmelte sie benommen. Das konnte doch unmöglich Realität sein. Was sollte sie mit so viel Geld anfangen? Wie hatte Brain ihr das alles verschweigen können? Hatte Alex davon gewusst?

„Was ist mit meinem Haus?"

„Nun", begann Herr Reichwald zögernd. „Wenn Sie das Erbe antreten, können Sie die Kredite problemlos ablösen."

„Und wenn ich es ablehne?", hakte Sarah nach.

Der Anwalt blickte sie direkt an. „Davon möchte ich Ihnen ausdrücklich abraten. Der Nachlass steht Ihnen zu. Und …" Er schaute sie eindringlich durch seine dicke Hornbrille an. „… wenn Sie es ausschlagen, werden Sie Ihr Haus nicht halten können."

Ein dicker Kloß bildete sich in ihrer Kehle, erschwerte ihr das Schlucken.

„Was würden Sie mir empfehlen?", fragte Sarah beinahe flüsternd.

„Zerreißen Sie diese Dokumente." Er deutete auf die Papiere, die sie von Ethan Washington bekommen hatte. „Um das Erbe anzunehmen, müssen Sie nach Louisiana fliegen. Ein Erbgericht wird über den Nachlass Ihres Mannes entscheiden. Aber ich sehe keinen Grund, warum man Ihnen das, was Ihnen zusteht, verweigern sollte. Ich habe für Sie die Adresse eines guten Anwalts in New Orleans, der sich um Ihre Belange kümmern wird."

Sarah nahm ein Blatt mit der Anschrift und der Telefonnummer des Anwalts entgegen. „Ich bin gerade etwas überfordert", gestand sie.

„Das verstehe ich sehr gut." Herr Reichwald zwinkerte ihr väterlich zu. „Gehen Sie erst mal nach Hause und denken Sie in Ruhe über alles nach. Ich bin mir ganz sicher, dass Sie die richtige Entscheidung treffen werden."

„Was passiert mit dem Erbe, wenn ich es ablehne?", wollte Sarah wissen.

Verblüfft, dass sie so etwas überhaupt in Erwägung zog, schüttelte Herr Reichwald den Kopf. „Es wird in gleichen Teilen an die restliche Familie gehen: an die Mutter Ihres Mannes und seine Geschwister. Aber Sie spielen doch nicht ernsthaft mit diesem Gedanken?"

Sarah zuckte mit den Schultern. Das alles wuchs ihr über den Kopf. Sie wusste überhaupt nichts mehr. Was sollte sie mit einer Baumwollplantage in Louisiana? Davon hatte sie absolut keine Ahnung. Zum Schluss wurde noch von ihr erwartet, dass sie dort hinziehen und die Plantage bewirtschaften sollte. Ein absoluter Albtraum für Sarah. Sie liebte ihr Leben hier in Deutschland und ihren Job im Krankenhaus. Sie wollte nach ihrer Assistenzzeit noch ihren Facharzt machen. Außerdem plagte sie ihr schlechtes Gewissen. Wäre sie nicht nur auf dem Papier Brains Ehefrau gewesen, stünde ihr das Geld zu. Aber sie war mit Brain nie zusammen gewesen. Es fühlte sich einfach nicht richtig an, jetzt, nach seinem Tod, diesen Platz einzunehmen.

„Ich möchte Sie nur noch einmal darauf hinweisen, dass die Hypothek auf Ihrem Haus ziemlich hoch ist, und ich bezweifle, dass Sie die Abschlagszahlungen mit Ihrem Gehalt allein bewältigen können. Die Lebenshaltungskosten – und das brauche ich Ihnen als gebürtige Münchnerin nicht zu sagen – sind bei uns relativ hoch."

Sarah wollte fort. Sie musste erst in Ruhe über alles nachdenken. „Vielen Dank für Ihre Mühe." Sie stand auf und streckte dem Anwalt die Hand entgegen. „Ich danke Ihnen für die Auskünfte und brauche etwas Zeit, um mir alles durch den Kopf gehen zu lassen."

Herr Reichwald verabschiedete sich steif und bot bei Rückfragen erneut seine Hilfe an. Dann rief er seine Assistentin, die sie hinausbegleitete.

In Sarahs Kopf wirbelten die Gedanken wild durcheinander. Sie hatte Angst, das Haus zu verlieren. Es fühlte sich aber auch nicht richtig an, sich als Brains Frau auszugeben. Es war, als betröge sie damit ihren Bruder. Wie mochte Brains Familie sein? Warum hatte er jeglichen Kontakt zu ihnen abgebrochen? Wenn sie beschloss, nach Louisiana zu reisen, würde die Familie sie willkommen heißen?

Wenn sie jedoch ehrlich zu sich war, hatte sie bereits eine Entscheidung getroffen.

KAPITEL 3

Es war Donnerstagnachmittag, als Sarah bei Ethan Washington anrief und um ein Treffen bat. Sie verabredeten sich für den frühen Abend in der Lobby seines Hotels. Der Anwalt hatte darauf bestanden, sie zum Essen einzuladen. Sarah blieb nichts anderes übrig, als zuzustimmen.

Endlos lange hatte sie vor ihrem Kleiderschrank gestanden, hin und her überlegt, was das richtige Outfit für so ein geschäftliches Essen war, um sich schließlich für ihre Nadelstreifenhose und eine rote Bluse zu entscheiden. Für den Fall, dass sie draußen sitzen würden und es ihr zu kalt würde, legte sie sich vorsorglich ihren Blazer über den Arm.

Mit der Straßenbahn fuhr sie in die Nähe des Hotels und legte die restlichen zwei Blocks zu Fuß zurück. Sie hätte sich auch ein Taxi rufen können – mit dem Geld, das sie verdiente, konnte sie sich diesen Luxus ab und an leisten, – aber es widerstrebte ihr.

Unsicher betrat sie die Lobby, kassierte einen neugierigen

Blick vom Portier, den sie geflissentlich ignorierte. Suchend blickte sie sich um, entdeckte den hochgewachsenen Anwalt aber nirgends. Sie ging zögernd zu einer etwas abseits liegenden Sitzgruppe, von der aus man sowohl die Aufzüge als auch die Treppe im Auge behalten konnte. An der Rezeption war eine junge Frau mit einer älteren Dame beschäftigt, die aufgeregt auf sie einredete. Ihr Kollege stand daneben, hörte geduldig zu, nickte immer wieder und setzte dann zu einer Antwort an, die Sarah nicht verstand, da sie zu weit weg war. Eine Bewegung auf der Treppe erregte ihre Aufmerksamkeit. Es war Ethan Washington, der mit federleichten Schritten die Stufen hinunterkam und mit einem Lächeln direkt auf sie zusteuerte. Hastig ergriff Sarah ihre Tasche und stand auf, um dem Anwalt entgegenzutreten.

„Mrs. Beck." Er strahlte sie an, nahm ihre Hand und schüttelte diese.

„Mr. Washington."

Der Anwalt hakte sie bei sich unter. „Kommen Sie mit!" Er führte sie in den hinteren Bereich des Hotels, in dem sich das Restaurant befand. „Das Essen hier ist wirklich vorzüglich." Sein Deutsch war grammatikalisch perfekt, aber von einem deutlichen Südstaatenakzent geprägt.

Am Eingangsbereich stand ein Kellner bereit, der dem Anwalt freundlich zunickte, sich zwei Speisekarten griff und auf sie zutrat.

„Mr. Washington. Ich hoffe, Sie haben einen angenehmen Tag verbracht. Darf ich Sie und Ihre Begleitung zu Ihrem Tisch bringen?"

Er bedachte Sarah mit einem höflichen Kopfnicken, wartete auf Ethan Washingtons Einverständnis und ging ihnen voran zu einem etwas abgelegenen Tisch.

Ethan rückte Sarah den Stuhl zurecht und sie nahm dankend Platz.

Als er ihr gegenübersaß und der Kellner jedem eine Speisekarte gereicht hatte, hielt Sarah es einfach nicht mehr aus. Sie hatte sich alles genau überlegt, ihre Rede mehrfach vor dem Spiegel geprobt. Doch nun war alles wie weggeblasen. „Mr.

Ethan … äh … Mr. Washington“, stotterte sie verlegen und lief rot an.

Amüsiert blickte der Anwalt auf.

„Ich … wir müssen reden“, stammelte sie und versuchte vergeblich, sich an die einstudierten Worte zu erinnern.

„Mrs. Beck.“ Er ergriff über dem Tisch ihre Hand, und Sarah zuckte zurück. Unbeirrt hielt er trotzdem ihre Hand fest, während er ihr tief in die Augen sah. „Wir werden zuerst in Ruhe essen, und *dann* können Sie mir alles erzählen, was Sie möchten. Ich bin ein guter Zuhörer.“ Er strahlte ungeheuer viel Ruhe und Gelassenheit aus, was sich durch die Berührung auf sie zu übertragen schien. In seinen Augen lag Freundlichkeit, und doch vertraute Sarah ihm nicht.

Sie nickte und zog schüchtern die Hand zurück. Noch immer mit feuerrotem Kopf versteckte sie sich hinter der Speisekarte und studierte diese konzentriert.

Schließlich entschied sie sich für Fisch. Ethan Washington hatte ebenfalls gewählt. Der Kellner kam zurück, schenkte ihnen Wasser ein und erkundigte sich nach der Bestellung.

„Können Sie uns dazu einen guten Wein empfehlen?“, fragte der Anwalt.

„Ihnen würde ich einen Mouton Cadet empfehlen, einen exzellenten Rotwein, und der Dame einen hellen Riesling.“

„Nein danke“, winkte Sarah eilig ab. „Ich bleibe bei Wasser.“

Nachdem sich der Kellner zurückgezogen hatte, sah Ethan sie herausfordernd an.

„Keinen Wein? Nicht einmal zum Essen?“

„Ich trinke nicht“, sagte sie kurz angebunden und gab sich größte Mühe, ihre Serviette auf dem Schoß zu drapieren.

„Sind Sie in anderen Umständen?“

Sarah riss die Augen auf, starrte den Anwalt entsetzt an. „Nein!“, rief sie etwas zu laut und mäßigte ihre Stimme. „Das bin ich sicher nicht. Ich mag keinen Wein. Mir schmeckt Alkohol nicht.“

Ethan Washington murmelte ein „Verstehe“ und richtete die Aufmerksamkeit auf den Kellner, der ihm eine kleine

Menge des Bordeaux zum Probieren einschenkte. Er nahm einen Schluck, nickte und wartete darauf, dass der Kellner das Glas füllte und wieder ging.

„Sie arbeiten als Ärztin?", erkundigte sich Mr. Washington beiläufig.

„Das müsste doch in Ihren Unterlagen stehen", sagte Sarah spitz. „Ich gehe davon aus, dass Sie alles Wissenswerte über mich zusammengetragen haben."

Der Anwalt lächelte sie an und in seinen Augen lag etwas, das sie nicht einordnen konnte. „Ich würde Sie gerne kennenlernen. Die Frau, die Brain geheiratet hat, nicht die Frau, die in den Unterlagen steht."

Sarah senkte den Blick. Sie konnte den Mann ihr gegenüber nicht ansehen. Er hatte Brain gekannt, war seiner Aussage nach sogar ein Freund gewesen. Sie hatte versprochen, die Wahrheit für sich zu behalten.

Glücklicherweise kam in diesem Augenblick das Essen. Ethan Washington wünschte ihr einen guten Appetit, sie ihm ebenfalls und griff nach dem Besteck. Endlich war sie beschäftigt. Der Fisch schmeckte köstlich. Mit jedem Bissen nahm ihre Unruhe zu. Die Mahlzeit neigte sich dem Ende und nun gab es keine Ausflüchte mehr. Sie musste dem Anwalt gestehen, dass sie vorhatte, das Erbe anzutreten.

Der Kellner kam zum Abtragen und erkundigte sich, ob er einen Nachtisch oder Espresso bringen dürfe, was sowohl Sarah als auch Mr. Washington ablehnten.

Sie griff nach dem Wasserglas, nahm einen Schluck und ließ sich Zeit, es zurückzustellen. Mr. Washington hatte die Hände auf dem Tisch verschränkt und sah sie abwartend an.

„Sie wollten mit mir sprechen, Mrs. Beck. Ich denke, jetzt ist der richtige Moment dafür gekommen."

Sarah räusperte sich. Ihre Kehle war plötzlich wie ausgetrocknet. Sie griff erneut nach dem Wasserglas und nahm einen großen Schluck.

„Ich habe einen Anwalt konsultiert", schoss es aus ihr heraus. Sie ärgerte sich im nächsten Augenblick darüber. So hatte sie nicht anfangen wollen. Dabei hatte sie sich doch einen perfekten Einstieg überlegt, um Mr. Washington langsam und diplomatisch auf das vorzubereiten, was sie ihm mitteilen wollte. In ihrem Kopf herrschte vollkommene Leere und sie konnte sich einfach nicht daran erinnern, was sie hatte sagen wollen.

„Sie sprachen davon, dass Sie das vorhatten." Noch immer schien Ethan Washington die Ruhe in Person zu sein. „Lassen Sie mich raten, er hat Ihnen empfohlen, das Erbe anzutreten."

Sarahs Augen weiteten sich, als sie ihn ansah. „Woher wissen Sie das?"

Ein schelmisches Grinsen legte sich um seinen Mund. „Weil ich Ihnen als meine Mandantin nichts anderes empfohlen hätte."

Sarah schluckte.

„Wie haben Sie sich entschieden, Mrs. Beck?"

Die Frage stand zwischen ihnen. Sarah fühlte sich außerstande, sie in irgendeiner Form diplomatisch zu beantworten, und so sagte sie einfach das, was ihr in den Sinn kam. „Herr Reichwald hat mir die Kontaktdaten eines Anwalts in New Orleans gegeben. Ich werde dorthin fliegen und mir alles in Ruhe vor Ort ansehen. Aber …" Sie blickte Hilfe suchend auf ihre Serviette, deren Rand ihre nervösen Finger in Einzelteile gezupft hatten. „… ich bin durchaus gewillt, das Erbe anzutreten." Jetzt war es raus. Sie wartete auf den Blitz, der sie ereilen würde, nachdem sie es nun das erste Mal laut ausgesprochen hatte. Aber nichts geschah.

Nachdenklich sah Ethan Washington sie an. „Sie haben keine Ahnung, worauf Sie sich da einlassen, Mrs. Beck. Aber ich bewundere Ihren Mut und ich wünsche Ihnen wirklich nur das Beste." Sein Lächeln vertiefte sich. „Ich kann verstehen, warum Brain Sie geheiratet hat", sagte er leiser.

Die Röte schoss ihr in die Wangen. Nicht weil sie sich geschmeichelt, sondern weil sie sich ertappt fühlte.

„Wie schnell können Sie Ihre Angelegenheiten regeln?"

„Ich habe bis Mittwoch frei und hatte geplant, mich anschließend beurlauben zu lassen, um die Reise anzutreten. Allerdings weiß ich nicht, wie schnell ich einen Flug bekomme."

„Fliegen Sie morgen mit mir."

Sarah war sprachlos. Es dauerte einige Sekunden, bis sie den Kopf schütteln konnte. „Ich weiß doch überhaupt nicht, wo ich in New Orleans unterkommen soll."

Das Lächeln des Anwalts wurde breiter. „Nicht New Orleans", sagte er geheimnisvoll. „Cheetah Manor."

Vollkommen perplex blickte Sarah ihn an. Sie kannte diesen Namen, hatte ihn in den Unterlagen gelesen, die sie von Herrn Reichwald bekommen hatte. Cheetah Manor war die Plantage, von der ihr bald ein Fünftel gehören sollte.

„Ich glaube nicht, dass das eine gute Idee ist", stotterte sie.

„Cheetah Manor ist das Haus, in dem Brain geboren wurde. Ein Teil davon wird Ihnen gehören. Moira wird sich sehr über Ihren Besuch freuen und es mir übel nehmen, wenn ich zulasse, dass Sie sich ein Hotel in New Orleans suchen. Und Darren …" Sein Blick schweifte einen Moment in die Ferne, heftete sich an etwas, das hinter ihr lag. „… von Darren lassen Sie sich einfach nicht einschüchtern. Es ist Erntezeit, da wird er ohnehin viel unterwegs sein."

Sarah versuchte die Namen einzuordnen. Moira Morgan war Brains Mutter, das wusste sie, und Darren musste einer von seinen Brüdern sein. Vermutlich derjenige, der die Plantage bewirtschaftete.

„Ich weiß nicht …" Sie schaute auf ihre Hände.

„Wovor genau fürchten Sie sich? Ich sehe eine starke und wunderschöne junge Frau vor mir, die sicher nicht kneifen wird, die Familie kennenzulernen?"

„Aber sie haben Sie geschickt. Mit einer Verzichtserklärung."

„Darren hat mich geschickt", korrigierte er sie.

„Wie ist Darren so?", hakte sie vorsichtig nach.

„Er mag Dinge nicht, die er nicht kontrollieren kann. Deshalb gefallen Sie ihm nicht. Aber wenn Sie ihn einmal für sich gewonnen haben, ist er treu bis in den Tod."

Die Worte des Anwalts berührten etwas tief in ihr. Sarah konnte nicht einmal genau sagen, warum. Sie wusste nur eins:

Sie wollte nach Louisiana fliegen, wollte Cheetah Manor und Brains Familie kennenlernen.

„Wann geht der Flug?“

Ethan Washington nickte ihr anerkennend zu. „Genau so mag ich das.“

KAPITEL 4

„Sie wird mich nach Cheetah Manor begleiten“, sagte Ethan.

Darren glaubte sich verhört zu haben. Er umklammerte das Telefon fester. Seine Laune war ohnehin nicht besonders gut. Auf der Plantage gab es ein paar Probleme mit der Ernte, was sie um einige Wochen zurückwarf.

„Du hast nicht gerade gesagt, dass dich diese Person nach Cheetah Manor begleiten wird, oder?“

„Doch, mein Freund, genau das.“

Darren schnaubte verächtlich.

„Sie ist eine großartige Frau und ich kann verstehen, warum sich Brain in sie verliebt hat.“

„Ethan …“, unterbrach Darren seinen Freund mit einem warnenden Unterton.

„Du wirst sie mögen.“

„Das werde ich nicht“, widersprach er entschlossen.

„Ich kenne dich gut genug, Darren Morgan, du wirst sie mögen.“

„Sie ist ein Eindringling, eine Gefahr für Cheetah Manor. Ich werde alles daransetzen, dass sie möglichst schnell wieder nach Deutschland zurückfliegt."

„Darren", versuchte Ethan ihn zu besänftigen. „Sie ist deine Schwägerin."

„Nein, ich werde nicht zulassen, dass diese Person, die sich in den letzten drei Jahren keinen Deut um unsere Familie geschert hat und die vermutlich nicht einmal weiß, wie Baumwollpflanzen aussehen, auf meiner Plantage ein Mitspracherecht hat."

„Ich kann deinen Ärger verstehen, Darren. Aber meinst du nicht, du solltest ihr eine Chance geben?"

„Eine Chance wofür?"

„Sie war mit Brain verheiratet. Denkst du nicht, sie weiß von eurem Erbe?"

Darren stieß einen verächtlichen Laut aus. Es gefiel ihm absolut nicht, wie konsequent Ethan für sie Partei ergriff. Sein Freund hatte eine Schwäche für schöne Frauen, und Darren konnte es sich nur so erklären, dass diese Sarah Ethan um den Finger gewickelt hatte. Vermutlich so, wie sie auch Brain bezirzt hatte. Er würde sich nicht von einem hübschen Gesicht und blonden Haaren blenden lassen. Das konnte er sich nicht leisten. Er war nicht nur für die Familie und Cheetah Manor verantwortlich, sondern auch für seine Leute, die im Dorf wohnten und sich darauf verließen, dass er für sie sorgte. Wie sollte er diese Plantage weiterhin so reibungslos bewirtschaften, wenn irgendwo eine verwöhnte Stadttussi saß, die ihm ständig hineinredete und von absolut nichts eine Ahnung hatte?

„Ich gehe davon aus, dass sie nicht lang genug bleiben wird, damit wir dies herausfinden."

„Was hast du vor?"

Darren lächelte zufrieden vor sich hin. Seine Laune besserte sich ein wenig. Ja, er hatte einen Plan, aber in diesen würde er Ethan nicht einweihen.

„Wann werdet ihr eintreffen?", fragte er stattdessen.

„Am frühen Abend."

„Bleibst du zum Essen?"

Ethan lachte. „Sicher. Ich kann die Kleine doch nicht schon am ersten Abend mit dir allein lassen."

„Du vergisst Mutter, und vielleicht lade ich auch Eric zu unserem netten Familientreffen ein."

Ethan schwieg und Darren war bewusst, dass sein Freund ihm gerne den Plan ausreden wollte. Solange er jedoch nicht wusste, was er vorhatte, würde ihm dies nicht gelingen.

„Bis morgen dann", verabschiedete sich Ethan.

Darren murmelte ebenfalls einen Abschiedsgruß und legte auf. Während er das Telefon zurück in die Station stellte, dachte er über die Frau nach, deren Anwesenheit er seinem Bruder Brain verdankte. Wie hatte sie es nur geschafft, sich in seine Familie zu drängen? Zwanzig Prozent. Dabei ging es ihm nicht um das Geld, das ihr zustand. Davon hatten er und seine Familie wahrlich genug. Es ging ihm um das Mitspracherecht, das sie haben würde. Die Plantage gehörte ihm, und er war nicht bereit, sie zu teilen. Sarah Beck zu Besuch zu haben, war riskant, aber durchaus eine interessante Vorstellung.

Wie viel mochte sie über Cheetah Manor und über ihn wissen? Wie würde sie reagieren, wenn sie ihm das erste Mal gegenübertrat? Er war gespannt darauf, und ob er es sich eingestand oder nicht, er freute sich auf die Jagd. Denn nichts anderes war sie: seine Beute.

Mit gemischten Gefühlen verließ er das Arbeitszimmer und begab sich in den kleinen Salon, in den sich seine Mutter um diese Uhrzeit gerne zurückzog. Er klopfte und trat ein.

„Darren?", fragte sie überrascht, klappte das Buch zu, in dem sie gelesen hatte, und nahm die Brille ab. Sie saß in ihrem Lieblingssessel am Fenster, die Leselampe auf dem kleinen Beistelltisch spendete ein angenehmes, warmes Licht.

„Mutter." Er ging auf sie zu, zog sich einen Stuhl heran und setzte sich.

„Was gibt es Wichtiges, dass du mich noch um diese Uhrzeit aufsuchst?"

Darren atmete tief durch. Moira Morgan kannte ihn einfach viel zu gut, als dass er etwas vor ihr verbergen konnte.

„Wir werden morgen Besuch bekommen, Mutter."

Erstaunt blickte Moira ihren Sohn an. Es war Ewigkeiten her, seit sie das letzte Mal in Cheetah Manor Gäste empfangen hatten.

„Ich würde mich freuen, dich morgen beim Abendessen unten zu sehen", fügte er hinzu. „Ethan ist gerade in Deutschland. Er wird morgen zurückkommen und Brains Frau mitbringen."

Zu seiner Verwunderung lächelte ihn Moira an, griff nach seiner Hand und tätschelte sie. „Es ist gut, dass du sie nach Hause holst."

Er glaubte sich verhört zu haben. Nach Hause? Bestimmt nicht. Er würde drei Kreuze machen, wenn er diese Frau wieder los war. „Nur um das klarzustellen, ich möchte sie ganz bestimmt nicht hier haben."

Moira schwieg lange, und Darren rechnete nicht mehr damit, dass sie zu diesem Thema noch etwas sagte.

„Brain mochte immer sehr besonders gewesen sein, aber er hatte eine untrügliche Menschenkenntnis. Niemals hätte er eine Frau geheiratet, die ihm schaden wollte. Glaubst du wirklich, er hat sich in den letzten Jahren so sehr verändert?"

„Wir werden sehen, was *meine Menschenkenntnis* dazu sagt", wich er ihr aus.

„Gib ihr eine Chance", bat Moira.

Darren blickte an seiner Mutter vorbei und konzentrierte sich auf die hellblaue Tapete hinter ihr. „Wir werden sehen."

Moira lächelte ihn liebevoll an, griff nach seiner Hand und tätschelte sie. „Du musst nicht immer für alles die Verantwortung übernehmen."

Darren starrte auf die vom Alter und Leid gezeichnete, zierliche Hand, die auf seiner lag. Er liebte seine Mutter über alles und sie hatte in ihrem Leben viel durchmachen müssen. Aber was es bedeutete, auf Cheetah Manor geboren worden zu sein, das würde sie nie begreifen. Sie mochte inzwischen Jahrzehnte hier wohnen, aber aufgewachsen war sie hundertdreißig Meilen weiter westlich in Lafayette. Erst die Liebe zu seinem Vater, Wayne Morgan, hatte sie nach Cheetah Manor gebracht.

„Ich bin sehr gespannt auf sie", gestand Moira, und etwas

in seinem Magen verkrampfte sich. Er hoffte nur, dass sie und Brains Frau sich nicht sonderlich gut verstanden. Zwar wollte er ihr nicht wehtun, würde aber nicht tatenlos zusehen, wie sich dieses Modepüppchen in ihr Leben stahl, wie eine Made im Speck einnistete und es sich gut gehen ließ.

„Ich auch", murmelte er, beugte sich vor und küsste sie auf die Stirn, ehe er sich erhob.

„Wirst du heute Nacht unterwegs sein?", erkundigte sich Moira besorgt.

„Vielleicht drehe ich noch eine Runde, zum Ausspannen und Abschalten."

Seine Mutter lächelte gütig und wünschte ihm eine gute Nacht.

Darren verließ den Salon. Es war klar, dass er mehr als eine Runde ums Haus drehen würde. Er musste nachdenken, und das ging am besten, während er durch die ungezähmte Natur Louisianas streifte.

KAPITEL 5

Je näher sie Louisiana kamen, umso nervöser wurde Sarah. Der Flug in der ersten Klasse war äußerst komfortabel gewesen, dennoch war es ihr nicht gelungen, ein Auge zuzutun. Ganz im Gegensatz zu Ethan Washington, der beinahe bis Chicago durchgeschlafen hatte. Während ihres Zwischenstopps hatte sie der Anwalt zu einem Kaffee eingeladen und ihr das Du angeboten. Bei der Gelegenheit erfuhr Sarah, dass er gebürtig aus Afrika stammte, von seinem zehnten bis fünfzehnten Lebensjahr jedoch in Deutschland gewohnt hatte, ehe es ihn nach Louisiana verschlug.

Mit Begeisterung erzählte Ethan ihr von New Orleans und Cheetah Manor, sodass Sarah sehr gespannt auf die Plantage war. Ethan war ihr gegenüber äußerst zuvorkommend. Sarah mochte ihn immer mehr. Auch wenn ab und an etwas in seinen scharfsinnigen Augen aufblitzte, das bei ihr alle Alarmglocken schrillen ließ. Dieser Mann konnte durchaus gefährlich werden, wenn er es darauf anlegte. Sie schien er jedoch nicht mehr als

Bedrohung wahrzunehmen. Dass sie gedachte, das Erbe anzutreten, hatte ihm lediglich ein Lächeln entlockt.

Endlich erreichten sie New Orleans, warteten eine gefühlte Ewigkeit auf ihr Gepäck und verließen schließlich das Flughafengebäude. Hitze schlug ihnen entgegen. Ethan winkte ein Taxi heran. Ein kleinerer Mann mit Jeans, einem zerschlissenen roten T-Shirt und wettergegerbtem Gesicht stieg aus. Seine indianische Abstammung sah man an seinem bronzefarbenen Hautton. Das Haar, das unter der Baseball-Cap hervorschaute, war weiß meliert, nur der Zopf, der zu seiner Rechten bis zum Rücken hinabhing, war tiefschwarz. Er eilte auf ihr Gepäck zu und verstaute es im Kofferraum, während Ethan die Tür zum Fond öffnete und Sarah einsteigen ließ. Erleichtert stellte sie fest, dass dieses Auto eine Klimaanlage besaß. Auch wenn sich das Innere schnell erwärmte, war es deutlich kühler als auf der Straße. Ethan setzte sich neben sie und schloss die Tür.

„Wie hältst du diese Hitze nur aus?“, fragte Sarah und zog ihr Jackett aus. Sie war froh, dass sie sich für ein Top entschieden hatte. Der seidene Stoff klebte bereits überall an ihrem Körper.

„Ich bin ein Kind der Wüste“, entgegnete Ethan gut gelaunt. Im Gegensatz zu ihr schien er tatsächlich nicht zu schwitzen.

Der Taxifahrer ließ sich hinter das Lenkrad gleiten. Als er den Schlüssel umdrehte, begann die Lüftung zu surren und blies Sarah angenehm kühle Luft ins Gesicht.

„Wohin darf ich Sie fahren?“, erkundigte er sich.

„Cheetah Manor, bitte.“

Der Taxifahrer holte tief Luft und drehte sich zu ihnen um. „Ich werde diese verfluchte Plantage nicht betreten, kann Sie aber gerne an der Grenze absetzen.“

„Das ist in Ordnung“, sagte Ethan, als hätte er mit so etwas gerechnet.

Sarah warf dem Anwalt einen verzweifelten Blick zu.

„Und wie kommen wir dann nach Cheetah Manor?“, wollte Sarah auf Deutsch von Ethan wissen.

„Wir laufen den Rest. Das Gepäck lassen wir abholen.“

„Laufen?“ Sarah hatte Mühe, ihre Stimme beherrscht klingen zu lassen.

„Es ist nur etwa eine Meile.“

Sarah schnappte nach Luft. „Eine Meile?“

Um möglichst seriös zu wirken, hatte sie ein lavendelfarbenes Kostüm mit einem knielangen Rock und einem Blazer gewählt. Dazu ein einfaches weißes Top. Und natürlich Pumps, die eigentlich ganz bequem waren, aber für einen fünfzehnstündigen Flug und einen anschließenden Fußmarsch eindeutig nicht die richtige Wahl darstellten. Sie wünschte sich sehnlichst die bequemen Turnschuhe herbei, die irgendwo in ihrem Reisekoffer steckten. Für einen Moment spielte sie mit dem Gedanken, nach hinten zu klettern, den Koffer zu öffnen und nach den Schuhen zu suchen. Die Erinnerung daran, wie viele Anläufe es gebraucht hatte, um den Koffer zuzubekommen, ließ sie diesen Gedanken wieder verwerfen.

„Warum kann er uns nicht zum Haus fahren?“

„Versuch gerne dein Glück, ihn zu überreden. Aber er ist ein Chowilawu-Indianer und wird das Gebiet der Cheetahs nicht betreten.“

Sarah suchte im Rückspiegel die Augen des Taxifahrers. Er hatte ihrer Unterhaltung auf Deutsch bestimmt nicht folgen können, musste jedoch an Sarahs Körpersprache erahnen, dass sie ganz und gar nicht davon begeistert war, zur Plantage zu laufen.

„Woher kommen Sie, Mädchen?“, wollte der Taxifahrer wissen.

„Deutschland.“

„Wenn ich Ihnen als alter Mann einen guten Rat geben darf: Halten Sie sich von diesem verfluchten Haus fern. Es wird Ihnen nichts als Kummer und Unglück bringen.“

„Ich habe nicht vor, sehr lange dort zu bleiben. Es gibt da nur ein paar Sachen, die ich regeln muss.“

Der Taxifahrer warf ihr einen vielsagenden Blick zu. „Fahren Sie mit mir nach New Orleans zurück und übernachten Sie dort in einem Hotel.“

„Danke für Ihre Besorgnis, aber ich denke, ich werde es ein

paar Tage auf Cheetah Manor aushalten."

Sarah sah Ethan fragend an, der sein Smartphone gezückt hatte und nun damit beschäftigt war, etwas darauf zu tippen.

„Die Cheetahs …" Der Taxifahrer ließ seinen Blick kurz zu Ethan gleiten. „Er kommt auch nicht von hier." Es war keine Frage, eher eine Feststellung.

„Nein." Ethan schaute von seinem Handy auf. „Aber ich kenne die Gerüchte um Cheetah Manor und kann Ihnen versichern, dass ich das Haus schon mehrmals lebend verlassen habe."

Sarah war nun doch etwas verunsichert.

„Welche Gerüchte?"

Vergnügt erzählte Ethan: „Cheetah Manor ist ein ganz besonderer Ort. Er lebt, er atmet und die Cheetahs werden darüber entscheiden, ob sie dich willkommen heißen oder nicht."

„Wenn Sie einem Gepard gegenüberstehen, werden Sie an meine Worte denken", prophezeite der Taxifahrer.

Nachdenklich legte sie den Kopf schief. „Auf Cheetah Manor gibt es Geparde? Wir sind hier in Louisiana und nicht in Südafrika."

„Auch hier hat es einst Geparde gegeben", sagte Ethan ernst. „Lange bevor sich die Menschen hier niedergelassen haben."

„Und es gibt sie immer noch", beharrte der Taxifahrer. „Nehmen Sie sich vor ihnen in Acht."

„Das werde ich", versprach Sarah, aber eigentlich glaubte sie nicht an so einen Hokuspokus. Viel mehr Sorgen bereitete ihr das erste Aufeinandertreffen mit Brains Familie.

Die Landschaft, die an ihnen vorbeizog, war ungewöhnlich grün; Zypressen, Eichen, Magnolien.

„Wir sind bald da", sagte der Taxifahrer.

Sie folgten noch etwas weiter der Straße, die sich durch die grüne Landschaft schlängelte. An einer Weggabelung hielten sie an. Ethan bezahlte den Taxifahrer. Ein schief stehendes Holzschild zeigte ihnen, dass es von hier aus noch eine Meile bis Cheetah Manor war. Darunter, auf einem etwas kleineren

Schild, stand *Cheetahville*, was etwa doppelt so weit entfernt lag.

Ethan stieg aus und half dem Taxifahrer, das Gepäck zu entladen. Die Schwüle kroch durch die geöffnete Tür herein, und Sarah hatte das Gefühl, schon wieder zu zerfließen. Sie angelte nach der Handtasche, legte sich ihren Blazer über den Arm und kletterte aus dem Taxi.

Besorgt sah sie die schmale Straße hinunter, die zur Plantage führen sollte.

Ethan stellte die Koffer zwischen die Büsche an den Wegrand.

„Was ist, wenn es gestohlen wird?", fragte Sarah zweifelnd.

Ethan zwinkerte ihr verschwörerisch zu. „Das ist das Gebiet der Cheetahs. Kein Unbefugter würde dieses Land betreten. Glaub mir, unser Gepäck ist hier sicher."

Sarah schluckte. Warum zog Ethan sie damit nur auf? Immer wieder redete sie sich ein, nicht an Flüche zu glauben. Geparde waren in Amerika ausgestorben und gewiss nicht in Louisiana anzutreffen – auch nicht auf Cheetah Manor.

„Wollen Sie es sich nicht noch einmal überlegen, Madam?" Der Taxifahrer kramte in seiner Hosentasche.

Entschieden schüttelte Sarah den Kopf. „Ich bin mir sicher, dass Sie sich völlig unnötig um mich sorgen. Schließlich habe ich einen Beschützer." Sie warf Ethan ein schelmisches Lächeln zu.

„Ihr schwarzer Freund wird nicht das Geringste gegen sie ausrichten können. Nehmen Sie sich in Acht." Er fischte ein Stück Papier aus der Tasche und drückte es Sarah in die Hand. „Wenn Sie je hier wegkommen wollen, rufen Sie an. An dieser Stelle kann ich Sie jederzeit aufgabeln."

„Können wir los?" Ethan trat auf sie zu und verschränkte die Arme vor der Brust.

Eilig verstaute Sarah die Visitenkarte. „Aber klar …"

Sie wusste nicht, was schlimmer war. Der Fußmarsch, der vor ihr lag, oder die Ungewissheit, wie Brains Familie auf sie reagieren würde. Sie streckte den Rücken durch und betrat den schmalen Weg, der zur Plantage führte. Es war, als träte sie durch eine Barriere. Ein erdrückender Schatten legte sich auf sie, nahm ihr die Atemluft. Der Wind frischte auf, zerrte an den mächtigen Ästen der Eichen, die ein wisperndes Geräusch von sich gaben. Die Schatten wurden von der kühlen Brise fortgetragen. Sarahs Härchen stellten sich auf.

Ethan mit seinen langen Beinen war bereits einige Meter vor ihr, drehte sich nun zu ihr um. „Alles in Ordnung?“, rief er.

Sarah schüttelte das beklemmende Gefühl ab, nickte und beeilte sich, um aufzuschließen.

Eine Zeit lang liefen sie nebeneinanderher. Ethan passte sich Sarahs Tempo an. Schließlich zeigte er zwischen die Bäume. „Dort liegt Cheetah Manor.“

Sarah konnte nichts erkennen. Gespannt hielt sie Ausschau. Aber mit dem, was sie sah, hatte sie nicht gerechnet. Es war wie in den alten Südstaatenfilmen. Eine schmale, nicht enden wollende Auffahrt erstreckte sich vor ihnen, gesäumt von riesigen, alten Eichen. Davor, auf einem steinernen Sockel, thronten auf jeder Seite zwei Geparde, eine Raubkatze grimmiger als die andere. Sie schienen Sarah wütend anzufunkeln. Eine Gänsehaut überzog ihre Arme, wanderte bis zum Nacken hinauf. Wieder spürte sie das seltsame Gefühl in der Magengrube.

„Willkommen auf Cheetah Manor“, sagte Ethan und wartete, bis sich Sarah an allem sattgesehen hatte. „Jetzt ist es nicht mehr weit.“

Sarah hoffte nur, dass Ethan recht hatte. Sie war vollkommen durchgeschwitzt. Ihre Füße schmerzten ungeheuerlich und das Humpeln konnte sie nur noch mit Mühe verbergen.

„Ich sehe das Haus noch nicht“, jammerte Sarah.

„Gleich“, beruhigte Ethan sie.

Tatsächlich. Nach einer weiteren Biegung war nun endlich ein Gebäude in Sicht. Je näher sie kamen, umso mehr wurde von dem prächtigen Bauwerk enthüllt, das ganz nach Südstaatenart – mit weißen Säulen im neoklassischen Architekturstil – gebaut war. Einige Stufen führten auf eine geräumige Veranda, von der aus man das Haus betreten konnte. Bald machte Sarah Personen auf der Veranda aus. Ethan beschleunigte das Tempo.

Eine Frau, Mitte fünfzig, mit schulterlangen, leicht gelockten Haaren stand von ihrem Sessel auf. Sie trug ein schickes, beigefarbenes Kleid, und Sarah war nun froh, sich für das Kostüm entschieden zu haben – auch wenn sie nach dem Fußmarsch etwas ramponiert aussehen musste. Der Schweiß rann ihr Dekolleté hinab und sammelte sich zwischen ihren Brüsten.

Sarah zwang sich zu einem Lächeln, als ihnen die Frau über die Treppenstufen entgegenkam. Die Ähnlichkeit zu Brain war unübersehbar.

„Du bist also Sarah“, sagte sie verhalten.

Sarah ließ die Musterung schweigend über sich ergehen und hoffte, dass sie halbwegs gut abschnitt. Das Urteil war ihr sehr wichtig, auch wenn sie mit Brain keine richtige Ehe geführt hatte.

„Ich freue mich, dich kennenzulernen, Sarah.“ Ein herzliches Lächeln erschien auf dem Gesicht von Brains Mutter, ehe sie die Arme ausbreitete.

Zögernd trat Sarah näher, ließ sich von der ihr fremden Frau umarmen und auf beide Wangen küssen. „Willkommen. Ich bin Moira.“

Etwas in Sarahs Brust zog sich schmerzhaft zusammen. Es war nicht richtig, dass sie hier war und so tat, als wäre sie Brains wirkliche Ehefrau. Sie musste etwas Abstand bekommen und trat zurück.

„Vielen Dank für die nette Begrüßung.“

Hinter Moira erhob sich ein dunkler Schatten, legte sich über die Terrasse sowie den Rasen und hüllte Sarah ein. Erschrocken blickte sie auf. Blaue Augen, in denen silberne Sprenkel tanzten. Sie schluckte. Der hochgewachsene Mann strotzte nur so vor Männlichkeit. Auch wenn er etwas Raues, gar Wildes, ausstrahlte, war die Ähnlichkeit zu dem sanftmütigen Brain unverkennbar. In seiner einfachen Jeans und dem karierten Hemd passte er auf den ersten Blick nicht so recht vor das herrschaftliche Haus. Mit starrer Miene sah er auf Sarah hinab. Das unverhohlene Missfallen war nicht zu übersehen. Etwas in seinen Augen jagte ihr Angst ein. Das seltsame Gefühl in ihrer Magengrube, das sie bereits gespürt hatte, als sie an den steinernen Geparden vorbeigegangen war, kam zurück.

Verlegen streifte sich Sarah eine Strähne hinter das Ohr und wandte sich suchend nach Ethan um. Der begrüßte gerade Moira mit einer festen Umarmung.

„Darren Morgan“, knurrte der dunkelhaarige Mann auf der Terrasse und lief die Stufen zu Sarah herunter.

Selbst als sie auf gleicher Ebene standen, überragte er sie noch um einen Kopf. Die Hand, die er ihr entgegenstreckte, war gepflegt, aber dennoch von Schwielen übersät. Darren Morgan war ein Mann, der mit anpackte, so viel stand fest.

„Sarah.“ War das ihre Stimme, die sich so dünn und piepsig anhörte?

Ohne mit der Wimper zu zucken, ergriff Darren ihre Hand, schüttelte sie kurz und ließ sie dann los, als hätte er sich verbrannt. Abrupt wandte er sich ab.

„Gehen wir ins Haus. Dann kann ich Jamal bitten, das Gepäck zu holen. Komm mit, Sarah. Du möchtest dich sicher erst mal frisch machen, bevor es Essen gibt.“ Mit einer einladenden Handbewegung führte Moira die etwas verdutzte Sarah an Darren vorbei ins Gebäude. Sarah konnte sich überhaupt nicht sattsehen an Cheetah Manor. Sie hatte es sich vollkommen anders vorgestellt. Alte Holzdielen, vertäfelte Decken und der Glanz eines vergangenen Jahrhunderts machten das Haus zu etwas Besonderem. Ohne dass Sarah es wollte, fühlte sie sich heimisch.

„Hier wären wir. Wenn du etwas brauchst, wird sich Mary darum kümmern“, versprach Moira und führte sie in ein geräumiges, helles Zimmer. Während ein großes Doppelbett die eine Seite des Raumes einnahm, bestand die gegenüberliegende aus großen Fenstern. Neugierig schob Sarah den Vorhang auf und blickte hinaus. Ein kleiner Balkon erstreckte sich vor dem Fenster und dahinter ein endlos weiter Garten. Grüne Büsche, Rosen, einige schattenwerfende Bäume und viel grüne Wiese. Wie wunderschön es doch war.

„Hier ist das Badezimmer. Sobald Jamal zurückkommt, lasse ich dein Gepäck bringen, dann kannst du dich noch vor dem Essen umziehen."

„Vielen Dank", murmelte Sarah. Moira war so nett und freundlich zu ihr, dabei hatte sie das überhaupt nicht verdient. Aber sie hatte Brain versprochen, sein Geheimnis zu wahren, und das würde sie auch tun.

„Ich werde dich jetzt allein lassen." Nach kurzem Zögern kam sie auf Sarah zugeeilt und umarmte sie. „Es ist wirklich schön, dich hier zu haben. Ich wünschte nur …" Sie brach ab und wischte sich verstohlen eine Träne aus dem Augenwinkel. „Aber es ist gut, dass du da bist. Wir sind eine Familie und wir haben schon immer zusammengehalten." Noch einmal drückte sie Sarah fest an sich und verließ das Zimmer.

Etwas verblüfft, aber dennoch gerührt von der herzlichen Art ihrer Schwiegermutter, suchte Sarah das winzige Bad auf, um sich etwas Wasser ins Gesicht zu spritzen.

KAPITEL 6

Sarah hatte sich für ein gepunktetes Sommerkleid entschieden, zu dem sie ihre flachen Ballerinas tragen konnte. Die Haare hatte sie zurückgebunden. Mary, die Haushälterin, stellte sich als eine ältere Afroamerikanerin heraus, die Sarah mütterlich bevormundete und sie anschließend in den Empfangsraum neben dem Esszimmer brachte. Ein großer, um diese Jahreszeit nicht beheizter Kamin nahm die eine Seite der Wand ein. Gegenüber führten geöffnete Glastüren auf eine großzügige Terrasse. Etwas schüchtern trat Sarah ein, wurde jedoch zeitgleich von Mary mit Nachdruck in den Raum geschoben. Moira entdeckte sie als Erste und kam mit einem strahlenden Lächeln auf sie zu. Sie ergriff Sarahs Hände und drückte sie fest.

„Möchtest du etwas trinken?“ Sie drehte sich suchend um. „Magst du einen Cocktail? Oder lieber etwas Härteres? Rum, Gin, Whiskey?“

Entschieden schüttelte Sarah den Kopf. „Nein danke."

„Darren mischt einen fantastischen Planter's Punch", versuchte Moira sie zu überzeugen.

„Ich trinke keinen Alkohol", erklärte Sarah.

Verwundert zog Moira eine Augenbraue hoch, und es legte sich ein wissendes Lächeln um ihren Mund. „Ich verstehe", murmelte sie.

Nein, sie verstand nicht, dachte sich Sarah verzweifelt. Warum glaubten alle, sie sei schwanger, nur weil sie Alkohol ablehnte?

„Wann ist es denn so weit?" Moira beugte sich verschwörerisch zu ihr.

„Überhaupt nicht", entgegnete Sarah, und es brach ihr fast das Herz, den enttäuschten Gesichtsausdruck von Moira zu sehen. „Mir schmeckt Alkohol nicht – das hat er noch nie."

Moira tätschelte ihr den Arm. „Schon gut", murmelte sie, konnte die Ernüchterung jedoch nicht völlig verbergen. „Lass uns zu den anderen gehen." Sie führte Sarah hinaus auf die Terrasse, wo sich drei Männer angeregt unterhielten. Ethan, der ihr gegenüberstand, nickte ihr grüßend zu. Darren drehte sich um. Er betrachtete sie mit finsterer Miene. Sie schluckte. Am liebsten hätte sie kehrtgemacht und sich in ihrem Zimmer versteckt.

„Darf ich dir Eric vorstellen?", erklang Moiras Stimme neben ihr.

Der dritte Mann wandte sich ihr zu. Sarah musste zweimal blinzeln. Wenn sie es nicht besser gewusst hätte, würde sie denken, Brain stünde vor ihr. Die Ähnlichkeit war frappierend. Der einzige Unterschied zwischen den Brüdern bestand darin, dass Brain blond gewesen war, während Eric dunkelbraune Haare hatte.

„Eric!", rief Moira begeistert. „Ich möchte dir gerne Sarah vorstellen."

Eric trat auf sie zu. Als sie ihn ansah, bemerkte sie, dass seine Augen haselnussbraun waren und nicht blau wie Brains und Darrens.

Gut gelaunt breitete er die Arme aus und drückte Sarah an

sich. „Jetzt verstehe ich, warum Brain dich vor uns versteckt hat."

Sarah konnte nicht anders, als Eric einfach ins Herz zu schließen.

„Ich freue mich jedenfalls, dass du hier bist", verkündete er freudestrahlend, prostete ihr zu und nahm einen Schluck von seinem bernsteinfarbenen Getränk, das verdächtig nach Whiskey aussah.

„Danke", murmelte Sarah.

„Wie gefällt dir Louisiana?"

„So viel habe ich noch nicht gesehen", gestand sie. „Aber Cheetah Manor ist traumhaft schön."

„Ja, das bezaubernste Fleckchen Erde, das du finden wirst. Du musst dir die Plantage unbedingt anschauen. Die Erntezeit ist zwar die stressigste, aber auch die schönste Saison auf Cheetah Manor."

„Wohnst du auch hier?", fragte Sarah interessiert.

Eric legte den Kopf in den Nacken und lachte herzhaft. Er hörte sich an wie Brain. Der schmerzliche Verlust meldete sich mit einer Vehemenz, die Sarah den Atem raubte. Sie vermisste nicht nur Brain, einen guten Freund, sondern noch viel mehr ihren Bruder Alex.

„Gott bewahre, nein, ganz bestimmt nicht." Er stieß Darren scherzhaft in die Seite. „Ich liebe meinen Bruder sehr, aber wir beide in einem Haus, das geht nicht lange gut."

Darren lachte nicht. Er hatte die Augen leicht zusammengekniffen und musterte Sarah.

„Darren wird dir morgen die Plantage zeigen", verkündete Moira überschwänglich. „Nicht wahr, mein Lieber? Das tust du doch gerne."

Seine Miene verfinsterte sich noch mehr. „Ich glaube nicht, dass sie daran Interesse hat."

Sarah reckte das Kinn. Sie wollte sich nicht länger von diesen silber-blauen Augen einschüchtern lassen.

„Ich würde die Plantage gerne sehen", sagte sie und war froh, dass ihre Stimme fest klang.

Er musterte sie von oben bis unten, dann schürzte er

verächtlich die Lippen. „*So* nehme ich dich definitiv nicht mit."

Bis gerade eben hatte sich Sarah in dem leichten Sommerkleid wohlgefühlt, nun kam sie sich völlig fehl am Platz vor.

„Darren", ermahnte ihn Moira. „Wo sind denn deine Manieren? Sarah ist unser Gast."

„Natürlich." Ein falsches Lächeln erschien auf seinem Gesicht. „Selbstverständlich werde ich dir morgen alles zeigen."

Es hörte sich keineswegs wie eine Einladung an, aber Sarah nickte. Jetzt konnte sie keinen Rückzieher mehr machen.

„Danke", murmelte sie und war froh, als Moira das Thema wechselte.

„Wirst du heute Nacht hierbleiben?", fragte sie Eric.

Dieser schüttelte den Kopf. „So gerne ich mit Darren etwas umherziehen würde, fordert doch die Weberei zurzeit meine gesamte Aufmerksamkeit."

„Probleme?", wollte Ethan wissen.

„Nein." Eric schüttelte den Kopf. „Nur das Übliche. Die Chowilawus setzen wieder alles daran, unsere Geschäfte zu vereiteln, aber ich denke, ich bin ihnen einen Schritt voraus."

„Diese …" Darren starrte in die Ferne und ließ den Satz unvollendet. Seine Anspannung war jedoch greifbar. Wie ein lähmendes Gift legte es sich auch auf sie.

„Wenn du rechtliche Unterstützung brauchst, kannst du auf mich zählen", bot Ethan an.

„Ich weiß."

Sarah stand zwar dabei, fühlte sich aber aus dem Gespräch ausgeschlossen. Bereits zum zweiten Mal an diesem Tag fiel der Name *Chowilawus*. Zu gerne hätte sie mehr darüber gewusst. Wo lebten diese Indianer? In einem Reservat? Was verband sie mit den Morgans? Eigentlich konnte es ihr egal sein, schließlich gehörte sie nicht dazu, sie war hier lediglich Gast. Wie wohl sie sich hier auch fühlte, sie war nur geduldet.

„Lasst uns nicht weiter von Geschäften reden", bestimmte Darren und trank sein Whiskeyglas leer. „Gehen wir zu Tisch." Er bot Moira den Arm an und führte sie hinein.

Sarah starrte den beiden einen Augenblick hinterher. Doch in diesem Moment trat Eric zu ihr. „Darf ich?“, fragte er fast schüchtern, und sie legte ihre Hand in seine Armbeuge.

Ethan folgte ihnen.

Moira hatte bereits Platz genommen, während Eric sie um den Tisch herumführte und ihr den Stuhl zurechtrückte. Ohne sie eines Blickes zu würdigen, setzte sich Darren an die Stirnseite. Eric nahm neben ihr Platz, Ethan setzte sich neben Moira.

Die Tafel war festlich gedeckt. Drei Gläser – ein Wasserglas, ein Rotwein- und ein Weißweinglas – standen vor ihr. Ein kleiner Teller mit einem Messer sowie drei Messer und drei Gabeln lagen vor ihr ausgebreitet. Sie schluckte. Was um alles in der Welt tat sie hier? Aß die Familie jeden Abend so opulent oder gab es zu ihrer Begrüßung ein Festmahl? Wenn sie Darren anblickte, und das musste sie unwillkürlich immer wieder, sah er nicht so aus, als scherte er sich auch nur einen Deut um ihre Anwesenheit.

Eine afroamerikanische Frau kam herein, brachte Karaffen mit Wasser und goss allen großzügig ein.

„Danke, Ivie“, sagte Darren abwesend. Er wartete, bis das Mädchen um den Tisch herumgegangen war und jedem eingeschenkt hatte.

Eine weitere Afroamerikanerin kam mit zwei Flaschen Wein, die sie beide Darren hinhielt. Er studierte die Etiketten und entschied sich schließlich für den Roten. Einer nach dem anderen ließ sich ein Glas mit einem der Weine füllen. Als schließlich Sarah an die Reihe kam, winkte sie ab.

„Möchtest du etwas anderes trinken?“, fragte Moira.

Sarah schüttelte den Kopf. Sie wollte niemandem Umstände machen.

„Du trinkst keinen Wein?“, fragte Darren, als wäre dies das Ungewöhnlichste, was er jemals erlebt hatte.

„Nein“, erklärte Sarah ruhig.

„Überhaupt keinen Alkohol?“ Es hörte sich an, als beginge sie damit ein Verbrechen.

Sarah schüttelte den Kopf.

Seine Lippen pressten sich einen Moment fest zusammen und wurden blass, ehe er in herrischem Ton befahl: „Jalia, bring einen Krug Limonade."

Sarah begegnete Darrens unnachgiebigem Blick und sah eingeschüchtert auf den leeren Teller. Sie hasste sich dafür, dass sie sich so verunsichern ließ, und fragte sich zum wiederholten Male, was sie hier eigentlich tat. Sie drängte sich in eine Familie, die nicht ihre war, spielte allen etwas vor. Natürlich war sie neugierig auf Cheetah Manor. Der Ort war unglaublich schön, hatte etwas Magisches. Aber es war nicht ihr Zuhause. Auch wenn sie einen Teil dieser Plantage erben würde, wusste sie, dass er ihr nicht zustand und sie ihn an die Familie zurückgeben musste.

Jalia brachte eine Karaffe Limonade. Sie hatte auch ein zweites Glas für Sarah dabei und goss ihr ein. Ivie schob in der Zwischenzeit einen Essenswagen herein. Darauf standen gefüllte Brotkörbe und kleine Schälchen mit Aufstrich. Das Brot war ungewöhnlich gelb. Bei dem Anblick lief Sarah das Wasser im Mund zusammen. Sie verspürte großen Hunger. Als Eric neben ihr zugriff und sich großzügig Aufstrich auf das Brot schmierte, traute sich auch Sarah, etwas zu nehmen. Es schmeckte köstlich. Keine Ahnung, was das war, aber Sarah wollte mehr davon. Sie schob den Rest ihrer Scheibe in den Mund und musste sich zurückhalten, nicht sofort nach der nächsten zu greifen.

Sehnsüchtig sah sie dem Brot hinterher, das wieder abgetragen wurde. Aber mehr als zwei Scheiben hatte sich Sarah nicht getraut zu essen. Dem Besteck zufolge würde sie heute sicher satt werden. Sie musste nicht lange warten, da kam bereits der nächste Gang. Ein interessant garnierter Mango-Gurken-Salat mit Garnelen.

Die Unterhaltung bei Tisch lenkte Sarah ab. Ethan erzählte von seiner Reise nach Deutschland, besonders die Berge hatten ihn fasziniert.

„Man kann kaum in die Ferne sehen, sie sind immer da", sagte Ethan.

„Liegt auf ihnen wirklich Schnee?", wollte Moira wissen.

„Im Sommer meist nicht mehr", gab Sarah Auskunft. „Da bestehen sie nur aus grünen Wäldern, Wiesen und Gestein."

„Ich würde sie zu gerne einmal sehen. Ob ich sie mögen würde?"

„Brain hat die Berge geliebt. An jedem freien Tag ist er zum Wandern aufgebrochen." Sarah wusste nicht, warum sie das erzählte, und bereute es sofort, als sich eine bedrückende Stille über die Tafel legte.

Hühnchen mit Süßkartoffelscheiben wurde aufgetragen.

Moira tupfte sich mit der Serviette die Augen und lächelte Sarah traurig an. Sie biss auf ihre Lippe und ärgerte sich über sich selbst. Sie hatte Brains Familie nicht verletzen wollen.

„Das kann ich mir sehr gut vorstellen. Die hügelige Landschaft im Westen und die Canyons haben Brain schon immer fasziniert. Ich freue mich, dass er die Berge kennen- und lieben lernen durfte."

Sarah nickte Moira zu und schob sich eine Gabel mit Hühnchen in den Mund, das so weich war, dass es auf der Zunge zerfiel.

Schweigend setzten sie das Essen fort.

„Da Darren dir morgen schon die Plantage zeigt, hast du vielleicht Lust, übermorgen die Weberei anzuschauen? Was hältst du von diesem Vorschlag?", fragte Eric.

„Stell dich eher auf nächste Woche ein", sagte Darren bestimmt. „Wenn Sarah die Plantage wirklich erkunden will, wird sie ein paar Tage brauchen, um alles zu sehen."

Sarahs Augen wurden groß und sie bezweifelte, dass sie eine Woche mit Darren überleben würde. Nicht, wenn er sie in Grund und Boden starrte wie heute Abend und sie die restliche Zeit vollkommen ignorierte.

„Du willst die Plantage doch richtig kennenlernen, oder?" Es war die erste Frage, die er direkt an sie richtete.

Hastig nickte Sarah.

Ein weiterer Gang folgte mit Schweinefleisch, weißer Mousse, die nach gestampften Bohnen aussah, und grünen Bohnen.

So langsam fühlte sich Sarah satt, aber es schmeckte einfach köstlich. Mit der Sättigung kam auch die Müdigkeit. Der fehlende Schlaf machte sich bemerkbar.

„Ich sagte dir doch, du hättest auf dem Flug schlafen sollen", sagte Ethan grinsend, als Sarah ein Gähnen nicht mehr unterdrücken konnte.

Ihre Wangen röteten sich. Sie stand nicht gerne im Mittelpunkt.

„Ich werde Mary bitten, gleich den Nachtisch zu schicken." Moira erhob sich, und noch bevor Sarah etwas erwidern konnte, war sie verschwunden.

Kurz darauf kam Moira zurück, gefolgt von Ivie, die eilig kleine Löffel und Gabeln für die Nachspeise verteilte. Jalia fuhr den Servierwagen herein, auf dem sich fünf hübsch angerichtete Teller mit Fruchtmousse, Eis und geschnittenem Obst befanden. Ehe Sarah es sich versah, stand so ein toll dekorierter Teller vor ihrer Nase, und obwohl sie satt war, konnte sie nicht widerstehen.

Die Mousse war leicht säuerlich und kitzelte ihren Gaumen, schmeckte aber mit dem süßen Eis zusammen herrlich. Dazu das frische Obst. Bis auf den letzten Bissen aß sie den Teller leer. Sie war so voll, dass sie nun definitiv keinen Happen mehr hinunterbekam.

„Ein wunderbares Essen", lobte Ethan und legte seine Serviette zur Seite. „Jetzt noch ein guter Schluck von deinem herrlichen Selbstgemachten und eine Zigarre."

Moira lachte. „Dann lasst uns in die Bibliothek gehen. Ich bitte Ivie, den Moonshine dort zu servieren."

„Ich werde mich zurückziehen", entschied Sarah, als sich die Männer bereits erhoben hatten, um nach nebenan zu gehen. „Der Tag war sehr anstrengend und ich möchte bald zu Bett gehen."

„Das ist verständlich, meine Liebe", sagte Moira einfühlsam.

Auch Ethan und Eric nickten ihr freundlich zu. Nur Darren tat mal wieder, als wäre sie überhaupt nicht hier.

Gemeinsam mit den anderen verließ Sarah das Esszimmer. An der Treppe wünschten die anderen ihr eine gute Nacht und gingen hinüber in die Bibliothek. Nur Darren war nirgends zu sehen. War er schon vorgegangen oder hatte er im Esszimmer noch etwas zu tun?

Sarah drehte sich gerade um und wollte die Treppe hinaufsteigen, als sie unsanft am Arm gepackt und gegen die hölzerne Wandverkleidung gedrückt wurde. Darren ragte über ihr auf. Seine silber-blauen Augen funkelten sie wütend an.

„Was willst du hier auf Cheetah Manor?“, zischte er.

Sarah schnappte nach Luft.

„Weißt du, diese Plantage kann sehr gefährlich für Eindringlinge sein.“

Sarah versuchte sich loszumachen und davonzulaufen, doch Darren war viel zu stark. Mit seinem Körper hielt er sie mühelos an der Holzwand fest.

Nun griff er nach ihrem Gesicht, hielt sie am Kinn fest und hob ihren Kopf an. Sarah blieb nichts anderes übrig, als Darren direkt anzublicken.

„Willst du mir etwa drohen?“, keuchte sie.

„Nein“, murmelte er und betrachtete sie mit einem unergründlichen Blick. „Jede Frau hat ihren Preis. Ich werde deinen herausfinden und dafür sorgen, dass du Cheetah Manor so schnell wie möglich wieder verlässt.“ Sein Hass schlug ihr ungefiltert entgegen.

Er lehnte sich noch etwas mehr gegen Sarah, sodass sich sein Körper noch stärker an den ihren presste. Darren Morgan war eine Naturgewalt, das wurde ihr in diesem Moment klar. Sie wollte ihn nicht zum Feind haben. Was hatte sie getan, dass er sie so behandelte?

„Ich werde nicht gehen“, entgegnete sie trotzig.

„Das werden wir sehen.“

„In New Orleans gibt es einen Anwalt, den ich aufsuchen werde, und der wird mich unterstützen, damit alles rechtens zugeht.“

„Du bist nicht gemacht für den rauen Süden. Ein Püppchen wie du wird auf einer Plantage wie dieser nicht lange überleben.“

„Ich bin kein Püppchen“, entgegnete Sarah zornig. „Ich

kann durchaus mit anpacken und bin mir für nichts zu schade."

Abrupt trat Darren zurück und Sarah verlor beinahe das Gleichgewicht.

„Das werden wir sehen", wiederholte er seine Worte. „Morgen, um sieben Uhr, hier in der Halle. Zieh dir ordentliche Schuhe an, wir werden den ganzen Tag unterwegs sein." Darren wandte sich ab und war so schnell verschwunden, wie er gekommen war.

Erleichtert, dass er fort war, sank Sarah auf der Treppe zu Boden und begann am ganzen Körper zu zittern. Was war das gewesen? Sie fühlte sich plötzlich unendlich ausgelaugt und erschöpft, als hätte sie zusätzlich zu einem Hundertmeterlauf noch einen Boxkampf hinter sich gebracht. Nur noch an ihr Bett denkend, zog sie sich mit letzter Kraft am Treppengeländer hoch und wankte in ihr Zimmer.

KAPITEL 7

Als Darren die Bibliothek betrat, hatte Moira bereits jedem ein Gläschen ihres schwarzgebrannten Cognacs eingeschenkt. Schweigend setzte sich Darren und lauschte dem Gespräch über ein neues Abrechnungsprogramm, das Ethan seinem Bruder für die Weberei empfahl.

„Ich werde es mir überlegen", schloss Eric die Diskussion darüber ab.

„Geht es dir gut?", erkundigte sich Moira bei Darren.

„Ja, warum?"

Moira betrachtete ihn nachdenklich. „Du wirkst etwas abwesend."

„Ich denke nach", wich er seiner Mutter aus.

„Über Sarah?", hakte Eric nach. „Sie ist einfach großartig. Ich verstehe nur nicht, warum Brain sie nicht viel früher hierhergebracht hat."

„Ich finde, du hättest ihr gegenüber ruhig etwas freundlicher sein können", wies Moira Darren zurecht. „Zumindest das bist du Brain schuldig."

In aller Seelenruhe griff Darren nach einer Zigarre und zündete sich diese an.

„Ich wüsste nicht, weshalb ich in Brains Schuld stehen sollte", sagte er schließlich.

„Sie hat dir nichts getan, im Gegenteil. Sie ist die Frau, die Brain geliebt hat. Denkst du nicht, dass sie etwas anderes verdient als deine Ignoranz?", frage Moira.

„Sie gehört nicht hierher, sie gehört nicht in unsere Familie. Ich habe keinen Schimmer, was Brain an ihr gefunden hat. Sie wird bald wieder verschwinden, von daher lohnt es sich nicht, freundlich zu ihr zu sein." Genüsslich zog Darren an seiner Zigarre und paffte die Rauchwolke in die Luft.

„Was sagt der Cheetah?", fragte Ethan.

Darren zuckte mit den Schultern. „Ich bin noch unschlüssig", gestand er. Seit sie da war, streifte der Gepard unruhig hin und her. Sein Jagdinstinkt war geweckt. Dieser war bisher nur angesprungen, wenn Cheetah Manor in Gefahr schwebte.

Bisher roch Sarah nicht nach Gefahr – ganz im Gegenteil. Sie roch wie die dunkelroten Rosen im Garten. Voll und blumig und absolut süchtig machend. Sarah Beck – eine Frau, die es nicht einmal für nötig gefunden hatte, den Namen seiner Familie anzunehmen – war intelligent. Früher oder später würde sie beginnen, Fragen zu stellen, würde dem Familiengeheimnis auf die Spur kommen, ehe sie ihre Sachen packte und Cheetah Manor für immer verließ.

„Ich hoffe, du benimmst dich, wenn du ihr die Plantage zeigst", murmelte Eric und nahm einen großen Schluck.

„Wenn dir so viel an ihr liegt, solltest du sie vielleicht herumführen", gab Darren bissig Kontra.

„Wenn Sarah die Weberei sehen möchte, jederzeit, aber erst einmal interessiert sie sich für die Plantage. Sei einfach ein klein wenig wie sonst auch."

Darren antwortete nicht. Er hatte keine Lust, sich mit seinem Bruder zu streiten. Es war gut, dass Eric nicht hier auf Cheetah Manor lebte. Sie beide über einen längeren Zeitraum zusammen, das ging ganz und gar nicht gut. Und egal was Eric sagte, Darren würde seinen Plan durchziehen und Sarah Beck zeigen, dass sie für das Leben auf Cheetah Manor nicht gemacht war.

KAPITEL 8

Sarah war aufgeregt. Heute würde Darren ihr Cheetah Manor zeigen. Sie freute sich darauf, die Plantage kennenzulernen, aber warum musste ausgerechnet Darren sie begleiten? Nach ihrem kurzen unfreundlichen Zusammentreffen gestern Abend wollte sie ihm am liebsten aus dem Weg gehen. Obwohl sie müde gewesen war, hatte sie lange nicht schlafen können. Immer wieder gingen ihr die schroffen Worte von Darren durch den Kopf. Er hatte ihr sehr deutlich gesagt, dass sie hier nicht willkommen war. Sarah war schon versucht gewesen, ihre Tasche zu packen und den Taxifahrer anzurufen. Nur die Tatsache, dass es mitten in der Nacht war und sie sich davor fürchtete, allein die einsame Straße entlangzugehen, hielt sie davon ab, unvernünftig und überstürzt abzureisen.

Als die Sonne aufging, fühlte sie sich noch immer erschöpft. Aber das Licht der ersten Sonnenstrahlen brachte ihr die Hoffnung zurück, dass sie Darren beweisen konnte, kein Modepüppchen zu sein. Sie war es gewohnt, anzupacken, und war durchaus bereit, dazuzulernen.

Sarah öffnete die Tür zu ihrem kleinen Balkon und trat hinaus. Die unbekannten Geräusche ließen sie einen Moment zögern. Es war bereits jetzt unglaublich heiß. Trotzdem hatte sie sich für eine lange Jeans und ein einfaches T-Shirt entschieden. Das Gesicht und die Arme hatte sie großzügig mit Sonnencreme eingerieben. Mit ihrer Sonnenbrille bewaffnet ging sie hinunter in den Eingangsbereich, wo Darren bereits auf sie wartete.

Er trug ebenfalls Jeans, dazu ein dunkles Poloshirt, Sonnenbrille und einen Hut. Egal worin, Darren Morgan machte in allem eine gute Figur. Sarah schluckte ihre Unsicherheit hinunter und ging auf ihn zu.

„Fertig?", fragte er mit seinem breiten Südstaatenakzent, den sie ungemein sexy fand.

Sie nickte.

Darren machte eine einladende Handbewegung Richtung Tür. Als Sarah an ihm vorbeiging, folgte er ihr.

Vor dem Haus parkte ein Pick-up. Als Sarah zur Beifahrertür ging, wurde ihr plötzlich etwas auf den Kopf gedrückt. Erschrocken zuckte sie zusammen und besah von unten den hässlichen gelben Strohhut, den Darren ihr aufgesetzt hatte.

„Den wirst du brauchen", sagte er unbeirrt, ging an ihr vorbei auf die andere Seite des Wagens und stieg ein.

Sarah saß kaum, als Darren auch schon losfuhr. Sie preschten die eichengesäumte Einfahrt entlang und bogen dann nach links ab. Darren schwieg. Sarah wusste nicht, wie sie ein Gespräch beginnen sollte, so betrachtete sie die faszinierende Umgebung. Hier im Auto war es dank der Klimaanlage angenehm kühl. Die Landschaft war einfach nur schön. Durch das Wasser des Mississippis war alles grün, und auch die Hitze konnte der Landschaft kaum etwas anhaben.

„Ist es im Sommer immer so heiß?", fragte Sarah schließlich.

„Das Wetter ist gut", erklärte Darren. „Seit zwei Wochen hat es nicht geregnet, perfekt für die Baumwollernte. Wir hoffen, dass der Regen und die Stürme noch ein paar Wochen auf sich warten lassen."

Sarah verstand, dass trockenes Wetter wichtig war, aber gegen etwas Regen und damit Abkühlung hätte sie wirklich nichts gehabt. Auf Stürme konnte sie getrost verzichten. Sie erinnerte sich allzu gut an die Bilder, die vor mehr als zehn Jahren um die Welt gegangen waren, als der Hurrikan Katrina über New Orleans so vernichtend gewütet hatte. Wie schlimm hatte der Wirbelsturm auf Cheetah Manor gewütet?

„Dort hinten liegt Cheetahville." Darren zeigte auf eine Baumgruppe, hinter der sich ein paar Dächer versteckten. „Auf dem Rückweg können wir dort vorbeifahren."

„Gehört Cheetahville auch zur Plantage?"

„Früher." Darren machte keine Anstalten, ihr mehr zu erzählen. Sarah rang mit sich. Sollte sie noch einmal nachfragen? Sie war neugierig, wollte mehr über diesen wunderschönen Ort erfahren.

Ein paar Minuten später erreichten sie die ersten Baumwollfelder. Unendlich weit erstreckte sich zu beiden Seiten ein weißes Meer. Noch nie in ihrem Leben hatte Sarah eine Baumwollpflanze gesehen, und ein Baumwollfeld in diesem Ausmaß zu erleben, erfüllte sie mit Ehrfurcht.

„Die Felder hier brauchen noch ein paar Wochen, bis alle Knospen aufgesprungen sind."

Fasziniert betrachtete Sarah die endlos langen Reihen der Baumwollpflanzen, bis diese von grünen Gewächsen abgelöst wurden.

„Was wird hier angepflanzt?" Sarah wollte unbedingt mehr über die Plantage erfahren.

„Nichts." Darren winkte ab. „Der Boden braucht hin und wieder eine Auszeit, um sich zu erholen und neue Nährstoffe zu sammeln. Das Grün wird Ende des Sommers abgemäht und nächstes Jahr gibt es hier gesunde Baumwollpflanzen."

Sarah vermied es, Darren anzusehen. Sie fühlte sich in seiner Nähe unwohl. Er machte absolut keinen Hehl daraus, dass er keinen Wert auf ihre Gesellschaft legte.

„Dort vorne wollen wir hin."

Am Horizont zeigte sich ein weißer Streifen, der schnell

größer wurde. Je näher sie dem Baumwollfeld kamen, umso mehr Einzelheiten erkannte Sarah. Etliche Autos parkten dort, riesige Lkws krochen langsam die Straße hinauf und verschwanden hinter dem Horizont. Darren bog auf einen staubigen Feldweg ab und parkte den Pick-up dort.

„Den Rest gehen wir zu Fuß“, verkündete er und stieg aus.

Sarah beeilte sich, ihm zu folgen. Hitze schlug ihr entgegen, und sie glaubte einen Moment, keine Luft zu bekommen. Sie rückte den Strohhut zurecht und trat neben Darren, der auf sie wartete. Noch ehe Sarah den Pick-up umrundet hatte, klebte das T-Shirt unangenehm an ihrem Rücken.

„Sind die Erntemaschinen kaputt?“, fragte Sarah verblüfft, als sie zwischen den Baumwollsträuchern unzählige Menschen entdeckte.

Darren lächelte. Er wirkte vollkommen zufrieden und entspannt. „Das ist das Geheimnis von Cheetah Manor“, verkündete er stolz. „Seit dem 18. Jahrhundert, als mein Ururgroßvater Cheetah Manor erworben hat, wird hier per Hand geerntet. Wir bauen die Baumwolle an wie vor hundert Jahren, ohne Pestizide, ohne Chemie und ohne Maschinen, die den Boden und die Pflanzen zerstören und nur unreine Baumwolle produzieren.“

Sie erreichten das Feld. Von allen Seiten wurde Darren begrüßt. Ihr warf man neugierige Blicke zu. Soweit sie sehen konnte, waren hier nur Afroamerikaner. Männer mit Leinenhosen, hellen Hemden und Strohhüten. Frauen mit Schürzen über den Röcken und Hauben oder ebenfalls Strohhüten. Sie alle trugen riesige Umhängetaschen, in denen sie die Baumwolle sammelten. Am Rande der Felder entstanden riesige Baumwollhaufen. Männer waren damit beschäftigt, die kostbare weiße Fracht auf Lkws zu verladen und abzutransportieren. Obwohl alle hart arbeiteten, spürte Sarah eine entspannte, freudige Stimmung. Sie kam sich vor wie an einem Filmset oder tatsächlich in der Vergangenheit. Lediglich die Autos passten nicht in dieses Bild.

Darren führte sie zu einem der mannshohen Wollhaufen und griff hinein. Er zupfte die Wolle etwas auseinander und roch daran. Dann reichte er ihr die Baumwolle. Es war das erste Mal, dass Sarah das Rohprodukt in Händen hielt. Staunend betrachtete sie die federleichten Pflanzenhaare.

„Unsere Baumwolle hat lange Fasern, ist absolut weiß und trocken. Wir werden dieses Jahr eine großartige Ernte haben, von allerbester Qualität."

Nachdenklich betrachtete Sarah die Baumwolle. Dass sie weiß und trocken war, konnte sie bestätigen. Die langen Fasern suchte sie vergebens, dafür fehlten ihr einfach die Vergleichsmöglichkeiten.

„Das ist reine Baumwolle", erklärte ihr Darren stolz. „Würden wir die Felder mit Maschinen ernten, hätten wir viel zu viele Pflanzenreste darin. Nicht einmal die besten Rüttelmaschinen bekommen das wieder heraus. Deshalb ernten wir mit der Hand." Er hob den Arm und winkte einem älteren, tiefschwarzen Mann zu. „Elias, hast du zwei Säcke für uns?"

Ein breites Grinsen erschien auf dem Gesicht des Afroamerikaners, als er eine Reihe blitzweißer Zähne entblößte. „Für dich immer, Darren." Er holte von einem Truck zwei Stoffknäule und warf sie Darren zu, der sie mit Leichtigkeit auffing. Langsam wickelte er die Knäule auf, und zwei große Leinentaschen, wie sie die Ernter trugen, kamen zum Vorschein.

„Log geht's, Chiquita."

Überrascht fing Sarah die Tasche auf und sah zu, wie Darren sich seine umhing.

Zögernd tat sie es ihm gleich und lief ihm hinterher. Er betrat das Baumwollfeld und wartete an einer reifen Pflanze auf sie.

„Es ist überhaupt nicht schwer", erklärte er, ohne aufzublicken. „Du zupfst die Baumwolle von der geöffneten Kapsel und steckst sie in den Sack. Wenn du vorsichtig bist, bleibt das Geäst an der Pflanze. Je sorgfältiger du zupfst, umso besser wird die Qualität der Wolle."

Sarah versuchte sich an einer Pflanze. Gewissenhaft zog sie die reife Wolle von den Kapseln. Darren war bereits zwei Pflanzen weiter, als sie mit ihrer ersten fertig war. Dabei hatte er auch noch die andere Reihe neben sich abgearbeitet. Sie versuchte nun, an Tempo zuzulegen. Die Sonne brannte unbarmherzig von oben. Sarah war durstig, doch vor Darren wollte sie sich keine Blöße geben. Tapfer zupfte sie weiter. Die Zeit verging, und als sie sich umdrehte, sah sie, dass sie nur ein paar Meter geschafft hatte. Wie lange wollte Darren sie pflücken lassen? Er war bereits einige Meter vor ihr und unterhielt sich mit einer Afroamerikanerin, deren Alter sie nicht schätzen konnte. Sarah richtete ihre Aufmerksamkeit auf die nächste Baumwollpflanze und erntete das weiße Gold.

Irgendwo begann ein Mann zu singen. Ein weiterer stimmte mit ein. Der Gesang schwoll weiter an. Alle schienen das Lied zu kennen. Sarah hatte noch nie viel mit Blues anfangen können, fand die Musik immer viel zu unkoordiniert. Aber das hier gefiel ihr richtig gut. Es vermittelte eine Zusammengehörigkeit. Sie alle waren sowohl bei der Arbeit als auch im Gesang eine Einheit. Unwillkürlich wurde sie von der Musik gepackt und wippte im Takt mit. Die Arbeit ging viel leichter von der Hand und eine ungekannte Leichtigkeit erfasste sie. Die Müdigkeit, die sie zuvor ergriffen hatte, war wie weggeblasen. Lächelnd verrichtete sie ihre Arbeit, bewegte dabei den Kopf hin und her. So machte das Ernten wirklich Spaß. Die Zeit verging, und als sich Sarah umdrehte, sah sie den Beginn der Reihe, in der sie pflückte, nicht mehr. Die Musik wurde immer leiser, denn die Ernter hatten sie längst überholt und waren weitergezogen. Nur Darren war noch in ihrer Nähe. Sie wischte sich mit dem Handrücken über die schweißbedeckte Stirn und wünschte sich ein Handtuch.

„Du machst dich gut."

Überrascht blickte Sarah Darren an, dessen Leinensack prall gefüllt war, während ihrer nur zur Hälfte voll war.

„Wow!", murmelte sie sarkastisch. „Ein Lob aus deinem Mund."

Spöttisch hob er eine Augenbraue. „Jedem das, was ihm zusteht." Er drehte sich zum Horizont und deutete in die Ferne. „Du hast noch einiges vor dir." Damit ließ er sie stehen.

Grimmig blickte sie ihm hinterher und fing dann wieder mit

dem Pflücken an. Der Durst und die Hitze waren inzwischen unerträglich. Wenn sie nicht zusammenklappen wollte, musste sie einen Schluck Wasser auftreiben.

Ihr Retter in der Not war niemand anderes als Darren, der mit einem leeren Sack und zwei Wasserflaschen zurückkam.

„Du siehst aus, als könntest du etwas zu trinken vertragen." Überlegener Spott schwang in seiner Stimme mit, als er ihr die Flasche in die Hand drückte.

Sarah trank gierig. Sie fühlte sich tatsächlich wie eine Verdurstende. Auch Darren trank, schraubte die halb leere Flasche wieder zu und befestigte sie in einer Schlaufe rechts am Gürtel. Geduldig wartete er, bis Sarah ihre Wasserflasche geleert hatte, und fixierte sie an einer zweiten Schlaufe zu seiner Linken.

„Wie lange pflücken wir hier noch?", platzte es aus Sarah heraus.

Darren grinste sie schief an. „Bis du mit deiner Reihe fertig bist. Es sei denn, du möchtest nach Hause fahren."

Entschieden schüttelte Sarah den Kopf. Sie wollte nicht klein beigeben. Darren würde es als Beweis verbuchen, dass sie für eine Plantage nichts taugte. Diese Genugtuung wollte sie ihm nicht gönnen.

„Also gut", entgegnete sie entschlossen und fuhr fort, die Baumwolle von den Kapseln zu zupfen. Die Umhängetasche wurde immer schwerer, dennoch war kein Ende in Sicht. Als die Tasche ziemlich voll war, trat sie den Rückweg an. Am Feldrand waren einige der jüngeren Männer damit beschäftigt, die Baumwollberge auf einen der Trucks zu laden. Etwas außer Atem kam Sarah an dem Baumwollhaufen an und leerte ihre Tasche. Der Inhalt ihres Beutels verschwand in dem meterhohen Berg, als hätte sie nie etwas herangeschleppt. Leicht deprimiert machte sie sich auf den Weg zurück in die Feldmitte. Sie fand die Stelle, an der sie aufgehört hatte. Von Darren war weit und breit nichts zu sehen. Er musste hinter der Horizontlinie zupfen.

Seufzend machte sie sich wieder an die Arbeit. Das T-Shirt klebte ihr mittlerweile nicht nur am Rücken, auch unter den

Armen hatten sich große Schweißflecken gebildet. Immer wieder wischte sich Sarah über die klitschnasse Stirn.

Sie suchte den Horizont ab, in der Hoffnung, das Ende des Feldes zu erspähen. Ein weiteres Mal wurde ihre Tasche voll und sie fragte sich, warum Darren nicht an ihr vorbeigekommen war. Er arbeitete weit vor ihr, doch inzwischen sah sie ihn wieder. Ab und an lief einer der Pflücker mit einer vollen Umhängetasche vorbei. Hatte ihm jemand seinen Leinensack abgenommen?

Sie schleppte ihre Tasche über das leere Feld und schüttete den Inhalt auf den nicht kleiner werdenden Baumwollhaufen.

„Hier, Mädchen!“, rief einer der Männer und warf ihr eine Flasche zu. Erleichtert fing Sarah sie auf und trank durstig. „Du schlägst dich gut für deinen ersten Tag.“

Sarah lächelte ihn an und wischte sich mit dem Handrücken über den Mund. Sie hätte gerne den Hut abgenommen und die Flasche über sich ausgekippt.

„Danke“, murmelte sie und reichte dem Arbeiter die Flasche zurück. Sarah griff sich ihre Umhängetasche und marschierte wieder los.

„Wenn dein Sack das nächste Mal voll ist, lauf in die andere Richtung, das ist kürzer“, rief der Mann ihr hinterher und schob seinen Hut etwas weiter in den Nacken.

Sarah nickte und stapfte durch das abgeerntete Feld. Warum war sie nicht früher darauf gekommen? Natürlich war die andere Seite näher. Deshalb war auch Darren nicht mehr an ihr vorbeimarschiert. Er hatte seine Tasche auf der anderen Seite des Feldes entleert.

Wütend auf sich selbst und auf ihn, dass er sie in dieser Hitze schuften ließ, machte sie sich wieder an die Arbeit. Nach einer gefühlten Ewigkeit sah sie nun endlich das andere Ende des Feldes. Auch hier türmten sich meterhohe weiße Baumwollberge, die sanken, wenn der Lkw kam und wuchsen, wenn die Ernter ihre Säcke leerten.

Leise, weil sie noch zu weit entfernt war, hörte sie die Lieder der Pflücker. Darren war nirgends mehr zu sehen. Hatte er sich etwa aus dem Staub gemacht und sie hier absichtlich allein gelassen? Sie überlegte kurz, ob sie nach ihm suchen sollte, verwarf den Gedanken jedoch schnell wieder. Sie würde diese Reihe zu Ende machen, selbst wenn sie bis tief in die Nacht pflückte. Die Sonne stand weit über ihr, es musste bereits Mittag sein. Ihr Magen knurrte und meldete sich unbarmherzig zu Wort. Sarah arbeitete schweigend weiter, konzentrierte sich auf die Pflanzen. Deshalb erschrak sie ziemlich, als sie plötzlich gegen etwas Hartes stieß. Es war Darren, der von der anderen Seite begonnen hatte, ihre Reihe abzuernten.

„Tut mir leid", entschuldigte sie sich und suchte nach einer aufgebrochenen Kapsel, die noch abzuernten war.

„Kein Problem. Nachdem wir nun fertig sind, können wir nach Hause fahren." Er nahm Sarah die Erntetasche ab und lief zügig los.

Sarah eilte ihm hinterher. „Danke für deine Hilfe", keuchte sie, als sie ihn eingeholt hatte.

„Es ist längst Zeit für die Mittagspause und ich habe Hunger."

Natürlich. Wie kam sie nur zu der Annahme, dass Darren Morgan nett zu ihr war? Sie presste die Lippen fest aufeinander und stapfte hinter ihm her.

Bei den Baumwollbergen angekommen, schüttelte Darren die Säcke aus, vergewisserte sich, dass sich keine Zweigchen und Baumwolle mehr in der Tasche befanden, und rollte sie wieder zusammen. Als eine Pflückerin mit einem übervollen Beutel auf sie zukam, packte Darren mit an. Er hielt die Tasche fest, während die korpulente, aber bewegliche Afroamerikanerin sich aus dem Tragegurt befreite.

„Danke." Sie griff nach ihrer Wasserflasche an ihrem Gürtel und trank einen Schluck, während Darren den Leinensack entleerte.

„Du warst heute lange hier", sagte sie in Darrens Richtung gewandt.

„Sarah möchte die Plantage kennenlernen", antwortete Darren abwesend.

Die Afroamerikanerin drehte sich zu Sarah um, musterte sie

von oben bis unten. „Und du denkst, sie ist eine geeignete Plantagenarbeiterin?“, fragte sie zweifelnd.

„Ich will nicht …“

Darren unterbrach sie schroff. „Sie wird nicht lange auf Cheetah Manor sein. Sarah kommt ursprünglich aus Deutschland.“

Als sie das erste Mal ihren Namen aus seinem Mund hörte, jagte es ihr ein Schaudern über den Rücken. Er sprach es amerikanisch aus, während sich die restliche Familie bemüht hatte, ihren Namen deutsch klingen zu lassen.

„Deutschland?“ Die Frau schnappte überrascht nach Luft. „Ein weiter Weg.“

Sie hatte den Mund bereits für eine Erwiderung geöffnet, klappte ihn jedoch zu, als sie Darrens grimmigen Blick auffing.

„Wir gehen!“, verkündete er und wies auf das Feld.

Für einen Moment schloss Sarah die Augen. Sie hatte völlig vergessen, dass der Pick-up auf der anderen Seite stand und sie noch einmal über das gesamte Feld laufen mussten. Trotz der Turnschuhe schmerzten ihre Füße, ebenso wie ihre Finger. Nachdem sie diese nun einige Minuten nicht benutzt hatte, hatte sie das Gefühl, nie wieder zugreifen zu können.

Darren wartete nicht auf sie, sondern lief einfach los. Sie verdrehte die Augen und stapfte ihm hinterher.

„Geht es nicht ein wenig langsamer?“, rief sie ihm zu.

Er blieb abrupt stehen, sodass Sarah zum zweiten Mal an diesem Tag gegen ihn lief. Diesmal hätte sie allerdings das Gleichgewicht verloren, wenn er sie nicht an ihren Oberarmen festgehalten hätte. Als sie wieder stand, ließ er sie los.

„Wenn ich gewusst hätte, dass du so langsam bist, hätte ich Mary etwas zu essen einpacken lassen“, schnauzte er und lief weiter.

Noch immer spürte sie an ihren Armen den festen Druck seiner Hände. Sie rieb darüber und folgte ihm, so schnell sie konnte.

„Darren?“, rief ihnen schon von Weitem ein aufgeregter Mann zu und ruderte eifrig mit den Armen, um auf sich aufmerksam zu machen.

Darren beschleunigte seine Schritte und steuerte auf den Arbeiter zu. „Elias, gibt es Probleme?“, fragte er besorgt.

„Noch nicht, aber das solltest du dir unbedingt ansehen.“

Darren folgte dem Mann hinter einen Truck, wo er etwas aus dem Pick-up holte. Sarah wusste nicht, ob sie bei den Männern willkommen war, und blieb etwas abseits stehen. Es war ein Tablet. Das überraschte Sarah. Dem älteren Afroamerikaner hätte sie die Nutzung eines solchen modernen Geräts nicht zugetraut.

„Ich kümmere mich darum“, versprach Darren, klopfte dem Erntehelfer auf die Schulter und verabschiedete sich dann. „Gehen wir!“, forderte er Sarah auf.

„Was ist los?“, erkundigte sie sich vorsichtig.

„Nichts, was ich nicht lösen könnte“, wich er ihr aus und steuerte seinen Pick-up an.

KAPITEL 9

Darren war froh, dass Sarah zu erschöpft war, um weiter Fragen zu stellen. Schweigend fuhr er zurück nach Cheetah Manor und parkte direkt vor dem Haus.

„Ich wünsche dir einen schönen Nachmittag", murmelte er und ließ sie einfach stehen. Es war ihm egal, ob sie ihm folgte oder im Auto sitzen blieb. Er musste noch einige dringende Sachen erledigen, und dazu gehörte ein Telefonat, für das er allein sein musste. Deshalb eilte er in sein Arbeitszimmer und stieß schwungvoll die Tür hinter sich zu. Noch ehe er den Schreibtischstuhl erreichte, hatte er bereits sein Mobiltelefon am Ohr.

„Darren, was verschafft mir die Ehre?", wurde er freudig begrüßt.

„Rayna, ich brauche deine Hilfe!"

Seine kleine Schwester seufzte theatralisch. „*Du* bittest mich um Hilfe? Was gibt es denn?"

„Ich brauche dich heute Abend hier auf Cheetah Manor."

„Was ist passiert?“ Der unbeschwerte Plauderton war verschwunden. Sie musste gemerkt haben, wie ernst die Sache war.

„Eine Gewitterfront zieht auf, die Ernte ist in Gefahr.“

„Ist es wirklich so schlimm?“, fragte Rayna beunruhigt.

„So, dass ich handeln muss.“

„Also keine Party heute Abend.“ Es sollte lustig wirken und Rayna versuchte nur, die Stimmung aufzulockern. Ihm war jedoch nicht nach Lachen zumute.

„Ich befürchte nicht.“ Darren atmete tief durch. Es tat ihm leid, seiner Schwester den Abend zu verderben, aber er brauchte sie. Seine Mutter und Eric würden nicht genügen. Rayna musste Eric erden. „Ich würde dich nicht darum bitten, wenn es eine andere Möglichkeit gäbe.“

„Das weiß ich doch. Was soll ich tun?“

„Eric braucht dich als Anker.“

„Also kein aktiver Part.“

Darren schüttelte den Kopf. Was dachte Rayna eigentlich von ihm? Er würde alles daransetzen, sie nicht dieser Gefahr auszusetzen.

„Nein, Eric wird als Unterstützung ausreichen.“ Es gefiel ihm schon nicht, dass er seinen Bruder mit hineinziehen musste. „Soll ich Mary Bescheid geben, dass du zum Essen kommst?“

Er hörte eine gedämpfte Männerstimme am anderen Ende der Leitung und schluckte. Rayna war nicht allein. Ein Mann war bei ihr. Ein Freund? „Ist da jemand bei dir?“, hakte er nach.

Rayna musste etwas über das Mikrofon gelegt haben, denn er verstand sie nicht, als sie sprach. Dann war sie wieder da. „Das ist nur Nate, ein Studienfreund. Wir haben zusammen ein Projekt.“

Das Tier in ihm knurrte. Seine kleine Schwester war zu jung für Männergeschichten, und diese Milchbubis auf der Uni würden Rayna nie das Wasser reichen. Er unterdrückte den Drang, sich in sein Auto zu setzen, nach New Orleans zu fahren und diesen Nate windelweich zu prügeln. Rayna war volljährig und konnte selbst entscheiden, wen und wann sie jemanden in ihr Leben ließ. Früher oder später würde es den einen Mann geben – zumindest wünschte er sich das für sie. Es war Zeit, dass er ihr Freiraum ließ. Er musste endlich aufhören, sie vor allem beschützen zu wollen.

„Ich komme gerne zum Essen und ich bin sehr gespannt auf Sarah", holte ihn Raynas Stimme zurück in die Gegenwart.

„Woher weißt du von Sarah?", brummte er unzufrieden. Es fehlte gerade noch, dass ein weiteres Familienmitglied Feuer und Flamme für die Frau war, die Cheetah Manor in Gefahr brachte.

„Mom hat von ihr erzählt, und Eric war auch sehr begeistert. Wie findest du sie?"

Das Tier kratzte an seiner Haut, und es kostete ihn sämtliche Anstrengung, seine Stimme ruhig klingen zu lassen. „Mach dir selbst ein Bild von ihr", gab er ausweichend zur Antwort.

„Das werde ich. Wir sehen uns dann heute Abend zum Essen. Ich freue mich."

„Fahr vorsichtig!", konnte er sich nicht verkneifen.

„Natürlich, Brüderchen."

Wieder vernahm er aus dem Hintergrund die Männerstimme, aber dann legte Rayna auf. Er fuhr sich mit der Hand über die Stirn und massierte kurz die Schläfen, die zu pochen begannen.

Ein Blick auf die Uhr verriet ihm, dass er sich beeilen musste, wenn er noch hinaus auf die Baumwollfelder fahren wollte. Die Dorfbewohner mussten über das Unwetter informiert werden. Wenn er alles direkt über dem Anwesen und Cheetahville ableitete, stünden ihnen etliche Liter in kürzester Zeit bevor. Eric schrieb er nur eine kurze Nachricht und ließ ihm nicht einmal die Wahl, ob er kommen wollte, sondern ging einfach davon aus. Blieb noch seine Mutter, die er informieren musste. Er verließ das Büro und machte sich auf die Suche nach ihr. Im Salon, wo sie sonst um diese Uhrzeit anzutreffen war, befand sie sich nicht. Seine nächste Vermutung war der Garten. Schon von Weitem sah er einen

Liegestuhl, beim Näherkommen musste er jedoch feststellen, dass es nicht seine Mutter war, sondern Sarah, die dort über einem Buch eingeschlafen war. Sarah. Wie vom Blitz getroffen, blieb er stehen. Wie hatte er sie nur vergessen können? Nachdenklich kam er näher, betrachtete die junge Frau, die sich im Schlaf zusammengerollt hatte. Das Buch war halb heruntergefallen. Es hing zwischen ihrem Knie und der Seitenstrebe des Liegestuhls. Ihre Gesichtszüge wirkten entspannt. Die langen blonden Haare fielen in sanften Wellen über ihre Schultern und umrandeten das ebenmäßige Gesicht. Sie sah unglaublich jung und unschuldig aus, so als könnte sie niemandem etwas zuleide tun. Darren beugte sich zu ihr hinab und griff nach dem Buch, bevor es völlig abstürzte. Er war überrascht, dass sie sich bei der Baumwollernte so gut geschlagen hatte. Natürlich war sie im Gegensatz zu den erfahrenen Pflückern langsam gewesen, aber für ihr erstes Mal hatte sie sich alles andere als dumm angestellt. Und sie hatte durchgehalten – das musste er ihr hoch anrechnen. Mit Absicht hatte er sich von ihr entfernt, sie den weiteren Weg zurück an den Feldanfang laufen lassen. Sie hatte sich nicht beklagt, dabei mussten ihr die Finger schmerzen. Vielleicht war sie doch nicht so übel, wie er gedacht hatte. Er ballte die Hände zu Fäusten. So durfte er nicht denken. Sie war ein Eindringling und hatte auf Cheetah Manor nichts zu suchen. Sarah Beck hatte kein Anrecht auf seine Plantage und er würde alles daransetzen, sie möglichst bald wieder loszuwerden. Bis heute Abend würde ihm das allerdings nicht gelingen, und somit brauchte er einen Plan, sie aus dem Weg zu räumen. Eine Idee, ein Geistesblitz, nahm Gestalt an, und er lächelte zufrieden vor sich hin, ehe er sich abwandte und zurück ins Haus ging, um seine Mutter zu suchen.

KAPITEL 10

Sarah fühlte sich völlig erledigt. Nach einer ausgiebigen Dusche nahm sie in ihrem Zimmer ein reichhaltiges Mittagessen zu sich. Dann ging sie in den Garten hinaus, um ein wenig zu lesen und sich so von den Strapazen des Tages zu erholen. Sie war aber so fertig, dass sie innerhalb kürzester Zeit einschlief. Erst am späten Nachmittag erwachte sie. Es war immer noch unheimlich schwül und das T-Shirt, das sie trug, war schon wieder komplett durchgeschwitzt. So beschloss sie, vor dem Abendessen noch einmal zu duschen.

Eine Stunde später betrat sie den Raum, in den Mary sie am Abend zuvor geführt hatte, und war erleichtert, dort bereits Moira anzutreffen. Sie war nicht allein, sondern unterhielt sich mit einer jungen Frau.

„Du musst Sarah sein!“, rief die Fremde ihr freudig zu.

Sarah lächelte scheu.

„Ich freue mich sehr, dich kennenzulernen. Ich bin Rayna.“ Sie war eine blonde und etwas jüngere Ausgabe ihrer Mutter.

Überrascht streckte Sarah die Hand aus.

„Aber du bist doch so etwas wie meine Schwester." Rayna lächelte und umarmte Sarah, anstatt ihre Hand zu ergreifen. „Ich finde es einfach wundervoll, dass du da bist."

Sarah zögerte, doch Rayna ließ sich davon nicht beirren.

„Ich muss gestehen, ich war ganz schön neugierig auf dich, und als Darren mich bat, heute vorbeizukommen, musste ich die Gelegenheit beim Schopf packen."

„Er hat dich gebeten vorbeizukommen?", murmelte Sarah.

„Ach, Familienangelegenheiten." Rayna zwinkerte und hakte sich wie selbstverständlich bei Sarah ein. „Du musst mir alles über dich und Brain erzählen. Wie ihr euch kennengelernt habt, was du als Erstes gedacht hast, als du ihn gesehen hast, wie er dir einen Antrag gemacht hat …" Rayna war stehen geblieben und blickte nun zu Sarah hoch, da sie einen halben Kopf größer war. „Brain nehme ich es schon etwas übel, dass er mich nicht zur Hochzeit eingeladen hat. Ich wäre eine gute Brautjungfer gewesen und hätte dir einen würdigen Junggesellinnenabschied bereitet. Hattest du einen?"

Rayna plapperte unentwegt weiter und ließ Sarah kaum zu Wort kommen. Schmunzelnd betrachtete sie Brains kleine Schwester. Es blieb ihr nichts anderes übrig, als sie einfach gern zu haben.

„Wie ich sehe, seid ihr schon alle da." Darren stand in der Tür, an seiner Seite Eric.

Sarah freute sich, Eric wiederzusehen. Er war – im Gegensatz zu seinem Bruder – eine äußerst angenehme Gesellschaft.

„Darren! Eric!", rief Rayna aufgeregt. Dann fiel sie erst Darren und danach Eric um den Hals.

„Es ist so schön, wieder hier zu sein. Versteht mich nicht falsch, ich liebe New Orleans, ich liebe das Wohnheim, aber hier …" Sie breitete die Arme aus und drehte sich einmal um die eigene Achse. „… ist einfach mein Zuhause."

„Was haben sie dir dort zu trinken gegeben?", wollte Eric amüsiert wissen.

Rayna lachte und Eric stimmte mit ein. Darren schob sich an seinen Geschwistern vorbei und ging auf seine Mutter zu, die etwas abseits stand und gedankenverloren die Szene verfolgte. Sarah überging er wieder einmal. Es war nicht so, dass er ihr wichtig war, aber es kränkte sie und verletzte ihren Stolz.

Darren und Moira unterhielten sich leise. Aus dem Augenwinkel betrachtete Sarah Darren. Er hatte sich ebenfalls umgezogen. Die dunkle Jeans und das weiße Hemd standen ihm außerordentlich gut. Er ging hinüber zur Bar und schenkte Drinks ein. Moira kam und nahm sich einen, zwei Gläser trug Darren hinüber zu seinen Geschwistern. Nur mit halbem Ohr hörte Sarah Rayna zu, die Eric aufgeregt von ihrem Leben in New Orleans erzählte. Binnen kürzester Zeit wusste Sarah, dass Rayna dort in einem Studentenwohnheim lebte. Ihre Mitbewohnerin Alice war mit einem Footballspieler zusammen und kam so an Einladungen zu tollen Partys, die Sarah ebenfalls begeistert besuchte.

„Das Leben besteht nicht nur aus Feiern“, wies Eric sie lachend zurecht und prostete ihr zu.

„Ein Punsch nach Art des Hauses.“ Sarah zuckte zusammen, als sie dicht neben sich Darrens Stimme vernahm, und fuhr zu ihm herum.

Er hielt ihr ein hohes Glas entgegen, das mit einer rötlichen Flüssigkeit gefüllt war.

„Ich trinke …“

„Saft“, unterbrach er sie. „Mit etwas Limonade und der ein oder anderen Geheimzutat, allerdings ohne Alkohol.“

Verwundert nahm sie das Glas entgegen, ließ zu, dass Darren mit ihr anstieß und dann seinen Whiskey hinunterstürzte. Sie probierte und musste zugeben, dass der Punsch gut schmeckte.

Dem Frieden nicht trauend, spähte sie vorsichtig zu ihm hinauf.

„Ich hoffe, du hattest einen angenehmen Nachmittag.“

Machte er gerade mit ihr Small Talk? Nachdem er ihr gestern unmissverständlich gesagt hatte, was er von ihr hielt, sie heute stundenlang auf den Feldern Baumwolle hatte zupfen lassen und sie bei ihrer Rückkehr ohne ein Wort einfach stehen gelassen hatte?

„Ja.“ Mehr brachte sie nicht heraus. Um ihre Unsicherheit

zu kaschieren, nahm sie noch einen Schluck.

„Hat Darren dir die Plantage gezeigt?“ Eric trat zu ihnen.

Sarah nickte eifrig und trank weiter, um nicht antworten zu müssen. Denn sonst hätte sie Eric erzählt, dass sie heute den halben Tag auf dem Baumwollfeld hatte schuften müssen, und mit Sicherheit hätte Darren darauf einen spöttischen Kommentar parat gehabt.

„Sarah hat heute die Baumwollernte kennengelernt“, sprang Darren für sie ein.

„Ich hoffe, mein Bruder hat dich nicht allzu sehr in der Sonne schmoren lassen.“

„Nein“, stammelte Sarah verlegen.

„Sie hat sich gut geschlagen und beinahe eine ganze Reihe abgeerntet.“

„Du hast sie arbeiten lassen?“ Erics Miene verfinsterte sich.

„Das gehört zu einem Leben auf der Plantage dazu“, entgegnete Darren unbeeindruckt.

„Sarah kommt aus Deutschland. Sie ist die Hitze und Luftfeuchtigkeit bei uns nicht gewohnt.“

„Und deswegen soll ich sie in Watte packen?“

Sarah blickte von einem zum anderen. Die Stimmen der Männer wurden immer gereizter, die Luft hatte sich vor Spannung elektrisch aufgeladen und die Funken zwischen den Brüdern waren beinahe sichtbar.

„Ich fand den Tag heute sehr lehrreich“, schaltete sich Sarah in die Unterhaltung mit ein und zog alle Blicke auf sich.

„Lehrreich?“, fragte Eric skeptisch.

Sarah nickte. „Ich bin hier, um die Plantage kennenzulernen, und ich denke, die Baumwollernte gehört mit dazu. Ich bin Darren dankbar, dass er mir die Chance gegeben hat, die Erfahrung heute zu machen.“

Entgeistert starrte Eric sie an, sagte jedoch nichts. Darrens Miene war wieder einmal verschlossen. Was dachte er nur über sie?

„Kinder, es wird Zeit für das Essen“, ermahnte Moira alle und ging voran in den Speiseraum.

Sarah trank eilig ihren Punsch aus. Nachdem ihr Darren das

Glas abgenommen hatte, begleitete Eric sie hinüber. Sie war froh, dass er sie ein wenig stützte, denn irgendwie fühlte sie sich seltsam. Leicht benommen und ein wenig schwindlig. Vielleicht war der Tag doch anstrengender gewesen, als sie gedacht hatte.

Das Essen schmeckte wunderbar, doch aus unerklärlichen Gründen war Sarah der Appetit vergangen. Sie fühlte sich unendlich müde und sehnte das Ende des Essens herbei. Kaum war der Nachtisch abgetragen, murmelte sie eine Entschuldigung und machte sich auf den Weg in ihr Zimmer. Sie beeilte sich, die Treppen hinaufzugehen. Die Erinnerung an Darren, der sie gestern abgefangen hatte, war viel zu präsent.

„Geht es dir nicht gut?"

Sie erschrak und verlor den Halt auf der Treppe. Doch glücklicherweise war es nicht Darren, sondern Eric, der sie sofort stützte.

„Alles in Ordnung?", erkundigte er sich besorgt.

„Ja. Mir ist nur etwas seltsam. Ich denke, es war alles etwas viel."

„Komm, ich bringe dich rauf."

Dankbar ließ sich Sarah von Eric die Stufen hinaufführen. Vor ihrer Zimmertür hielt er an.

„Kommst du allein zurecht oder soll ich dir Ivie schicken?"

„Danke, es geht schon. Ich bin einfach nur wahnsinnig müde", erklärte Sarah. Das Dröhnen in ihrem Kopf nahm immer mehr zu und sie merkte die bleierne Müdigkeit, die sich über sie legte, nur allzu deutlich.

„Dann schlaf gut." Aus seinem Tonfall war eindeutig herauszuhören, dass sich Eric um sie sorgte. Doch Sarah war zu müde, um das genauer zu analysieren.

„Gute Nacht", murmelte sie und betrat das Zimmer. Sie machte kein Licht, sondern schlich lediglich ins Bad, um sich die Zähne zu putzen und sich umzuziehen. Dann ging sie ins Bett. Kaum hatte ihr Kopf das Kissen berührt, war sie auch schon eingeschlafen.

KAPITEL 11

Zufrieden registrierte Darren, wie Sarah immer stiller wurde. Gegen Ende des Essens hatte sie tatsächlich schon Mühe, die Augen offen zu halten. Er lauschte Raynas Erzählungen und tat so, als wäre alles in bester Ordnung. Kaum war der Nachtisch abgetragen, entschuldigte sich Sarah und ging. Eric folgte ihr kurz darauf.

Er hörte Rayna kaum noch zu. Mit den Gedanken war er bereits bei der bevorstehenden Beschwörung. Er musste nur noch auf Eric warten, dann würde er seiner Familie den Plan erklären.

In diesem Augenblick wurde die Tür aufgerissen und ein sichtlich wütender Eric betrat das Esszimmer. „Was hast du ihr gegeben?“, blaffte Eric ihn an.

„Wovon redest du?“

„Nun tu nicht so unschuldig. Du hast Sarah etwas ins Glas gekippt.“

Moira und Rayna blickten ihn überrascht an.

„Hast du das wirklich getan?“, fragte seine Mutter leise.

„Sie hat ein leichtes Schlafmittel bekommen.“

Rayna schnappte nach Luft, und seine Mutter schüttelte fassungslos den Kopf.

„Und was noch?“, wollte Eric herausfordernd wissen.

Als er nicht antwortete, baute sich Eric mit verschränkten Armen vor ihm auf. „Sie hatte Gleichgewichtsprobleme und ist kaum noch die Treppe hochgekommen.“

Verdammt! Die Dosis war vermutlich etwas zu hoch gewesen. Darren erhob sich. „Ich muss mich vor dir nicht rechtfertigen, Eric.“

„Mich würde allerdings auch interessieren, was du ihr gegeben hast“, schaltete sich Moira ein.

Darren schloss für einen Moment die Augen. „Sie wird heute Nacht etwas wirr träumen, morgen wird es ihr aber gut gehen.“

„Du hast ihr keine Halluzinogene verabreicht, oder?“ Moira war nun ebenfalls aufgesprungen.

Darren warf seiner Mutter einen bösen Blick zu. „Ich muss mich noch um ein paar Dinge kümmern und erwarte euch in zehn Minuten auf der Terrasse.“ Dann verließ er das Esszimmer und stapfte in sein Büro. Er schob das Bild über dem Sessel zur Seite und öffnete den Tresor. Die meisten Menschen bewahrten hier den Familienschmuck, Bargeld und Dokumente auf. Sein Geheimfach dagegen war voll mit getrockneten Pflanzen, Kerzen, Kreide, einem Kelch, einem Dolch, einer steinernen Statue und diversen anderen Dingen, die er für die Beschwörungen benutzte. Er griff nach dem Dolch und dem Salz, dann schloss er die Tür wieder. Mit einem prüfenden Blick zum Himmel machte er sich auf den Weg Richtung Terrasse. Er wusste, dass er die Beschwörung so nicht durchführen konnte, nicht wenn er den Unmut seiner Familie so sehr wie jetzt spürte. Es konnte ihn durchaus alles kosten.

Als er auf die Terrasse trat, warteten seine Mutter und seine Geschwister bereits auf ihn.

„Was hast du jetzt vor?“, fragte Rayna.

„Zuerst müssen wir über Sarah reden.“ Er hatte keine Lust

dazu, aber es war unabdingbar. „Ich weiß, dass ihr mit meiner Wahl, sie schlafen zu schicken, nicht einverstanden seid, aber ich muss hier die Entscheidungen treffen und mir ist es zu gefährlich, sie im Haus zu wissen, während wir die Kräfte von Cheetah Manor anzapfen."

„Darren!" Seine Mutter trat zu ihm und legte ihm eine Hand auf den Unterarm. „Sie gehört zur Familie. Brain war mit ihr verheiratet. Denkst du wirklich, er konnte das Familiengeheimnis von ihr fernhalten?"

Hilflos zuckte er mit den Schultern. Er wollte Sarah nicht dabeihaben, auch wenn ihn jetzt ein schlechtes Gewissen plagte. Das Entsetzen in ihren Augen, wenn sie ihn sah, wollte er nicht erleben.

„Aber jetzt können wir an ihrem Zustand nichts mehr ändern", seufzte Darren.

„Das stimmt wohl." Moira legte ihre Hand an seine Wange. Er gönnte sich einen Moment der Schwäche und schmiegte sich hinein.

„Kann ich auf euch zählen?"

„Aber natürlich", entgegnete Rayna, ohne nachzudenken.

Er suchte den Blick seiner Mutter, die ihm aufmunternd zulächelte. „Immer. Ich bin nicht bereit, dich ziehen zu lassen."

Darren drehte sich zu Eric um.

„Selbstverständlich bin ich dabei. Was hast du vor?"

Erleichtert atmete Darren auf. Die Anspannung, die sich über ihn gelegt hatte, löste sich etwas.

„Ich werde die Gewitterwolken hierherziehen, auf das Anwesen und auf Cheetahville", erklärte er seinen Plan.

„Und was soll ich tun?", erkundigte sich Eric.

„Du wirst die Barriere zu den Feldern stärken. Ich dachte da an Wind."

„Okay." Eric machte sich bereit.

„Rayna, würdest du Eric erden?"

Sie nickte zustimmend.

„Mutter?"

Er wusste, wie sehr Moira Beschwörungen hasste, aber sie waren ein Bestandteil ihrer Familie, und als sich seine Mutter für Wayne Morgan entschieden hatte, wurden sie auch ein Teil ihres Lebens. Er spürte ihr Unwohlsein, die Angst, die sie jedes Mal ausstand. Angst, noch ein Mitglied der Familie zu verlieren.

„Mutter?", wiederholte er seine Frage und berührte sie an der Schulter.

Sie löste sich aus ihrer Starre. „Natürlich", murmelte sie und schlüpfte aus den Schuhen. Die anderen folgten ihrem Beispiel.

Darren zog das Hemd aus der Hose und knöpfte es auf. Eric streifte sein T-Shirt komplett ab und warf es über einen der Gartenstühle.

Barfuß betraten sie den Rasen vor der Terrasse. Darren zog einen Salzkreis. Dann stellte er sich hinein mit Blick auf das Haus. Eric trat ebenfalls in den Kreis, wandte sich aber den Baumwollfeldern zu. Nachdem Eric und Darren ihre Plätze eingenommen hatten, traten außen Rayna vor Eric und seine Mutter vor ihn.

Darren schloss die Augen. Er öffnete sich innerlich vollkommen, war bereit für die Macht, die in wenigen Momenten durch ihn hindurchströmen würde. Instinktive Worte in einer ihm unbekannten Sprache entwichen seinem Mund. Er überließ sich ganz dem Gepard, der den Mann immer weiter zurückdrängte. Als er die Lider öffnete, sah er die Welt durch die Augen des Tieres. Er reichte Eric den Dolch nach hinten. Dieser wusste, was er damit tun musste, und gab ihn danach an Darren zurück. Erics rechte Hand blutete. Die Brüder nickten sich zu und Darren benutzte den Dolch, um ebenfalls seine rechte Handfläche aufzuschlitzen. Blut quoll hervor. Nach einem kurzen Blick auf Eric rammte er die Waffe, benetzt mit ihrem Blut, in die Erde. Ein Wortschwall verließ Darrens Mund und er wusste, dass er damit die Kräfte von Cheetah Manor anrief. Energie durchströmte ihn. Er breitete die Hände aus und schloss die Augen. Seine ganze Aufmerksamkeit musste er auf die Kräfte lenken, die nun in ihm tobten. Er nahm kaum die Hände seiner Mutter wahr, die sich auf seine nackte Brust gelegt hatten. Sie würde ihm später helfen, zurückzufinden. Doch nun musste er sich erst von seinem Körper lösen und eins werden mit der Energie. Er spürte den Wind, griff nach den Wolken und zog sie langsam zu sich. Als er die Augen wieder öffnete, hatte sich der Himmel zugezogen. Tiefschwarze Wolken hingen über ihm und öffneten in diesem Moment ihre Schleusen. Dicke Tropfen fielen auf sie herab, durchnässten alles innerhalb von Sekunden. Unbeweglich stand er da und ließ die Kräfte durch sich strömen. Er schloss die Augen, konzentrierte sich einzig und allein auf das Hier und Jetzt. Der Wind frischte immer mehr auf, zerrte an den Blättern. Blitze zuckten über den Himmel, gefolgt von ohrenbetäubendem Donner. Darren murmelte unaufhörlich die uralten Formeln, die tief aus seiner Seele kamen und an die er sich im wachen Zustand nicht mehr erinnern konnte. Er bemerkte, wie Eric hinter ihm leicht schwankte. Sein Bruder würde nicht mehr lange die Schutzbarriere aufrechterhalten können. Er musste sich beeilen. Noch einmal verstärkte er die Energie. Immer mehr Regen prasselte auf ihn nieder. Der Himmel war mittlerweile taghell und der Donner dröhnte in seinen Ohren.

„Kalaim pri re!“, schrie er und spürte, wie die Energie, die in die Erde zurückkehrte, ihn niederdrückte. Er konnte sich nicht mehr halten und sank zu Boden.

Wie durch dichten Nebel hörte er seine Mutter, die unablässig auf ihn einredete. Sie war so weit weg. Er roch die nasse Erde. Das Tier in ihm regte sich, wollte freigelassen werden und durch die Wildnis streifen. Doch wenn er diesem Drang nachgab, würde er nie zurückfinden. Die Berührung seiner Mutter und ihre Stimme, darauf musste er sich jetzt konzentrieren. Er näherte sich ihr. Dann schlug er die Augen auf. Sie war direkt vor ihm.

„Darren“, seufzte sie erleichtert mit Tränen in den Augen und barg ihr verweintes Gesicht an seiner Brust.

Darren lag auf dem Rücken und blickte in den Himmel. Er streichelte ihr tröstend übers Haar.

„Alles in Ordnung“, versuchte er sie zu beruhigen.

Seine Mutter erhob sich, ließ ihn los. „Das werde ich nie

wieder tun, hörst du! Nie wieder!", stieß sie ärgerlich hervor, rappelte sich auf und rannte ins Haus.

Verwundert sah er zur Seite, wo seine Geschwister schweigend standen.

„Ich gehe ihr nach", sagte Rayna und folgte eilig ihrer Mutter ins Haus.

„Was ist geschehen?", murmelte Darren und rieb sich über die schmerzende Stirn.

„Du warst beinahe eine halbe Stunde weggetreten."

Das war alles, was er an Erklärung brauchte. Eine halbe Stunde hatte seine Mutter verzweifelt um sein Leben gekämpft, hatte versucht, ihn wieder ins Leben zu ziehen. Er wusste, dass es von Mal zu Mal gefährlicher wurde und die Magie von ihm zehrte. Wie oft konnte er die Kräfte nutzen, ehe er sich dabei verlor? Darren wollte nicht den Pfad beschreiten, den sein Vater gegangen war, aber er war auch nicht bereit, Cheetah Manor zu verlieren. Eine gelungene Ernte war für sie alle wichtig. Bereits im Frühjahr hatten ein Schädling und später der ausbleibende Regen die Arbeit auf den Feldern erschwert. Wenn es nur um seine Familie ginge, könnten sie problemlos eine schwache Ernte verschmerzen. Aber es hingen Dutzende Familien aus dem Dorf daran, die auf sie angewiesen waren. Er hatte geschworen, für sie zu sorgen, und wenn es bedeutete, dass er sich eines Tages dabei verlor, dann war es so.

„Hat es geklappt?", fragte er und sah sich um. Das Gras, auf dem er lag, war nass, und von den Pflanzen um ihn herum fielen die letzten Regentropfen zu Boden.

„Die Windbarriere hat gehalten, die Wolken haben über dem Anwesen und über Cheetahville abgeregnet. Du hast die Dorfbewohner vorgewarnt, oder?"

Erleichtert ließ Darren den Kopf zurücksinken und schloss die Augen. Die Beschwörung hatte ihn Kraft gekostet.

„Sicher habe ich das."

„Dann ist ja gut."

„Ich danke dir", murmelte Darren.

„Das musst du nicht. Ich bin aber erschöpft und werde jetzt nach Hause gehen."

Darren reagierte nicht, hörte nur die leicht einsinkenden Schritte seines Bruders, als er über den Rasen lief. Dann war Darren allein. Er blieb stumm liegen, genoss die Ruhe, die sich über den Garten gelegt hatte. Das Tier in ihm strich unruhig durch seinen Körper, verlangte nach Befreiung. Er ließ es zu und verwandelte sich. Mit einem Satz sprang die Raubkatze auf die Beine, schnurrte gelöst und jagte davon. Er wollte rennen, den Wind im Gesicht spüren. Geschmeidig zwängte er sich zwischen den Ästen durch. Er kannte jeden Baum, jeden Stein, wusste genau, wo die Sümpfe begannen und wie weit er sich ihnen nähern konnte. Meile um Meile legte er zurück, ehe er in einem weiten Bogen das Anwesen erreichte. Er rannte an den Baumwollfeldern vorbei und stellte zufrieden fest, dass sie das Unwetter trocken und unbeschadet überstanden hatten. Der Ernte in den nächsten Tagen stand nun nichts mehr im Weg. Er machte sich schließlich auf den Rückweg und betrat Cheetah Manor. Darren schlich gerade durch den Garten und wollte sich zurückverwandeln, als sein Blick auf die halb geöffnete Balkontür im ersten Stock fiel. Sowohl Mann als auch Tier wussten, wer sich dort befand. Das Verlangen, sie zu sehen, beherrschte seinen Verstand, und Darren versuchte sich einzureden, dass es vielleicht keine schlechte Idee war, wenn das Tier sich Sarah näherte. Dem Gepard fielen Dinge auf, die ein Mensch mit seinen beschränkten Sinnen niemals wahrnehmen konnte. Er pirschte sich an, machte einen großen Satz und landete auf der Brüstung des Balkons. Geschmeidig ließ er sich zu Boden gleiten, stieß leicht mit der Schnauze gegen die Balkontür, um sie etwas weiter zu öffnen, und betrat auf leisen Pfoten das Zimmer. Langsam und mit aufgestellten Ohren schlich er zum Bett. Er schnupperte zuerst und sog ihren klaren, blumigen Duft tief ein. Sie roch definitiv nicht nach Gefahr, ganz im Gegenteil. Das, was der Gepard wahrnahm, gefiel dem Tier sehr. Ganz entspannt lag Sarah da, schlummerte tief und fest. Ihre Hand musste während des Schlafens über die Bettkante gerutscht sein, denn sie hing locker über den Rand. Er ging näher, schmiegte sich gegen ihre Hand und wartete darauf, dass sie ihn streichelte. Der Mann in ihm protestierte und zwang das Tier, den Rückzug anzutreten. Doch Sarah regte sich schon, schlug die Augen auf, sah ihn verständnislos an und ließ sich dann wieder in die Kissen sinken. Sie drehte sich auf die andere Seite, zog die Decke über sich und schlief einfach weiter.

Was machte er eigentlich hier? Wie konnte er zulassen, dass die niederen Instinkte des Gepards vollkommen die Kontrolle übernahmen? Er musste hier raus. Eilig drängte er das Tier zurück, sprang hinaus auf den Balkon und mit einem großen Satz über die Brüstung. Mit den Vorderpfoten federte er den Sprung ab und jagte dann weiter über den Rasen Richtung Terrasse. Dort verwandelte er sich zurück. Er spürte die Enge seiner Kleidung auf dem Leib. Eilig griff er nach dem Dolch und stürzte – barfuß, wie er noch immer war – ins Haus. Dort war es dunkel, Rayna und seine Mutter waren längst zu Bett gegangen. Das Personal hatte auf sein Geheiß bereits am frühen Abend das Anwesen verlassen, um zu ihren Familien nach Cheetahville zu fahren. Er legte den Dolch zurück in den Tresor, verschloss ihn sorgfältig und ging hinauf in sein Schlafzimmer. Die Uhr zeigte bereits nach vier an. Es würde eine kurze Nacht werden. Erschöpft schloss er hinter sich die Zimmertür, verzichtete darauf, noch zu duschen, und ließ sich, angezogen, wie er war, auf sein Bett fallen.

KAPITEL 12

Als Sarah am nächsten Morgen erwachte, dröhnte ihr Schädel. Auch eine Dusche half nicht, Klarheit in ihre wirren Gedanken zu bringen. Sie schluckte zwei Tabletten gegen die Kopfschmerzen, zog sich an und machte sich auf den Weg ins Esszimmer. Hoffentlich war Darren schon fort. Noch einen Tag auf den Baumwollfeldern würde sie nach so einer Nacht nicht überstehen.

Als sie den Raum betrat und ihr herrlicher Kaffeegeruch entgegenstieg, musste sie enttäuscht feststellen, dass Darren noch da war. Er war der Einzige, der am Tisch saß, seinen Kaffee trank und in einer Zeitung las.

„Morgen", murmelte er, ohne aufzublicken.

„Guten Morgen!" Zumindest ignorierte Darren sie nicht vollkommen wie in den Tagen zuvor. Sie ging an ihm vorbei zum Büfett, wo sie sich zuerst eine Tasse Kaffee nahm. Das zuckersüße oder herzhafte amerikanische Frühstück sagte ihr immer noch nicht zu, und so griff sie nur nach einem Milchbrötchen. Sie nahm Platz und stellte verwundert fest, dass die anderen zwei Gedecke noch unangetastet waren. Ein Blick auf die Uhr verriet ihr, dass es bereits nach neun war. Darren starrte weiter in seine Zeitung, blätterte eine Seite um und nahm einen Schluck Kaffee. So richtig fit schien auch er nicht zu sein. Vielleicht war gerade Vollmond und er hatte ebenso schlecht geschlafen wie sie. Wieder schoben sich die Bilder eines wirren Traums vor ihre Augen. Ein Gepard lag zwischen weißer Baumwolle und war auf der Suche nach einer Trinkflasche.

„Schlecht geschlafen?“, fragte Sarah möglichst beiläufig.

Darren brummte etwas Unverständliches vor sich hin. Dann blickte er plötzlich auf und schaute Sarah direkt an. „Du hast nicht gut geschlafen?“

Sarah fühlte sich ertappt. „Nur sehr wirre Träume gehabt“, gestand sie und biss von ihrem Milchbrötchen ab.

„Vielleicht lag das am Unwetter.“

„Unwetter?“ Sarah blickte zum Fenster hinaus und konnte dort nur strahlenden Sonnenschein erkennen. „Ich habe eher gedacht, es war Vollmond oder so etwas in der Richtung. Aber ein Unwetter könnte auch eine Erklärung sein.“

Darren wich ihrem Blick aus. „Ja, es gab heute Nacht ein starkes Gewitter über dem Anwesen und Cheetahville.“

„Hast du deswegen keinen Schlaf gefunden?“ Sie betrachtete Darren besorgt. Die Linien um seine Augen waren tiefer als sonst, und so vital und kraftvoll, wie sie ihn gestern erlebt hatte, so müde und erschöpft wirkte er heute.

„Ja, so könnte man das sagen“, wich er aus. „Ich muss gleich los nach Cheetahville und dort aufräumen helfen. Deine Besichtigung der Baumwollplantage muss leider warten.“

Sarah hätte vor Freude beinahe in die Hände geklatscht. „Kein Problem.“ Sie verschluckte sich dabei an ihrem Milchbrötchen und musste kräftig husten. Eilig griff sie nach ihrer Tasse und trank einen Schluck. „Ich muss ohnehin nach New Orleans, um dort ein paar Dinge zu klären. Werde mir später ein Taxi bestellen“, keuchte sie noch etwas atemlos.

Auch wenn das hieß, dass sie bis zur Weggabelung laufen

musste, nahm sie das lieber in Kauf, als einen weiteren Tag mit Darren auf den Baumwollfeldern zu verbringen.

„Rayna schläft zwar noch, wird aber im Lauf des Vormittags nach New Orleans zurückfahren. Sie wird dich sicher gerne mitnehmen."

„Oh, das wäre wundervoll." Die Aussicht, kein Taxi rufen zu müssen, gefiel ihr ausgesprochen gut. Außerdem mochte sie Rayna.

Wie auf Kommando öffnete sich die Tür und seine Schwester trat ein. „Guten Morgen!", grüßte sie. „Habe ich da gerade meinen Namen gehört?"

Darren trank seine Kaffeetasse aus, faltete die Zeitung zusammen und stand auf. „Ich hoffe, du hast gut geschlafen", sagte er im Vorbeigehen und küsste Rayna auf die Stirn. „Ich muss los. Sarah möchte heute nach New Orleans, und ich sagte ihr, dass du sie sicher gerne mitnimmst."

Rayna strahlte Sarah an. „Natürlich nehme ich dich mit. Das wird großartig. Wir gehen shoppen, ich kann dir die tollsten Plätze in New Orleans zeigen und mein Lieblingscafé." Rayna hatte sich einen Teller mit Pancakes geschnappt, über die sie großzügig Ahornsirup laufen ließ, und setzte sich Sarah gegenüber.

„Ich muss unbedingt ein paar Erledigungen machen." Sarah bedauerte, nicht mehr Zeit mit Rayna verbringen zu können, aber ein Besuch bei dem Anwalt, den ihr Herr Reichwald empfohlen hatte, war dringend nötig.

„Na ja, vielleicht ein anderes Mal." Rayna klang enttäuscht.

Sarah beschäftigte sich mit der Frage, wo sie die Telefonnummer verstaut hatte, sodass sie Raynas Frustration nur am Rande bemerkte. „Wann möchtest du losfahren?"

Rayna kaute an ihrem Pancake und nuschelte mit vollem Mund: „So in einer Stunde."

„Wunderbar." Sarah stopfte sich den letzten Rest Milchbrötchen in den Mund, leerte die Kaffeetasse und sprang auf. „Ich bin in einer Stunde abfahrbereit." Damit stürzte sie aus dem Speiseraum, hinauf in ihr Zimmer, um dort nach der Telefonnummer zu suchen.

KAPITEL 13

Das Telefonat mit der Anwaltskanzlei war seltsam gewesen. Nachdem sie mühevoll der Sekretärin ihr Anliegen geschildert hatte, war sie mit Mr. Wicasa, einem Fachanwalt für Erbrecht, verbunden worden.

„Natürlich bearbeite ich solche Fälle. Sie können gerne mit meiner Sekretärin einen Termin vereinbaren."

„Ich bin heute in New Orleans unterwegs, und wenn es Ihnen nichts ausmacht, würde ich die Unterlagen zur Durchsicht einfach vorbeibringen."

„Das hört sich sehr vernünftig an. Können Sie mir schon sagen, worum es genau geht?"

„Meinem verstorbenen Mann …" Noch immer gingen ihr diese Worte schwer über die Lippen. „… gehörten sowohl finanzielle Mittel als auch ein Teil einer Familienplantage."

„Verstehe", murmelte der Anwalt. „Familienplantagen gibt es hier in der Gegend etliche. Ganz egal ob mit Zuckerrohr, Baumwolle oder Mais. In der Regel sind diese Ländereien ziemlich wertlos."

Sarah runzelte die Stirn. „Cheetah Manor erscheint mir eigentlich ziemlich groß und alles andere als wertlos."

„Cheetah Manor?" Der Anwalt klang verblüfft.

„Ja."

„Es geht um Cheetah Manor?"

„Kennen Sie die Plantage?"

„Nicht direkt", wich er aus und hörte sich irgendwie seltsam an. „Wissen Sie, ich sehe gerade, dass ich heute Nachmittag noch einen Termin frei hätte. Würde Ihnen das so spontan passen?"

Sarah war verwundert. „Ja, natürlich." Hatte der Anwalt wirklich eine Lücke in seinem Terminkalender gefunden oder hatte der Name Cheetah Manor ihr diese Tür geöffnet? Wie auch immer, es kam ihr durchaus entgegen, und so fragte sie nicht nach den Beweggründen.

Mr. Wicasa verabschiedete sich und betonte noch einmal, dass er sich sehr auf ihren Besuch freue. Dann legte Sarah auf.

Ein Blick auf die Uhr verriet ihr, dass sie sich beeilen musste, wenn sie Rayna nicht warten lassen wollte. Eilig packte sie ihre Sachen zusammen und lief hinab in die Eingangshalle. Rayna bog gerade in diesem Moment mit ihrem kleinen Koffer um die Ecke. Die beiden Frauen beluden das Auto, als Moira kam, um sich von ihrer Tochter zu verabschieden. Dann machten sie sich auf den Weg nach New Orleans.

Dank des zähen Stadtverkehrs brauchten sie etwas länger als gewöhnlich für die Strecke, doch schließlich erreichten sie das Campusgelände. Rayna führte Sarah stolz herum und erzählte auf dem Weg zu ihrer Unterkunft die eine oder andere nette Anekdote. Nachdem Rayna das Gepäck auf ihr Zimmer gebracht hatte, zogen die beiden Frauen zu Fuß los.

Da Sarahs Anwaltstermin erst am Nachmittag war, hatte sie nun doch ein paar Stunden Zeit, mit Rayna durch die Straßen zu bummeln. In einem gemütlichen Straßenrestaurant im French Quarter aßen sie zu Mittag. Danach führte Rayna sie noch ein wenig durch die belebten Straßen. Sarah war völlig fasziniert von der bunten Stadt. Als sie eine Seitenstraße entlangspazierten, hatte sie das Gefühl, in Frankreich gelandet zu sein, doch dann begannen irgendwo in der Nähe ein paar Straßenmusiker zu spielen und Jazzmusik erfüllte die Luft.

Wenig später war es an der Zeit, sich zu verabschieden. Rayna drückte Sarah noch einmal fest an sich. „Du musst dich unbedingt melden."

„Mach ich", versprach Sarah, winkte nach einem Taxi und stieg ein. Sie nannte dem Fahrer die Adresse, die sie von Mr. Wicasa bekommen hatte.

Zwanzig Minuten später hielt das Taxi vor einem lang gezogenen, einstöckigen Gebäude in hässlichem Grau. Sie fragte sich, ob sie hier tatsächlich richtig war. Doch der Taxifahrer wies auf das Nebengebäude, einen zweistöckigen Bungalow in Dunkelrosa. „Hier wären wir, Ma'am."

Die Fensterrahmen und die Veranda erstrahlten in Weiß und der Vorgarten mit seinen kleinen Palmen und hüfthohen Sträuchern wirkte sehr gepflegt.

„Danke." Sarah bezahlte und stieg aus. Ein großes, blaues Schild teilte ihr mit, dass sich in dem Haus eine Anwaltskanzlei befand. Sie atmete tief durch. Noch immer nagte das schlechte Gewissen an ihr. Das Erbe stand ihr eigentlich nicht zu. Alex hätte es bekommen sollen, nicht sie. Aber Alex war tot, ebenso wie Brain. Sie schluckte.

„Du machst das nur, um das Haus nicht zu verlieren", sprach sie sich selbst Mut zu.

Entschlossen betrat sie das Grundstück und marschierte auf das Haus zu.

Hinter der Eingangstür befand sich ein kleiner Empfangsbereich. Eine junge Frau indianischer Abstammung saß hinter dem Tresen und erkundigte sich, wie sie helfen konnte. Nachdem Sarah ihren Namen genannt hatte, wurde sie einen weiträumigen Flur entlanggeführt. Vor der letzten Tür blieben sie stehen. Die Frau klopfte an und streckte den Kopf hinein. In einer unbekannten Sprache – Sarah vermutete, dass es sich um eine Stammessprache handelte – wurde sie angekündigt, dann durfte sie eintreten. Trotz der Klimaanlage, die über ihr surrte, war es im Büro stickig. Ein Mann, der etwas versteckt im Halbschatten hinter seinem Schreibtisch saß, erhob sich und kam auf Sarah zu.

„Mrs. Beck, richtig?", vergewisserte sich der Mann und trat ins Licht. Sarah erschrak, als sie den Anwalt sah. Er trug einen Nasenring und hatte Tattoos auf den Wangen, die sich seinen Hals entlangzogen und sich unter seinem weißen Hemd fortsetzen mussten. Die langen schwarzen Haare waren im Nacken zu einem Zopf gebunden. Er mochte so um die fünfzig sein.

„Mr. Wicasa." Sie lächelte scheu und ließ zu, dass er ihre Hand zur Begrüßung schüttelte. Sein Händedruck war fest.

„Bitte, nehmen Sie Platz", forderte er sie auf und deutete auf einen Korbstuhl, der direkt vor seinem Schreibtisch stand.

Während sich Sarah setzte, zog er sich wieder in die Dunkelheit hinter seinem Tisch zurück.

„Haben Sie mir etwas mitgebracht?"

„Natürlich." Sarah öffnete ihre Handtasche und holte die Unterlagen heraus.

Interessiert griff der Anwalt danach und vertiefte sich in die Dokumente. Er murmelte leise Worte vor sich hin.

„Wie ich sehe, liegt die Heiratsurkunde bei. Können Sie mir Ihren Ausweis geben, damit ich überprüfen kann, dass Sie die Person sind, für die Sie sich ausgeben?"

„Aber sicher." Sarah zog ihren Reisepass hervor.

Mr. Wicasa nahm ihn entgegen und verglich die Daten des Passes mit den Unterlagen.

„Ich werde ein paar Tage brauchen, um zu überprüfen, ob der Verstorbene in unserem Staat ein Testament hinterlegt hat. Dann kann ich Sie über das weitere Vorgehen informieren. An und für sich sehe ich jedoch kein Problem, warum Ihnen das Erbe nicht zugesprochen werden sollte."

Sarah nickte.

„Haben Sie die Plantage schon gesehen?"

Sie lächelte, als sie an Cheetah Manor dachte. „Ja, ich wohne dort. Die Familie von … meines verstorbenen Mannes war so freundlich, mich aufzunehmen."

Der Anwalt betrachtete nachdenklich seine Hände. „Wenn ich Ihnen eine Empfehlung aussprechen darf, Mrs. Beck, suchen Sie sich hier in New Orleans ein Hotel.“

„Ach, ich bin ganz zufrieden mit meiner Unterkunft, und so kann ich …“

„Sie haben keine Ahnung, worauf Sie sich dort einlassen“, unterbrach der alte Mann sie scharf. „Diese Plantage beheimatet Mächte, die Sie sich nicht einmal vorstellen können. Kräfte, die in den Händen, in denen sie gerade sind, nur Schaden anrichten.“

Sarah schluckte und blinzelte. Für einen Moment hatte der Anwalt es geschafft, sie völlig zu verunsichern. Dann schaltete sich ihr rationaler Verstand ein und sie lächelte erleichtert.

„Ich respektiere andere Religionen, aber ich glaube nicht an irgendwelche Kräfte.“

Mr. Wicasa sprang auf. Im Halbschatten wirkte er unheimlich und beinahe bedrohlich. „Es geht hier nicht um Religionen. Tatsache ist, dass die Plantage verflucht ist. Diese Cheetahs werden Ihnen den Kopf vernebeln, und wenn Sie vollkommen wehrlos sind, werden sie sich auf Sie stürzen.“

Sarah schluckte. Die Erinnerung an den Traum von letzter Nacht war plötzlich wieder sehr real. Ein Gepard in ihrem Zimmer. Aber es war nur ein Hirngespinst, keine Realität. Sie glaubte nicht an Mächte und schon gar nicht auf Cheetah Manor.

„Ich denke, es ist besser, wenn ich gehe“, verkündete sie und griff nach ihren Ausweispapieren. Sie hatte keine Lust, sich mit dem Anwalt auf eine Diskussion einzulassen. Im Prinzip war es ihr vollkommen egal, woran er glaubte, solange er sie damit in Ruhe ließ.

Mr. Wicasa griff nach Sarahs Hand. Augenblicklich erstarrte sie mitten in der Bewegung.

„Ich wollte Ihnen nicht zu nahe treten“, entschuldigte er sich. „Mir war nur daran gelegen, Sie zu warnen.“

Ein feines unangenehmes Kribbeln breitete sich von der Stelle aus, wo er sie berührte. Sarah wollte sich ihm entziehen, aber sein Griff war zu fest.

„Das haben Sie ja jetzt getan.“ Vielsagend blickte sie auf seine Hände.

„Ich brauche noch eine Kopie Ihres Passes."

Sarah ließ den Reisepass fallen, als hätte sie sich daran verbrannt. Er fiel auf den Schreibtisch und blieb dort liegen. Endlich ließ Mr. Wicasa sie los. Über eine Gegensprechanlage gab er ein paar harsche Befehle in der fremden Sprache durch. Die Tür öffnete sich und die Frau, die sie empfangen hatte, eilte herein, nahm den Pass entgegen und verschwand.

Sarah saß auf ihrem Stuhl und blickte sich unbehaglich um. War es eine gute Idee gewesen, hierherzukommen? Aber an wen sollte sie sich sonst wenden? Sie kannte hier niemanden und hatte keine Ahnung, wie sie in einer Metropole wie New Orleans einen Anwalt finden sollte. Außerdem wurde ihr die Kanzlei von Herrn Reichwald empfohlen und ihn hatte sie als äußerst kompetent empfunden.

„Sie haben indianische Vorfahren?", fragte Sarah, um die Wartezeit zu überbrücken.

Mr. Wicasa grinste stolz. „Ich habe nicht nur indianische Vorfahren, ich *bin* Indianer. Ich gehöre dem Chowilawu-Stamm an."

Sarah dachte nach. Chowilawu, das war doch der Name, den Eric benutzt hatte.

„Ist Ihr Stamm nicht auch im Baumwollgeschäft tätig?", erkundigte sie sich vorsichtig. Eric hatte erwähnt, dass die Indianer ihm das Leben schwer machten, und Sarah wollte einen Interessenkonflikt vermeiden.

„Mein Stamm ist sehr groß", erklärte der Anwalt. „Wir sind in vielen Geschäftszweigen tätig. Ich bin lediglich Anwalt. Haben Sie etwas mit der Automobilindustrie zu tun? Ich habe gehört, die Deutschen expandieren derzeit vermehrt in die USA."

Sarah schüttelte den Kopf. Sie hatte Mr. Wicasa verstanden. Nur weil er einem Stamm, einer bestimmten Volksgruppe angehörte, bedeutete dies noch lange nicht, dass er in allen Geschäften involviert war.

In diesem Moment kam die Indianerin zurück und unterbrach das Gespräch. Sarah nahm ihren Pass entgegen.

„Bis nächsten Dienstag sollte ich alle Dokumente gesichtet

haben. Hätten Sie Dienstag Zeit?“, fragte Mr. Wicasa.

„Selbstverständlich“, murmelte Sarah und ließ ihren Reisepass in der Handtasche verschwinden.

„Leotie, würdest du mit Mrs. Beck für nächsten Dienstag einen Termin vereinbaren?“

Die Frau nickte und deutete Sarah an, ihr zu folgen.

„Auf Wiedersehen, Mr. Wicasa“, verabschiedete sich Sarah. „Und danke für alles.“

Der Anwalt stand nicht auf, sondern reichte ihr über den Tisch hinweg die Hand.

„Gern.“

Mit einem unbehaglichen Gefühl in der Magengrube verließ sie das Büro des Anwalts. Sie führte es darauf zurück, dass sie im Begriff war, ein Erbe anzutreten, das ihr nicht zustand.

Am Empfang ließ sich Sarah von der jungen Frau einen Termin geben und bat darum, dass man ihr ein Taxi rief. Die Indianerin griff zum Telefon und bot ihr an, im Haus zu warten.

„Nein danke“, lehnte Sarah ab.

Hier drinnen war es dunkel und stickig. Lieber wartete sie in der Hitze, wo sie zumindest durchatmen konnte. So verließ Sarah die Anwaltskanzlei. Unschlüssig stand sie vor dem Haus und entschied dann, direkt an der Straße auf das Taxi zu warten.

Aus dem grauen Gebäude nebenan ertönte eine Glocke, und Sarah kam zu dem Schluss, dass es sich um eine Schule handeln musste. Ihr Eindruck wurde bestätigt, als nur Minuten später eine ganze Horde junger Schüler das Gebäude verließ. Die meisten von ihnen waren afroamerikanischer oder indianischer Abstammung. Nur hin und wieder sah sie ein Kind mit heller Hautfarbe. Dann hielt auch schon das Taxi vor ihr.

„Ich habe es mir nicht nehmen lassen, selbst zu kommen.“ Der Taxifahrer, der sie vom Flughafen nach Cheetah Manor gefahren hatte, grinste sie breit an. „Darf ich Sie mitnehmen, Ma’am?“

„Vielen Dank“, murmelte Sarah und ließ sich auf die Rückbank fallen. Es tat gut, endlich aus der Hitze herauszukommen.

„Ich hoffe, Sie haben auf mich gehört und sich ein Hotel gesucht."

Sarah schüttelte den Kopf, während sie im Rückspiegel den Blick des Taxifahrers suchte.

„Nein, bitte zurück nach Cheetah Manor", sagte sie. „Oder zur Weggabelung", schob sie leise hinterher und hoffte im Stillen, dass er sie dieses Mal direkt zum Haus fahren würde.

„Was sagten Sie?", erkundigte sich der Taxifahrer.

„Alles in Ordnung."

„Aber zum Glück waren Sie so vernünftig, sich einen guten Anwalt zu besorgen."

Irritiert blickte Sarah auf. „Sie kennen Mr. Wicasa?"

„Ja, er ist so etwas Ähnliches wie mein … Cousin." Er grinste sie breit an.

Das erklärte einiges. Beide Männer hatten sie eindringlich vor Cheetah Manor gewarnt, beide ihr empfohlen, sich in New Orleans ein Hotel zu suchen.

„Die Welt ist klein …", murmelte sie, und dabei war es ihr egal, ob die Redewendung in Louisiana geläufig war.

Sarah lehnte sich zurück in die Polster und schloss die Augen. Sie wollte sich nicht weiter mit dem Taxifahrer unterhalten, sondern lieber ihre Ruhe haben. Erleichtert hörte sie, wie der Fahrer das Radio anschaltete und lauter drehte. Jazzmusik erfüllte das Auto, während sie erst durch New Orleans und dann die grünen Straßen Richtung Lake Maurepas fuhren.

KAPITEL 14

Sarah war müde, als sie auf Cheetah Manor ankam. Natürlich hatte sie die letzte Meile zu Fuß zurücklegen müssen. Dementsprechend dankbar war sie, dass sie vor dem Abendessen noch Zeit hatte, unter die Dusche zu springen.

Glücklicherweise fiel das Abendessen einfacher aus als die Tage zuvor – und schweigsamer. Darren wirkte die meiste Zeit gedankenversunken und antwortete nur einsilbig auf die Fragen, die Ivie ihm stellte. Moira hatte rot verweinte Augen und mied Darrens Blick. Hatten sie sich gestritten? Der Tag war anstrengend gewesen, und Sarah fühlte sich weder seelisch noch körperlich in der Verfassung, zwischen den beiden den Vermittler zu spielen. Die Stille war erdrückend, und auch wenn der scharfe Bohnensalat ausgesprochen gut schmeckte, sehnte Sarah das Ende des Essens herbei.

„Hat das Gewitter in Cheetahville schlimme Schäden angerichtet?“, fragte sie schließlich, als sie das bedrückende Schweigen nicht länger ertragen konnte.

Darren blickte kurz zu ihr auf, schien einen Moment zu überlegen und murmelte: „Geht schon." Dann wirkte er wieder abwesend.

Seufzend nahm Sarah einen Schluck selbstgemachte Zitronenlimonade – seit dem ersten Abend bekam sie nun immer einen Krug hingestellt. „Ich habe heute den Anwalt in New Orleans aufgesucht", unternahm sie einen weiteren Versuch, das Gespräch in Gang zu bringen, und diesmal gelang es ihr.

„Das ist gut", sagte Moira und ein schwaches Lächeln erschien auf ihren Lippen. „Auch wenn ich nicht verstehe, warum du die Sache nicht über Ethan abwickelst."

Sarah biss sich auf die Lippe. Ethan hatte ihr das Angebot nie gemacht. Sie hatte immer gedacht, dass er die Belange der Familie Morgan vertrat, allen voran Darrens, und dieser machte nach wie vor nicht den Anschein, als wäre er begeistert, dass sie das Erbe antrat.

Gerade starrte er sie wieder böse an, und wenn Blicke töten könnten, wäre sie auf der Stelle tot vom Stuhl gefallen. „Ich an deiner Stelle würde mir das mit der Plantage noch mal gut überlegen."

„Warum?" Sie wollte sich nicht von ihm einschüchtern lassen.

„Es gehört viel Verantwortung dazu. Cheetah Manor ist mehr als nur eine ertragreiche Baumwollplantage. Es gehören Menschen zu uns, die von uns abhängig sind. Das bedeutet eine große Verantwortung."

Wollte Darren sie abschrecken? Dachte er, sie würde Panik bekommen und es sich mit dem Erbe anders überlegen? Noch hatte sie der Familie nicht gesagt, dass sie nicht gedachte, ihren Anteil an Cheetah Manor zu behalten.

Eine spitze Antwort lag ihr auf der Zunge, doch sie beherrschte sich. Sie wollte mit Darren nicht streiten, nicht beim Essen und noch weniger im Beisein von Moira.

„Dann wäre es nett, wenn du mir morgen Cheetahville zeigen könntest."

„Das finde ich auch eine sehr gute Idee", pflichtete Moira

ihr bei. Sie hatte das Gespräch also doch verfolgt, auch wenn sie vollkommen abwesend wirkte.

„Aber natürlich." Er lächelte sie an.

Dieses Lächeln war so unecht, so falsch. Sarah kannte Darren inzwischen gut genug, dass ihr das nicht verborgen blieb.

„Ich muss morgen ohnehin noch mal ins Dorf. Du kannst mich gerne begleiten."

Sarah nickte ihm zu und war erleichtert, als Jalia den Nachtisch brachte. Eine leckere Mousse mit frischem Obst. Allerdings aß Sarah nur die Hälfte. Dann legte sie den Löffel zur Seite und wartete aus Höflichkeit, bis Moira und Darren fertig waren. Noch bevor Jalia das Geschirr abräumte, verabschiedete sie sich.

„Es war ein langer Tag. Ich bin sehr müde und werde gleich ins Bett gehen."

„Das verstehen wir. Eine gute Nacht", wünschte Moira höflich. In Gedanken schien sie bereits wieder weit fort zu sein.

„Morgen, acht Uhr!", war alles, was Darren sagte.

„In Ordnung", murmelte Sarah und verließ das Esszimmer.

KAPITEL 15

Pünktlich um acht Uhr stand sie im Eingangsbereich und wartete auf Darren. Er ließ sich Zeit und kam mit einigen Minuten Verspätung.

„Los geht's!“, rief er ihr zu und war bereits an ihr vorbei. Es sah so aus, als ob er auch heute nicht gut drauf war.

Obwohl Sarah am liebsten wieder umgedreht und in ihr Zimmer zurückgegangen wäre, beeilte sie sich, ihm zu folgen.

Vor dem Haus stand der Pick-up bereit. Auf seiner Ladefläche hatte Darren etliche Hölzer gestapelt. Einige große Latten ragten über das Fahrerhaus hinaus in den Himmel, waren aber mit Spanngurten gesichert. Darren saß bereits hinter dem Steuer und legte schon den Rückwärtsgang ein. Sarah konnte gerade noch rechtzeitig einsteigen, da wendete er schwungvoll und brauste los.

Sie blickte still aus dem Fenster und betrachtete die vorbeiziehende Landschaft.

Darren war wieder einmal von der schweigsamen Sorte.

Sarah fragte sich, was sie besser fand, sein Schweigen oder in das Kreuzfeuer seiner Vorwürfe und Beschimpfungen zu geraten. Die angespannte Stimmung im Pick-up setzte ihr ziemlich zu. Sie schielte zu Darren hinüber. Er trug eines seiner karierten Hemden. Den leicht verbeulten Hut hatte er hinter sich auf die Rückbank gelegt. Konzentriert sah er auf die Straße und manövrierte den Pick-up durch die kurvenreiche Landschaft.

Sarah hielt es nicht mehr aus und entschloss sich, ein Gespräch zu beginnen. „Ich finde es faszinierend, dass hier trotz der Hitze alles so grün ist."

„Hm."

Das war alles. Kein weiterer Kommentar folgte. Missmutig starrte Sarah vor sich hin, überlegte, wie sie Darren aus der Reserve locken konnte. „Die Sachen hinten sind alle für das Dorf?"

„Hm", brummte er wieder, was wohl diesmal eine Zustimmung sein sollte.

Sarah hatte genug. „Was ist los mit dir? Gibt es Probleme?"

„Und wenn es welche gäbe, würde dich das nichts angehen", knurrte er.

„Das ist nicht fair", beschwerte sie sich. „Was habe ich getan, dass du mich so behandelst?"

Ein verächtliches Schnauben kam von Darren. „Willst du darauf tatsächlich eine Antwort?"

„Ja!" Sarah verschränkte die Arme vor der Brust. „Ich habe es satt, von dir mit Nichtachtung gestraft zu werden, ohne zu wissen, was ich überhaupt getan habe."

Darren bremste so scharf, dass der Pick-up ein wenig ins Schlingern kam. Er wartete, bis sich der aufwirbelnde Staub gelegt hatte, und öffnete seine Tür.

„Steig aus!", befahl er ihr.

„Warum?" Er lief um den Pick-up herum und riss die Beifahrertür auf.

„Aussteigen!" Sein Befehl duldete keinen Widerspruch.

Vorsichtig und darauf bedacht, Darren nicht zu berühren, verließ sie das Fahrzeug. Er schmiss die Wagentür mit einem lauten Knall zu, drehte sich um und stapfte davon.

„Na wunderbar", stöhnte Sarah und folgte ihm. Er steuerte ins Dickicht, zwängte sich zwischen den Sträuchern hindurch und lief weiter durchs Geäst. Sarah hatte Mühe, ihm zu folgen. Mit ihren Turnschuhen hatte sie nicht genügend Halt auf dem rutschigen Untergrund und musste aufpassen, nicht zu stürzen. Die Sträucher zerkratzten ihr die Arme. Was machten sie hier? Warum stampfte sie mit einem unbekannten Ziel hinter Darren durchs Dickicht? Der Weg wurde zusehends schmaler. Auf beiden Seiten erstreckte sich Sumpflandschaft. Unbeirrt bahnte sich Darren seinen Weg. Er schien genau zu wissen, wo er hintreten konnte. Sarah gab sich größte Mühe, nicht den Anschluss zu verlieren. Ohne ihn wäre sie hier verloren.

Schließlich blieb er stehen. Erleichtert seufzte Sarah auf. Waren sie endlich am Ziel?

Mit dem Rücken zu ihr stand er an eine Wasserzypresse gelehnt, deren Ausläufer das Gewässer berührten. Vorsichtig schaute Sarah an ihm vorbei und erhaschte einen Blick auf den See, der sich vor ihnen erstreckte. Sie befanden sich am Ufer des Lake Maurepas.

Darren sah stumm aufs Wasser hinaus.

„Und was wollen wir hier?", fragte Sarah noch immer außer Atem.

„Ich werde dir zeigen, worauf du dich einlässt. Schau!" Er klopfte gegen den Stamm des Baums. „Lege deine Hand hierhin!"

Sarah runzelte die Stirn, tat aber, wozu Darren sie aufgefordert hatte.

„Und nun?" Sie spürte die raue Rinde unter ihren Fingern.

„Das hier ist Cheetah Manor." Er ergriff ihre andere Hand und legte sie ebenfalls an den Stamm. „Mach die Augen zu!"

Sarah atmete tief durch und schloss die Lider.

„Nicht sehen, nur hören und fühlen." Darren stand dicht hinter ihr. Sie spürte seinen warmen, starken Körper. Seine Hände legten sich über ihre. Eine angenehme Wärme breitete sich in ihr aus, bahnte sich einen Weg von ihren Händen bis hin zu den Füßen. Und dann spürte sie es. Pure Energie strömte durch sie hindurch. Etwas Vergleichbares hatte sie noch nie erlebt. Rein und klar fühlte sie eine unglaubliche Macht in sich.

„Das ist Cheetah Manor. Spürst du es?“, flüsterte er ihr ins Ohr.

Sämtliche Nackenhärchen stellten sich auf. Sie fühlte das Vibrieren, mächtig und kraftvoll. Mit jedem Atemzug breitete sich die Energie in ihr aus, belebte jede Zelle. Sarah war so lebendig wie nie zuvor. Berauscht von dem unglaublichen Gefühl der Unbesiegbarkeit, lechzte sie nach mehr.

„Du bist zu gierig“, hörte sie Darren sagen.

Gerade wollte sie fragen, was er damit meinte, als sich der Energiestrom veränderte. Das Klare und Reine bekam einen bitteren Geschmack, wurde dunkel und erdrückend. Sarah japste nach Luft und versuchte sich von dem Baum zu lösen. Darrens Hände lagen unnachgiebig auf ihren. Gefangen zwischen dem Baum und Darren, war sie hilflos der unbekannten Kraft ausgeliefert, die immer weiter in ihr anschwoll. Sie wollte die Augen öffnen, doch es ging nicht. Ihr Körper reagierte nicht.

„Wie viel bist du bereit zu geben?“ Darrens Stimme war hart.

„Bitte“, stammelte sie und versuchte verzweifelt, Luft in ihre Lungen zu bekommen. Die unheilvolle Dunkelheit bemächtigte sich ihrer, zog sie immer weiter mit sich fort. Sarah wollte um Hilfe schreien, sich an irgendetwas klammern. Aber das einzig Greifbare war Darren. Durch den dichten Nebel spürte sie seine Präsenz.

„Hilf mir!“, krächzte sie.

„Cheetah Manor fordert Opfer“, hörte sie seine Stimme aus weiter Ferne.

Die Schatten, die sie einhüllten, bewegten sich. Darren war plötzlich dicht hinter ihr. Sein Oberschenkel berührte ihren Po, seine Hände ruhten noch immer auf ihren. Panik stieg in ihr auf.

Opfer? Wovon sprach Darren? Menschenopfer? War Darren ein Mörder? Würde er sie töten? Wie viele Leichen mochten bereits im See versunken liegen? Würde sie sich bald zu ihnen gesellen?

„Du fragst mich, warum ich es nicht für nötig erachte, nett zu dir zu sein?“

Sarah schüttelte den Kopf. Sie brauchte keine Antwort mehr, wollte einfach, dass es aufhörte.

„Du gehörst nicht hierher. Wir haben keine Verwendung für dich. Verschwinde und lass uns in Frieden.“

Sarah wollte seine Stimme nicht mehr hören. Sie hoffte einfach nur, dass es aufhörte. Bis eben hatte sie nicht gewusst, dass sie klaustrophobische Züge hatte. Ganz langsam kroch die Panik ihre Glieder hoch, brachte die Dunkelheit mit sich. Die erdrückende Enge nahm ihr die Luft zum Atmen.

Sarah spürte, wie Tränen ihre Wange hinabliefen, hörte sich selbst schluchzen. Sie saß in der Dunkelheit fest, während diese finstere und absolut scheußliche Energie durch sie hindurchfloss. Sie war einsam, allein, gefangen im Nichts.

„Hör auf!“, schluchzte sie. Die Kräfte schwanden und sie sah sich nicht mehr dazu in der Lage, weiter gegen Darren anzukämpfen. Was immer er vorhatte, sie konnte nicht mehr. Erschöpft ließ sie sich gegen den Baum sinken.

Mit einem Mal war die Düsternis fort. Ihre Hände waren frei. Sie sprang zurück, verlor das Gleichgewicht und prallte gegen eine Zypresse. Langsam rutschte sie am knorrigen Stamm entlang, bis sie auf dem Boden saß. Ihre Beine fühlten sich wie Pudding an. Sie blickte ängstlich zu Darren hoch, darauf gefasst, den vernichtenden Schlag zu erhalten.

Seine Miene war undurchdringlich. Er stand einfach da und sah sie an. Sie drückte sich gegen den Baum, betete, dass sie sich einfach in Luft auflösen möge.

„Also, reden wir darüber, was dir Cheetah Manor wert ist.“ Beharrlich stand Darren vor ihr, schnitt ihr jeden Fluchtweg ab.

Sarah war vollkommen verwirrt. Was wollte er von ihr? „Was meinst du damit?“

„Du gehörst nicht hierher. Das weißt du ebenso gut wie ich. Als Brains Ehefrau hättest du einen Platz hier gehabt, aber so bist du für Cheetah Manor wertlos. Du kannst nichts, was wir hier brauchen. Ich möchte, dass du verschwindest." Das waren klare Worte und jedes davon traf zielsicher einen wunden Punkt bei ihr. „Ich bin bereit, dir einen Scheck auszustellen. Sagen wir, eine Million, wenn du deine Sachen packst und verschwindest."

Ungläubig starrte sie Darren an. Er hatte ihr nicht wirklich gerade Geld angeboten, damit sie ging. „Ich glaube nicht …", murmelte sie fassungslos.

„Eins fünf – mein letztes Angebot."

Sarah fühlte sich wie im falschen Film. Wenn sie sich vorstellte, wie viel Geld das war, schwindelte ihr. Hatte Darren das alles abgezogen, um sie zum Verkauf zu drängen? Sie hatte Angst vor ihm, aber so sehr sie sich auch vor ihm und dieser dunklen Magie fürchtete, sie wollte nicht klein beigeben.

Ich will deine Plantage nicht!, wollte sie Darren ins Gesicht brüllen, hielt sich aber zurück. Mit Menschen, die so mit ihr umgingen, wollte sie nicht verhandeln. Und wenn Darren es darauf anlegte, würde sie auch die Anteile der Plantage behalten. Nicht nur er konnte ihr das Leben schwermachen. Sein Spiel, seine Spielregeln, und Sarah war bereit sie zu lernen.

„Vergiss es!", zischte sie.

Die innere Panik schluckte sie hinunter. Was, wenn Darren sie abermals durch die Hölle schickte? Noch einmal würde sie das nicht überleben. Sie durfte ihm ihre Angst nicht zeigen und zwang sich, ihn direkt anzuschauen. Seine Augen waren zusammengekniffen und sprühten nur so vor Wut.

„Ist das dein letztes Wort?"

Ihr Herz klopfte bis zum Hals und sie merkte, dass sie das Zittern nicht länger unterdrücken konnte. „Ja", hauchte sie. Ihre Stimme versagte.

Darren starrte sie an. Silbrige Funken tanzten um seine Pupillen.

„Wenn du das Erbe antrittst, werde ich es anfechten. Ich dachte, du kommst zur Einsicht, wenn du Cheetah Manor kennenlernst." Er ballte die Hände zu Fäusten. „Ich werde Himmel und Hölle in Bewegung setzen, um dich zu ruinieren – sowohl finanziell als auch in jeglicher privater Hinsicht. Wenn ich mit dir fertig bin, wirst du dir wünschen, mir nie begegnet zu sein."

Sarah wurde leichenblass. Wenn er herausfand, dass sie und Brain nicht wirklich ein Paar gewesen waren, würde ihm jedes Gericht recht geben. Sie durfte das Erbe nicht verlieren. Sie brauchte das Geld, damit sie ihr Haus in Deutschland behalten konnte.

„Oh, Alex!", seufzte sie innerlich. Wie sehr vermisste sie ihren Bruder. Wenn er nicht ums Leben gekommen wäre, hätte er sicher Rat gewusst. Sarahs Herz krampfte sich schmerzhaft zusammen.

Sie hatte sich einen Feind gemacht. Dennoch bereute sie es nicht, den Vorschlag ausgeschlagen zu haben. Sie war nicht zu kaufen.

Darren drehte sich um und stapfte davon.

Endlich konnte Sarah dem Zittern nachgeben. Ihr war übel und für einen Moment befürchtete sie, sich auf der Stelle erbrechen zu müssen.

„Kommst du?" Er war in einiger Entfernung stehen geblieben.

Wenn er ohne sie fuhr, war sie hier mitten in der Wildnis allein. Eilig rappelte sie sich auf und stolperte ihm hinterher. Sträucher zerkratzten ihre Arme, und Blätter verfingen sich in ihrem Haar. Doch Sarah spürte dies kaum. Noch immer war sie damit beschäftigt, zu begreifen, was sie eben erlebt hatte.

Als sie die rettende Straße erreichte, saß Darren bereits im Pick-up. Der Motor lief und er wartete darauf, dass sie einstieg. Sie hatte noch nicht einmal richtig die Tür zugezogen, da gab er auch schon Gas.

KAPITEL 16

Mit zusammengebissenen Zähnen saß Darren hinter dem Steuer und lenkte den Pick-up Richtung Cheetahville. Sarah kauerte wie ein Häufchen Elend neben ihm. Verdammt! Was hatte er nur getan? Seine Familie würde sich in Grund und Boden schämen, wenn sie erfuhr, wie er mit Sarah umgegangen war. Die Wut auf sie hatte sich dennoch nicht gelegt. Er musste diese Frau mit den blonden, engelsgleichen Haaren und den wundervollen, großen Augen nur anschauen, dann empfand er ein unbändiges Verlangen, sie wie ein Höhlenmensch mit sich zu schleppen und sie auf Cheetah Manor einzusperren, damit sie nie wieder weglief.

Er schluckte den bitteren Geschmack hinunter, der sich in seinem Hals bildete, wenn er sich Brain und Sarah zusammen vorstellte. Die zerstörerischen Krallen der Eifersucht hatten sein Herz fest umklammert. Egal wie sehr das Tier nach ihr brüllte, der Mann verbot sich jeden Gedanken daran. Sie war Brains Witwe, hatte ihn geliebt. Wie konnte er sich dann dazwischendrängen? Das Tier empfand nur so für sie, weil es sich der romantischen Vorstellung hingab, in ihr eine Frau zu finden, die ihn annahm, wie er war, mit seiner dunklen Seite. Sarah hatte mit Brain zusammengelebt, und als Liebende hatten sie sicher alle Geheimnisse miteinander geteilt.

Er massierte mit der Hand seine linke Schläfe, die zu pochen begann. Wie hatte Brain es nur zulassen können, dass Sarah mit in die Sache hineingezogen wurde? Wenn er sie wirklich geliebt hätte, hätte er ihr genügend finanzielle Mittel hinterlassen, damit sie ausgesorgt hätte und Cheetah Manor im Schoße der Familie bleiben könnte. Damit wäre Sarah in Sicherheit gewesen, fernab von der Gefahr, die Brain das Leben gekostet hatte. Er hätte an der Stelle seines Bruders so verfahren. Zumindest solange noch kein Nachwuchs geplant war. Er musste tief durchatmen. Allein der Gedanke an Sarah mit einem Kind im Schoß ließ die Krallen des Tieres ausfahren.

Er musste sie loswerden. Zu ihrem Schutz und um seinetwillen. Seit sie auf Cheetah Manor angekommen war, war er völlig unkonzentriert. Bei allem, was er tat, schoben sich immer ihre großen unschuldigen Augen vor sein Sichtfeld.

Darren stemmte sich gegen das Lenkrad und verkrampfte unmerklich. Er konnte nicht zulassen, dass Sarah blieb. Er war so unglaublich wütend auf Brain. Wie hatte er Sarah vollkommen schutzlos zurücklassen können? Warum hatte er der Plantage den Rücken gekehrt? Warum Louisiana verlassen? Dass ihm diese Entscheidung den Tod gebracht hatte, daran zweifelte Darren keine Minute. Der Unfall in den Bergen war kein bedauerlicher Zufall, dessen war er gewiss. Der Umstand, dass Sarahs Bruder mit Brain unterwegs gewesen war und sein Schicksal teilen musste, dagegen schon.

Die Trauer über den Verlust seines Bruders hatte er noch lange nicht bewältigt, auch wenn er es sich nie anmerken ließ. Wie viel schwerer musste diese lähmende Last auf Sarah und seiner Mutter liegen? Bei dem Gedanken an Moira bohrte sich ein weiterer Stachel tief in sein Herz. Aus dem Augenwinkel schaute er zu Sarah hinüber, die starr aus dem Fenster blickte. Seit sie da war, hatte sich der Zustand seiner Mutter wesentlich verbessert. Dafür war er ihr äußerst dankbar.

Vielleicht könnte Sarah doch bleiben. Sofort schob er den Gedanken weit fort. Sie gehörte nicht hierher und es war besser, wenn sie mit ihnen zukünftig nichts mehr zu tun hatte. Vermutlich hatte er ohnehin alles verbockt.

Darren umklammerte das Lenkrad fester. Wenn es doch einen Weg gäbe, Sarah hierzubehalten. Nur seiner Mutter zuliebe, natürlich. Auch er würde sich freuen, aber darum ging es nicht. Er würde schon klarkommen, das tat er immer. Vielleicht … Nein! Ein Hierbleiben von Sarah stand nicht zur Diskussion.

Er schielte aus dem Augenwinkel zu ihr. Noch immer sah sie konzentriert aus dem Fenster. Bei ihrem Anblick zog sich etwas in ihm beinahe schmerzlich zusammen. Als Sarah ihm angeboten hatte, er könne über Probleme mit ihr reden, war er innerlich explodiert. Er konnte nicht mit ihr darüber sprechen, sie war das Problem. Dass er kurzerhand angehalten und sie durch die Wildnis geschleppt hatte, war definitiv nicht überlegt gewesen. Sie die Kraft von Cheetah Manor spüren zu lassen, war ebenso impulsiv gewesen wie die Drohung, er würde sie ruinieren.

Darren krallte die Hände fester um das Lenkrad, bis die Knöchel weiß hervortraten. Er verabscheute sich für das, was er getan hatte. Darren wagte es nicht, den Kopf zu drehen und Sarah anzublicken. Sein schlechtes Gewissen belastete ihn schon jetzt mehr, als er zugeben wollte.

Er schnaubte. Sie hatte abgelehnt. Natürlich! Was hatte er erwartet? Schon seit er sie das erste Mal gesehen hatte, nagte der Zweifel an ihm, ob es ihm gelingen würde, Sarah zu vertreiben. Sie war stark, zwar sanftmütig, aber eine Kämpferin. Rundheraus hatte sie sein finanzielles Angebot abgelehnt. Es war auch lächerlich, was er ihr geboten hatte. Cheetah Manor war viel kostbarer, als mit Geld zu bezahlen war. Und in seiner Blauäugigkeit hatte er ihr den größten Schatz der Plantage offenbart. Sie war weder naiv noch dumm. Mit dem, was sie von Brain wusste, konnte sie sich den Rest zusammenreimen. Darren presste die Lippen fest zusammen. Er musste mit ihr reden. Sich bei ihr entschuldigen. Er hatte nicht fair gespielt und wollte diesen Kampf nicht auf dieser Ebene ausfechten. Wenn Sarah Brain geliebt hatte, war auch ihr daran gelegen, das Geheimnis der Plantage zu beschützen.

Aber zuerst musste er sich beruhigen und wieder einen klaren Kopf bekommen, dann konnte er mit Sarah sprechen.

Er atmete auf, als sie die Grenze von Cheetahville erreichten. Rote Backstein-Bungalows mit weißen Türen und Fensterrahmen säumten die Fahrbahn. Cheetahville bestand aus einer großen Straße, die kaum benutzt wurde, weil sie lediglich an der Weberei endete, und ein paar Quergassen. Darren versuchte das Dorf durch Sarahs Augen zu sehen. Ein Haus glich dem anderen. Auf der rechten Seite in einem Vorgarten türmten sich Gestrüpp und Äste, die der Sturm abgebrochen hatte. Ein umgestürzter Baum hatte eine der Straßen blockiert. Die Stromversorgung war unterbrochen worden. Er bog nach rechts ab und stellte zufrieden fest, dass der Netzbetreiber die versprochenen Leute geschickt hatte und diese bereits dabei waren, einen neuen Strommast aufzustellen. Mit etwas Glück hätten am Abend alle Häuser wieder Elektrizität.

Darren parkte den Pick-up vor dem letzten Haus. Dahinter erstreckte sich eine grüne Wiese, die nach dem Unwetter mehr einer Moorlandschaft glich. Normalerweise weideten hier Schafe, doch der zerstörte Zaun hatte Akos dazu gezwungen, die Tiere im Stall zu lassen.

Darren stieg aus und ließ den Schlüssel stecken. Er kannte die Menschen hier sein ganzes Leben und vertraute ihnen vorbehaltlos. Als er vor dem Unwetter ins Dorf gekommen war, um die Leute zu informieren, hatten sie nur genickt.

„Tu, was du tun musst", hatte Akos, der Dorfälteste, zu ihm gesagt. Keiner hatte sich über die Schäden, die das Unwetter angerichtet hatte, beschwert. Beim Aufräumen zu helfen, war für Darren eine Selbstverständlichkeit.

Er löste die Spanngurte, die die Latten festhielten, und stapelte die Hölzer neben dem Pick-up. Sarah war inzwischen ebenfalls aus dem Auto geklettert, hielt aber einen gehörigen Abstand zu ihm. Er konnte es ihr nicht verdenken.

„Hallo, Darren“, begrüßte ihn Emma, die soeben aus dem Haus kam. „Die Männer sind schon hinten am Zaun und warten auf Material.“

Darren nickte ihr zu. „Ich mache mich gleich auf den Weg. Nimmst du Sarah mit, sie möchte Cheetahville kennenlernen?“

„Aber natürlich“, antwortete Emma gutmütig.

Darren war erleichtert. Die mütterliche Emma gehörte zu den Frauen, die das Dorf zusammenhielten. Sie hatte zwei Söhne, die bereits ihre eigenen Familien gegründet und ihr eine ganze Reihe an Enkelkindern beschert hatten. Sarah war bei ihr besser aufgehoben als bei ihm.

Ohne noch einmal zurückzublicken, schulterte er die erste Latte und marschierte los.

KAPITEL 17

Fassungslos starrte Sarah Darren nach, der sie ohne ein Wort einfach zurückließ. Einerseits war sie froh, seiner Nähe endlich entkommen zu sein, andererseits hätte er sich wenigstens von ihr verabschieden können. Nun stand sie hier mitten auf der Straße und wusste nicht, wohin.

Die rundliche Afroamerikanerin kam lächelnd auf Sarah zu.

„Ich bin Emma", stellte sie sich gut gelaunt vor.

Sarahs Unsicherheit schwand. Die ältere Frau war ihr auf Anhieb sympathisch, und die Aussicht, den Tag in ihrer Gesellschaft zu verbringen, war viel verlockender, als in Darrens Nähe zu sein. „Komm mit. Während die Männer den Zaun reparieren, kochen wir etwas Leckeres."

Sarah ließ sich von Emma durch die Straßen führen. Sämtliche Dorfbewohner schienen heute sehr beschäftigt zu sein. Autos standen zwar in den Einfahrten und in geöffneten Garagen, aber die Gassen waren wie leer gefegt.

„Dort müssen wir hin." Emma deutete auf einen lang

gezogenen Backsteinbau.

Schon beim Näherkommen hörte Sarah Stimmen aus dem Inneren. Als Emma die Tür öffnete und Sarah hineinwinkte, schwoll der Lärm noch mehr an.

„Du brauchst keine Angst zu haben“, versicherte ihr Emma, führte sie durch einen schmalen Flur und öffnete eine Schiebetür.

Eine geräumige Großküche lag vor Sarah. Unzählige Afroamerikanerinnen arbeiteten an allen Ecken und Enden. Dazwischen saßen oder standen Kinder mit schwarzen Locken und großen, dunklen Augen. Riesige Töpfe kochten auf einem Herd in der Mitte. Einige Frauen schnitten Obst oder Gemüse, das sie in großen Metallpfannen sammelten. Eine junge Frau saß auf dem Boden und stillte einen Säugling. Als Sarah eintrat, verstummte das bunte Treiben. Alle sahen sie an. Mit ihrer weißen Hautfarbe stach sie deutlich hervor.

„Darren hat Sarah mitgebracht“, verkündete Emma. Als wären ihre Worte die Formel für eine geheime Absprache, drehten sich die Frauen wieder ihrer Arbeit zu. Die Kinder spielten weiter, als wäre nie etwas gewesen.

„Hallo“, hörte sie eine schüchterne Stimme von der Seite. Erfreut stellte Sarah fest, dass es Jalia war, eines der Mädchen, das auf Cheetah Manor arbeitete. „Soll ich dich ein bisschen herumführen?“

„Sehr gerne.“ Sarah war froh, ein vertrautes Gesicht gefunden zu haben.

„Dann komm mit.“ Jalia schob sich an einigen Kindern vorbei, die sich Murmeln zurollten.

„Was bereitet ihr hier eigentlich vor?“, wollte Sarah wissen und betrachtete die undefinierbare Suppe, die auf dem Herd stand, aber äußerst lecker roch.

„Abendessen“, erklärte ihr eine Frau mit einem vergnügten Zwinkern.

Jalia zog Sarah weiter.

„Das Unwetter hat das Gatter an der Nordseite zerstört, dort, wo die Schafe weiden. Die Männer sind schon den ganzen Morgen damit beschäftigt, den Zaun auszubessern, deswegen ist es gut, dass Darren Holz bringt."

Verwundert musterte Sarah Jalia von der Seite. Im Haus gab sie sich den Morgans gegenüber ausgesprochen höflich, doch jetzt redete sie von Darren, als wäre er ihr Lieblingsbruder.

„Das hier ist Anissa", stellte Jalia ihr eine junge Frau vor, die etwa so alt wie Sarah war. Um ihren schlanken Körper hatte sie ein Tuch gebunden, in dem an ihrer Brust ein kleines Kindchen schlummerte. Anissa schnitt Paprika klein. „Sie hat vor der Geburt ihrer Tochter auch auf dem Anwesen gearbeitet."

Sarah nickte Anissa freundlich zu.

„Ich werde auch wieder zurückkommen, wenn Jamie alt genug ist."

„Wirst du dann noch auf Cheetah Manor sein?", fragte Anissa höflich.

Sarah zuckte mit den Schultern. Sie konnte diese Frage gerade nicht beantworten.

„Jalia hat erzählt, dass es Moira viel besser geht, seit du da bist", plauderte Anissa weiter und ignorierte den dezenten Ellenbogen, mit dem Jalia ihr klarmachen wollte, dass sie aufhören sollte zu reden.

„Ging es Moira davor nicht gut?"

Anissa wandte sich an Jalia. „Hör damit auf!", ging sie die etwas jüngere Frau an. „Sie hat ein Recht, es zu erfahren."

Jetzt war Sarah äußerst gespannt.

Anissa war fertig mit dem Schneiden. Sie spülte ihr Brettchen und das Messer unter fließendem Wasser ab und ließ es zum Abtropfen im zweiten Spülbecken stehen. Dann kam sie zurück. „Moira kämpft seit … dem Tod ihres Mannes mit Depressionen. Als die Nachricht kam, dass Brain …" Verunsichert hielt sie inne und musterte Sarah besorgt. „Darf ich von ihm sprechen?"

Sarah nickte. Sie wollte mehr über ihre Schwiegermutter erfahren.

„Jalia?", rief von irgendwoher eine Stimme. „Bringst du mir bitte die Paprika?"

Jalia wuchtete die Metallpfanne hoch und eilte davon.

„Seit Brains plötzlichem Tod war sie am Boden zerstört.

Nicht einmal Darren vermochte sie zu überreden, das Essen im Speiseraum einzunehmen. Den ganzen Tag saß sie in ihrem Zimmer oder im Salon und ließ niemanden an sich heran."

Sarah konnte sich das nicht wirklich vorstellen. Moira war bei den Mahlzeiten häufig dabei gewesen. Natürlich trauerte sie um ihren Sohn, aber ansonsten machte sie einen guten Eindruck.

„Ich denke, es liegt an dir. Seit Rayna zum Studieren fort ist, fehlt ihr weibliche Gesellschaft. Und Darren bringt es auch nicht fertig, eine Frau mit nach Hause zu bringen."

Sarah machte große Augen, als sie hörte, wie Anissa über Darren sprach. War er etwa, wie sein Bruder Brain, schwul? Sie versuchte sich Darren in Erinnerung zu rufen, aber an seinem Auftreten, seinem Gang, seinen Bewegungen und daran, wie er sprach, hatte sie nichts feststellen können. Dank ihres schwulen Bruders hatte sie eigentlich ein ganz gutes Gespür dafür entwickelt, welcher sexuellen Orientierung die Menschen angehörten.

„Ist Darren oft hier?", wechselte Sarah das Thema.

„Wie man es nimmt. Wenn nichts Besonderes los ist, eigentlich nicht. Aber gestern hat er kräftig mit angepackt, und auch wenn jemand krank ist oder ein Kind geboren wird, lässt er es sich nicht nehmen vorbeizukommen."

Das passte irgendwie nicht zu dem Darren, den sie bisher kennengelernt hatte. Ihr gegenüber verhielt er sich immer reserviert, ja überaus abweisend.

„Darren gibt auf uns Acht. Wenn wir Probleme haben, hat er immer ein offenes Ohr für uns."

Das klang, als hielten die Menschen ihn immer noch für ihren Herrn. Dabei waren die Zeiten der Sklaverei längst Vergangenheit.

Ein junges Mädchen kam vorbei, stellte eine große Schüssel mit Petersilie vor Anissa ab. „Mit einem Gruß von Sina", verkündete sie augenzwinkernd und verschwand eilig wieder.

„Hier." Anissa reichte ihr einen Petersilienstängel und stellte eine leere Metallschüssel daneben. „Du kannst mir helfen, sie abzuzupfen."

Sarah griff nach einem Stängel und rupfte die Blätter ab. Den Stiel warf sie, wie Anissa es vormachte, in einen Eimer, der auf dem Boden stand und für organische Abfälle war.

„Könnt ihr von hier wegziehen?“, fragte Sarah und wusste nicht, ob sie sich mit dieser Frage auf dünnem Eis befand. Nachdem Darren sie so offensichtlich bedroht hatte und da ihm Kräfte zur Verfügung standen, vor denen sie sich abgrundtief fürchtete, traute sie ihm eine ganze Menge zu. War Cheetah Manor doch verflucht? Wurden die ganzen Menschen hier gefangen gehalten?

Anissa schüttelte ungläubig den Kopf. „Warum sollten wir wegziehen?“ Die Frage schien ihr vollkommen unverständlich zu sein.

„Es gibt verschiedene Gründe. Heirat, Job, eine neue Herausforderung“, zählte sie ein paar Dinge auf, die ihr spontan einfielen.

„Die Morgans sorgen gut für uns. Wir haben alles, was wir brauchen, vor allem Arbeit. Warst du schon in den Dörfern ein paar Meilen weiter westlich? Ich möchte in keinem der heruntergekommenen Häuser leben. Arbeit ist Mangelware. Hier geht es uns gut. Ich sehe keinen Grund, das aufzugeben.“

So wie Anissa es darstellte, hatten sie ein akzeptables Leben, im Gegensatz zu den Bewohnern anderer Dörfer.

„Es ist gut, dass du mitgekommen bist“, ertönte plötzlich eine herrische Stimme hinter ihr.

Sarah fuhr herum und blickte in die beinahe schwarzen Augen einer alten Afroamerikanerin. Sie war einen ganzen Kopf kleiner als Sarah. Was ihr jedoch an Größe fehlte, machte sie durch Breite wett. Eine fleckige Schürze war um ihre korpulente Mitte gebunden.

„Sarah Morgan.“ Die Alte kam näher, griff nach Sarahs Kinn und betrachtete sie ausgiebig.

Sarah war so verdattert, dass sie versäumte, die Frau wegen ihres Nachnamens zu korrigieren.

„Du siehst nicht aus, als würdest du zu Brain passen“, fuhr die Alte unbeirrt fort.

Sarah schluckte.

Abrupt ließ sie Sarahs Kinn los und ein überlegenes Lächeln stahl sich auf ihre Lippen. „Ich kenne dein Geheimnis“, murmelte die Alte. „Und deine Bestimmung“, fügte sie grinsend hinzu.

„Ach, da bist du. Komm, ich bringe dich zurück!“ Emma hakte die Alte unter und führte sie mit einem entschuldigenden Lächeln von Sarah fort.

„Wer war das?“ Noch immer etwas verdattert stand Sarah da und nahm ihre Arbeit, das Petersilienzupfen, wieder auf.

„Das war Joana. Manche behaupten, sie sei wahnsinnig, andere sind der Überzeugung, sie sehe in die Zukunft.“ Das Gewürz war fertig zerkleinert, und so packte Anissa die Schüssel und trug sie fort.

Sarah wurde von Jalia in Beschlag genommen und half Okraschoten zu schneiden. Den ganzen Nachmittag war sie den Frauen in der Küche behilflich, bis ihr Jalia schließlich ein Bündel mit weißem Stoff in die Hand drückte und sie nach draußen schob. Dort hatten zwei Männer eine lange Tafel aufgebaut, über die Sarah und Jalia die weißen Tischdecken legten. Während ein paar der älteren Kinder Stühle herbeitrugen, half Sarah, die Tafel zu decken.

Gegen Abend kamen schließlich die ersten Männer von der Arbeit. Von überall wurden kleinere Tische und Stühle herbeigeschafft. Auf der Straße war für Autos kein Durchkommen mehr, aber darum schien sich niemand Gedanken zu machen.

Eine größere Gruppe kehrte soeben zurück, kam zu Fuß über die Wiese. Darrens helle Haut stach zwischen den Afroamerikanern deutlich heraus. Er unterhielt sich mit den jüngeren Männern, die in schallendes Gelächter ausbrachen. Dann sah er sie und blieb stehen. Seine gerade noch so entspannte Miene verdüsterte sich, als er den Hut etwas weiter zurück in den Nacken schob. Mit festen Schritten kam er auf sie zu. Sarahs Herzschlag beschleunigte sich. Sie hatte den Tag in seiner Abwesenheit sehr genossen. Ihn nun wiederzusehen, war ein seltsames Gefühl. Die Angst, die sie heute Morgen in seiner Gegenwart verspürt hatte, war plötzlich wieder sehr präsent.

„Ja, wen haben wir denn da?", hörte sie plötzlich eine vertraute Stimme und drehte sich um.

„Eric?" Überrascht, aber durchaus erfreut sah sie Darrens Bruder auf sich zukommen. Er trug ein dunkles Hemd und dazu eine einfache Jeans. Der Dreitagebart und die hochgestellten Haare verliehen ihm ein jugendliches Aussehen. „Was machst du denn hier?" Die finsteren Gedanken waren wie weggespült.

„Das Dorf feiert. Das lasse ich mir natürlich nicht entgehen." Vergnügt umarmte er sie. „Hm … du riechst gut – nach Essen." Er schnupperte an ihren Haaren.

Grimmig wandte sich Darren von ihnen ab.

Sarah strich sich grinsend eine Strähne hinter das Ohr. „Ich war den ganzen Tag in der Küche und habe geholfen."

„Dann muss das Essen auf jeden Fall schmecken."

„Das denke ich auch, allerdings ist das kaum mein Verdienst", konterte Sarah.

„Komm, suchen wir uns einen Platz." Eric legte einen Arm um ihre Schulter und führte sie hinüber zur Tafel. Sarah hätte sich gerne irgendwo an den Rand gesetzt, doch Eric steuerte die Mitte an.

„Können wir nicht weiter außen sitzen?", flüsterte sie ihm zu.

Eric schüttelte den Kopf. „Wir sind die Ehrengäste. Unser Platz ist genau hier." Er deutete auf die verhassten mittigen Stühle.

Sarah gefiel die Aussicht, von allen angestarrt zu werden, überhaupt nicht, aber sie fügte sich ihrem Schicksal.

„Konntet ihr den Zaun reparieren?", fragte Eric seinen Bruder, der nun zu ihnen trat.

„Ja, ist fertig." Darren sah Eric nicht an.

Sarah spürte seinen Blick auf sich und tat so, als bemerkte sie es nicht.

„Die Menschen hier sind unglaublich freundlich", sagte Sarah und wusste nicht, ob sich ihre Worte an Darren oder Eric richteten.

„Natürlich", entgegnete Eric vergnügt. „Sie sind loyal bis

aufs Blut. Allerdings wissen sie auch, dass wir diese Loyalität erwidern." Er rückte einen Stuhl zurück und bat Sarah, sich zu setzen. Zu ihrer Rechten nahm Darren Platz, links von ihr Eric. Emma und ihr Mann, Akos, saßen ihnen gegenüber. Die Menschen strömten herbei, einige kamen zu ihnen an die Tafel, andere nahmen an den kleineren Tischen Platz. Als alle beisammen waren und sich eine unheimliche Stille über die Festgesellschaft legte, stand Darren auf.

„Ich freue mich sehr, dass ich heute ein Teil von euch sein durfte. Ich danke für das Verständnis, das ihr für mich und meine Familie aufbringt. Das Unwetter war schrecklich und hat Cheetahville deutlich mehr getroffen als das Anwesen. Das bedauere ich zutiefst." Er machte eine Pause.

„Du hast getan, was du tun musstest, Darren. Dank dir können wir einer großartigen Ernte entgegenblicken." Akos hatte sich ebenfalls erhoben. „Wir freuen uns, dich, Eric und Sarah heute als unsere Gäste begrüßen zu dürfen."

Er ergriff sein Glas und Darren tat es ihm gleich. Emma sprang sofort auf und goss aus einem Tonkrug eine rötliche Flüssigkeit ein.

„Auf Cheetahville." Darren stieß mit Akos an und hob sein Glas. „Auf den neuen Zaun und auf euch." Dann trank er es in einem Zug leer. Die Menschen applaudierten und das Stimmengewirr schwoll wieder an. Emma begann aus dem Topf vor ihr das Essen zu verteilen. Jemand schnappte Sarahs Teller weg, dafür bekam sie einen vollen zugeschoben.

„Hier." Eric goss ihr ein Glas Wasser ein. „Das Essen schmeckt gut, aber trinken kann nicht schaden." Er zwinkerte ihr zu.

Da alle um sie herum zu essen begonnen hatten, schob sich auch Sarah einen Löffel des herrlich duftenden Eintopfs in den Mund und musste im nächsten Moment kräftig husten. Sie griff nach dem Glas und spülte großzügig mit Wasser nach.

„Na, doch etwas scharf?", fragte Eric belustigt.

Darren streckte ihr wortlos einen Brotkorb hin. Ohne ihn anzublicken, und darauf bedacht, ihn nicht zu berühren, nahm sie sich einige Scheiben von dem Weißbrot, das eine der Frauen heute Nachmittag selbst gebacken hatte. Mit dem Brot war die Schärfe des Eintopfs erträglich.

Die Schatten wurden immer länger und schließlich war die Sonne im Begriff, hinter dem Horizont zu verschwinden. Fackeln wurden aufgestellt und angezündet. Sie erhellten die Straßen und erzeugten eine wunderbare, heimelige Atmosphäre. Die Stimmung wurde immer ausgelassener, was vermutlich am Alkohol lag, der ausgeschenkt wurde.

Irgendwann wurde das Essen abgetragen und einige Tische und Stühle beiseite geräumt. Ein paar der Dorfbewohner verschwanden und kamen mit Musikinstrumenten zurück. Sie setzten sich an den Rand und begannen zu spielen. Ohne zu zögern, traten die Ersten auf die freie Fläche und tanzten. Immer mehr schlossen sich ihnen an.

„Na komm!", forderte Eric sie auf. „Erweist du mir die Ehre?"

Sarah ließ sich von ihm hochhelfen und zur Tanzfläche ziehen. Besorgt betrachtete Sarah die anderen und versuchte ein System in den fremden Schritten zu erkennen.

„Einfach führen lassen", sagte Eric und nahm sie in den Arm.

Mit ihm war vieles so einfach. Sie konnte ihm vertrauen, sich seiner Führung überlassen. Beschwingt wirbelte er sie über die Tanzfläche, bis sie schließlich außer Atem war und japsend auf ihren Platz zurückkehrte. Darren saß immer noch auf seinem Stuhl. Sarah setzte sich und trank ihr Glas in einem Zug leer.

„Die Menschen hier halten große Stücke auf dich", sagte Sarah und wagte nicht zu ihm hinüberzublicken.

„Ich weiß", murmelte er. „In der Regel bin ich nicht so ein Arschloch wie bei dir."

Klang er tatsächlich ein wenig zerknirscht?

„Warum verhältst du dich mir gegenüber dann so?" Sie konnte sich die Frage einfach nicht verkneifen.

„Weil ich es kann." Er stand auf, blieb hinter ihr stehen, beugte sich über ihre Schulter und flüsterte ihr ins Ohr. „Und ich werde erst Ruhe geben, wenn du verschwunden bist."

Ein kalter Schauer jagte über ihren Rücken. Unbeweglich wartete sie ab, ob er sie berühren würde. Sie hatte Angst davor, noch einmal diesen finsteren Mächten ausgesetzt zu sein. Doch hier, in der Gegenwart der Dorfbewohner, würde er es wohl kaum wagen, sie noch einmal anzurühren. Solange sie mit Darren nicht allein war, sollte sie in Sicherheit sein.

Darren ging an Sarah vorbei, hinüber zu Anissa. Neben ihr saß ein Mann, vermutlich ihr Ehemann, und hatte das Baby auf dem Arm. Er sagte etwas zu dem Paar, was beide zum Lachen brachte. Begeistert stand Anissa auf und ließ sich von Darren zur Tanzfläche führen.

Sarah beobachtete fasziniert, wie Darren tanzte, was er ausgesprochen gut konnte. Geschmeidig, als täte er nie etwas anderes, führte er Anissa über die Tanzfläche. Sarah schluckte und konnte einen Anflug von Eifersucht nicht unterdrücken. War sie vollkommen verrückt geworden? Darren hatte ihr klar und deutlich gesagt, was er von ihr hielt und von ihr erwartete, und ihm standen Mittel und Wege zur Verfügung, wie er sein Ziel erreichen würde. Wie konnte sie sich da wünschen, in seinen Armen zu liegen und mit ihm zu tanzen? Sie verstand sich selbst nicht.

„Nun mach schon“, hörte sie ein ungeduldiges Flüstern hinter sich. Aus dem Augenwinkel sah sie drei junge Männer, beinahe noch Kinder, näher kommen. Der Größte von ihnen, ein schlaksiger Junge mit kurz geschorenen Haaren, trat schüchtern heran.

„Ich … ich bin Tyron“, stotterte er unbeholfen.

„Sarah“, entgegnete sie freundlich und streckte Tyron ihre Hand entgegen, die der Junge nur zögernd ergriff.

„Und deine Freunde?“ Sie legte den Kopf zur Seite, um an ihm vorbei die anderen zu mustern.

„Das sind Samory und Kokou“, stellte er die beiden vor.

Samory war zwei Köpfe kleiner als seine Freunde. Seine Haare standen wirr in alle Richtungen ab und ließen ihn dadurch ein paar Zentimeter größer wirken.

Kokou war zwar hochgewachsen, besaß aber noch typisch kindliche Züge. In ein paar Jahren würde er mit diesen wundervollen, großen Augen ein gut aussehender Mann werden, der nicht wenigen Frauen weiche Knie bescherte.

„Ich wollte … dich … fragen“, stammelte Tyron und knetete nervös die Hände.

„Er wollte dich fragen, ob du mit ihm tanzt“, half Samory seinem Freund aus.

Sarah war überrascht. Als sich Tyron verlegen am Kopf kratzte, musste sie schmunzeln.

„Keiner von uns hat je mit einer weißen Frau getanzt“, erklärte Kokou ehrfurchtsvoll.

„Und ich soll nur mit Tyron tanzen oder mit euch allen?“

Verlegen wichen Samory und Kokou ihrem Blick aus.

Sie hatten Tyron also vorgeschickt, weil sie sich allein nicht trauten. Hilfe suchend schaute sich Sarah um. Weder Eric noch Darren noch sonst jemanden, den sie kannte, konnte sie fragen, ob sie gegen die Etikette verstieß, wenn sie mit den Jungs tanzte. Die drei waren goldig und sie wollte ihnen gern den Wunsch erfüllen.

„Seid ihr denn schon alt genug, um mich zum Tanzen aufzufordern?“

„Ich bin achtzehn“, erklärte Tyron und wuchs um ein paar Zentimeter.

„Ich auch.“ Samory wirkte total verlegen und wäre vermutlich feuerrot geworden, wenn sein Gesicht nicht so dunkel wäre.

„Ich werde in einem Monat achtzehn.“ Kokou wirkte enttäuscht.

„Also gut.“ Sarah stand auf. „Jeder einen Tanz“, verkündete sie und streckte Tyron die Hand entgegen.

Ziemlich verlegen ergriff Tyron diese und führte Sarah Richtung Tanzfläche.

Sie musste sich ernsthaft bemühen, bei Tyrons ungelenken Tanzversuchen nicht in schallendes Gelächter auszubrechen. Er war so damit beschäftigt, ihr nicht auf die Füße zu treten, dass er nicht in der Lage war, ein Gespräch zu führen. Die Musik endete und Samory stand bereit. Er bemühte sich nach Kräften, sie zu führen, was aber durch seine geringe Größe nicht ganz einfach war. Sarah war froh, als sie auch diesen Tanz hinter sich gebracht hatte. Kokou wartete geduldig auf seinen Einsatz und kam angeflitzt, sobald das Lied verklungen war. Er strahlte über das ganze Gesicht, als er mit stolzgeschwellter Brust Sarah über die Tanzfläche führte. Von allen dreien war er der beste Tänzer. Er brachte es sogar fertig, während des Tanzens zusammenhängende Sätze herauszubringen.

„Du bist wirklich hübsch", sagte Kokou bewundernd.

Sarah, die den Jungen in seinen Schwärmereien nicht weiter bestärken wollte, murmelte nur ein „Danke". Es war wirklich goldig, wie er sich kaum traute, ihr in die Augen zu blicken.

„Gibt es hier auch Mädchen in deinem Alter?", erkundigte sie sich.

Kokou nickte. „Ja, aber die sind alle total kindisch und kichern ständig. Das nervt total." Dabei verdrehte er die Augen.

Sarah wusste nicht, was sie dazu sagen sollte, und wandte den Kopf ab, damit er ihr Grinsen nicht sah. Die Jungs waren einfach total lieb, aber als Männer nicht ernst zu nehmen.

Die Musik endete, und noch bevor Kokou sie loslassen konnte, hörte Sarah eine tiefe Männerstimme hinter sich. „Darf ich abklatschen?", fragte Darren den Jungen, der eifrig nickte und das Feld räumte.

Sarahs Herzschlag beschleunigte sich. Was wollte Darren von ihr? Der Fluchtinstinkt riet ihr, die Beine in die Hand zu nehmen und zu fliehen. Sie wollte Darren nicht anfassen, nicht noch einmal diese unheimlichen Kräfte spüren. Doch er ließ ihr keine Wahl, umfasste ihre Hand und legte sie sich auf die Schulter. Er hielt sie an der Taille fest, während seine andere Hand die ihre ergriff. Mit angehaltenem Atem wartete Sarah darauf, etwas zu spüren, doch nichts geschah. Die Musik setzte ein und sie bewegte sich mechanisch.

„Es war nett von dir, mit den Jungs zu tanzen."

Sarah blickte zu ihm auf. Ihr Mund wurde trocken, als sie in seine silber-blauen Augen schaute.

„Ich hoffe, ich habe sie nicht zu sehr ermutigt", sagte Sarah und hing an seinen Lippen.

„Sagt dir denn einer zu?“ Seine Stimme troff vor Sarkasmus. „Keiner von ihnen ist blond, keiner reich.“

Sarah war so in dem Moment gefangen, dass sie beinahe geantwortet hätte, dass sie eigentlich nicht auf blonde Männer stand. Gerade noch rechtzeitig fiel ihr ein, dass Brain, ihr Ehemann, blond gewesen war, und sie verkniff sich den Kommentar. Stattdessen murmelte sie: „Zum Glück bist du nicht mein Typ.“

„Dann solltest du dich an Eric halten“, schlug er ihr bissig vor.

„Eric?“, murmelte Sarah verwirrt. Was sollte sie von Eric wollen?

„Er hat Einfluss, Macht und Geld. Das ist doch genau das, was du möchtest.“

Sarah blieb wie angewurzelt stehen. Es gab so viele Dinge, die sie ihm an den Kopf werfen wollte. Aber nicht hier, nicht vor all diesen Menschen, die unweigerlich auf Darrens Seite stehen würden.

„Du kennst mich nicht“, sagte sie leise. „Bis zu Ethans Auftauchen habe ich nicht gewusst, dass Brain eine Familie hat. Ich wusste nichts von euch, von dieser Plantage. Aber so langsam kann ich verstehen, warum er nach Deutschland kam und jeden Kontakt zu euch abgebrochen hat.“

Darren kniff die Augen zusammen, zog Sarah dicht an sich heran und zischte: „Dann hoffe ich, dass du es ihm bald gleichtust, deine Sachen packst und verschwindest. Je eher, umso besser.“

„Ich hasse dich!“ Ihre Stimme zitterte, als sie sich von Darren losriss und davoneilte.

Tränen brannten in ihren Augen. Beharrlich unterdrückte sie das Bedürfnis zu weinen. Sie musste hier weg und sah sich suchend um.

„Sarah, was ist denn passiert?“ Eric eilte zu ihr und betrachtete sie besorgt.

Sie schniefte undamenhaft. „Kannst du mich bitte nach Cheetah Manor fahren?“

Das Letzte, was sie an diesem Abend wollte, war mit

Darren allein zu sein. Zu Fuß nach Cheetah Manor zu laufen, schien ihr etwas weit. Außerdem kannte sie den Weg nicht.

„Aber sicher." Beruhigend legte er ihr einen Arm um die Schulter und führte sie davon, immer weiter weg von der Musik und der ausgelassen feiernden Menschenmenge.

KAPITEL 18

Darren hatte Elias gebeten, seinen Pick-up nach Cheetah Manor zu fahren. Er selbst hatte beschlossen, zu Fuß zu gehen. Das Tier in ihm saß dicht unter der Oberfläche und er wusste, er musste es herauslassen. Als er sich weit genug vom Dorf entfernt hatte, gab er dem drängenden Bedürfnis nach und streifte seine Haut ab. Er spürte, wie sich sein Körper veränderte, manche Knochen dehnten sich aus, andere schrumpften zusammen. Sein Körperschwerpunkt verlagerte sich und er ließ sich auf die Pfoten fallen. Fell bedeckte nun seinen ganzen Körper. Er nahm die Welt um sich herum anders wahr. Sein Sichtfeld hatte sich verbreitert, und da es bereits dunkel war, sah er deutlich besser als mit seinen menschlichen Augen. Auch seine anderen Sinne schärften sich. Gerüche, vertraut und doch nur dem Gepard vorbehalten, stiegen ihm in die Nase. Er hörte das Rascheln weit entfernter Tiere, ja sogar die Musik aus dem Dorf. Genüsslich ließ er die Krallen ausfahren und versenkte sie im Erdboden. Es tat gut, geerdet zu sein, direkt mit der Natur verbunden. Die vertraute Kraft von Cheetah Manor strömte durch seine Adern, belebte jede Zelle. In diesem Zustand war er unbesiegbar. Er hob den Kopf und brüllte. Das Land, auf dem er stand, gehörte ihm. Er duldete die Menschen, die darauf lebten, ebenso wie die Tiere, die sich dieses Fleckchen Erde als ihr Zuhause ausgesucht hatten. Alles gehörte ihm. Abermals ließ er ein lautes Fauchen hören, um allen zu zeigen, dass er der Herr von Cheetah Manor war. Seine Pfoten kribbelten, als sich seine Muskeln anspannten und er in einen leichten Trab fiel. Er wurde immer schneller, jagte durch das Unterholz, sprang mühelos in den Sümpfen von Baum zu Baum. Der Gepard kannte die Umgebung wie kaum ein anderer. Das hier war seine Heimat. Jeder Ast, jeder Strauch war ihm vertraut. Mit Leichtigkeit legte er Meile um Meile zurück, umrundete seinen Besitz. Darren genoss den Wind, der ihm ins Gesicht blies, ebenso wie die Gräser, die über sein Fell strichen.

Hier fühlte er sich frei. Das war sein Gebiet, und das würde er sich von niemandem wegnehmen lassen. Auch nicht von einer Frau mit verführerischen Lippen und wundervollen, großen Augen. Der Gepard fauchte und der Mann in ihm rief ihn zur Vernunft. Sie hatte Brain geliebt, musste wissen, wie es war, mit einem Gestaltwandler zusammen zu sein. Die lächerliche Hoffnung, dass sie auch ihn lieben, ihn so annehmen könnte, wie er war, wischte er beiseite. Sie war Brains Witwe. Er konnte nicht die Frau für sich beanspruchen, die sein Bruder geliebt hatte. Er war zu spät gekommen, einige Jahre zu spät. Indem sie Brain die Treue geschworen hatte, war sie für ihn unerreichbar geworden. Das Tier bleckte die Zähne. Es wollte einfach nicht verstehen, dass eine Beziehung unmöglich war. Der Gepard wollte sie bei sich haben, auf Cheetah Manor, wo sie in Sicherheit war. Doch Darren wusste, dass sie, wenn sie bliebe, immer in Gefahr schweben würde. Deswegen war es das Beste, sie zu vergraulen. Auch wenn er sich manchmal wünschte, es wäre anders. Eilig vertrieb er diesen Gedanken. Er wollte nichts sehnlicher, als dass Sarah endlich verschwand. Und mit etwas Glück hatte er sie bald so weit, dass sie ihre

Koffer packte und zurück nach Deutschland flog. Fort aus seinem Leben und fort aus der Gefahrenzone.

Das Tier blieb stehen und schnupperte. Ein allzu vertrauter Duft stieg ihm in die Nase. Er senkte die Schnauze und sog die Luft ein.

Er war hier. Ganz in der Nähe.

Mit gesenktem Kopf nahm er die Verfolgung auf und stellte bald fest, dass er auf direktem Weg nach Cheetah Manor war. Sollte er nach so langer Zeit zurückgefunden haben? Nein, das war nicht möglich. Für ihn war alle Hoffnung verloren. Es kam hin und wieder vor, dass er sich dem Anwesen näherte, was aber nicht hieß, dass er sich erinnerte.

Hoffentlich sah ihn seine Mutter nicht. Das letzte Mal war sie monatelang in Depressionen verfallen, bis sie sich halbwegs davon erholt hatte. Und dann war Brain gestorben …

Darren blieb stehen, legte den Kopf ein wenig schief, stellte die Ohren auf und lauschte. Leises Tapsen über den Rasen war zu hören. Das war kein Tier, sondern ein Mensch. Vollkommen ruhig verharrte er, legte sich auf die Lauer, wie es der Raubkatze eigen war, und wartete geduldig, bis er ein leises Rascheln vernahm. Der andere schlich durch die Sträucher und Gräser, näherte sich langsam dem Menschen.

Darren wollte sich gerade abwenden, als seine Nase etwas aufschnappte.

Sarah! Was machte sie mitten in der Nacht im Garten?

Das Tier sprang auf und rannte in großen Sätzen Cheetah Manor entgegen. Die Bewohner des Dorfes kannten ihn und er kannte sie. Nie würde er einen von ihnen angreifen. Doch Sarah war fremd, ein Eindringling. Wenn sie das Tier sah und es sich bedroht fühlte … Er wollte den Satz nicht zu Ende denken. Seine Muskeln spielten unter seiner Haut, während er in schnellem Tempo Kilometer um Kilometer zurücklegte.

Ein panischer Aufschrei zerriss die nächtliche Stille.

Darren zwang sich, stehen zu bleiben und zu lauschen. Er roch kein Blut, was ein gutes Zeichen sein mochte. Die Katze spähte in die Dunkelheit, ganz auf die Geräusche in der Umgebung konzentriert.

Da hörte er sie. Leichte Schritte, die über den Rasen stolperten. Die viel schwereren Pfoten, die sich langsam, aber bestimmt ihren Weg bahnten.

Sorge erfüllte ihn und trieb ihn zur Höchstgeschwindigkeit an. So schnell er es vermochte, sprintete er durch die Büsche. Er musste es rechtzeitig schaffen, rechtzeitig, bevor er Sarah etwas antun konnte. Mit einem großen Satz sprang er über einen umgestürzten Baum und hastete weiter. Äste brachen unter ihm. Die Umgebung zog an ihm vorbei. Seine ganze Aufmerksamkeit war auf die Frau gerichtet, die über den Rasen floh. Er hörte den dumpfen Aufprall, schlussfolgerte, dass sie gestürzt sein musste. Nur noch Sekunden, dann würde er sie erreichen.

Mit einem gewaltigen Satz sprang er durch das Dickicht und erreichte schließlich den Garten des Anwesens. Und dann sah er sie. Sarah kauerte wimmernd am Boden. Ihr gegenüber befand sich die Raubkatze, die in diesem Moment mit ausgefahrenen Krallen zum Sprung ansetzte. Für eine Sekunde stoppte sein Herzschlag, und er fragte sich, ob er zu spät gekommen war.

KAPITEL 19

„Warte, ich begleite dich ins Haus.“ Eric hatte sich bereits abgeschnallt und die Hand am Türgriff, als Sarah ihn zurückhielt: „Nein, Eric. Ich danke dir, dass du mich hergefahren hast, aber ich komme schon allein zurecht.“

Skeptisch musterte der junge Mann sie. „Bist du sicher?“

Sarah nickte zuversichtlich. „Ich bin schon ein großes Mädchen.“

Eric lachte laut auf. „Okay. Ich wünsche dir eine gute Nacht.“

„Danke. Dir auch.“ Sarah öffnete die Tür und stieg aus.

Natürlich wartete Eric, bis sie zur Haustür hineinschlüpfte, ehe er abfuhr. Es war still im Haus. Außer Moira war keiner hier und sie schlief sicher schon längst. Leise huschte Sarah die Treppe hinauf in ihr Zimmer. Die Unruhe, die sie ergriffen hatte, ließ sie einfach nicht mehr los. In der Hoffnung, eine warme Dusche würde sie entspannen, ging sie ins Badezimmer. Doch als sie fertig umgezogen zurückkam und die Bettdecke aufschlug, fühlte sie sich noch immer völlig aufgewühlt. Ihr Blick glitt zur Uhr über dem Bett. In Deutschland war es bereits Morgen. Emily war sicher schon wach. Bestimmt griff sie nach ihrem Handy, und während sie weiter durch das Zimmer wanderte, rief sie ihre Freundin an.

„Sarah, na endlich. Ich dachte schon, du meldest dich überhaupt nicht mehr. Erzähl, wie geht es dir?"

„Emily", seufzte Sarah. Es tat so gut, die vertraute Stimme zu hören.

„Bist du noch immer in Louisiana? Wie spät ist es bei dir?"

„Es ist Nacht, aber ich kann nicht schlafen", erklärte Sarah.

„Wieso das?"

„Hm", brummte sie ausweichend.

„Los, erzähl schon! Wie ist Brains Familie?"

Sarah atmete tief durch und begann zu berichten: von Ethan, Eric, Darren und Moira. Ihrem Tag auf der Baumwollplantage, von Rayna und ihrem Ausflug nach New Orleans. „Emily, ich habe Angst", gestand Sarah endlich.

„Angst? Wovor?"

Sarah blieb ihrer Freundin die Antwort schuldig. Sie konnte einfach nichts sagen. Ihre Lippen waren wie zugeklebt. Dabei wollte sie Emily von dieser Kraft erzählen, die sie gespürt hatte, davon, dass Darren sie bedroht hatte. Aber es ging einfach nicht. Verzweifelt kämpfte sie gegen die Beklemmung an. Tränen traten Sarah in die Augen, doch noch immer war ihr Mund verschlossen. Etwas hielt sie davon ab, ihrer Freundin alles zu erzählen.

„Wovor hast du Angst?", hakte Emily nach.

„Ich glaube, diese Baumwollplantage ist eine Nummer zu groß für mich", platzte es schließlich aus Sarah heraus. Sie war selbst verwundert über ihre Worte. „Ich überlege, einfach nach Hause zu kommen." Sie schlug eine Hand vor den Mund. Hatte sie das soeben wirklich gesagt?

„Sarah!", rief Emily bestürzt. „Was auch immer bei dir los ist, warte bis morgen. Du wirst sehen, bei Tagesanbruch sieht die Welt schon wieder ganz anders aus", riet ihr Emily.

„Ja", hauchte Sarah und eine erste Träne rollte über ihre

Wange. Dieses Telefonat war eine einzige Farce. Was war nur los mit ihr? Warum gehorchte ihr Körper ihr plötzlich nicht mehr? War Darren dafür verantwortlich? Allein der Gedanke an ihn erfüllte sie mit Furcht.

„Gibt es sonst noch etwas? Ich muss nämlich los zur Arbeit."

„Alles okay", log Sarah und verabschiedete sich von Emily.

Nachdem die Verbindung unterbrochen war, ließ sie kraftlos das Handy sinken. Sie unterdrückte die Tränen nicht mehr, sondern ließ ihnen freien Lauf. Schluchzend legte sie das Telefon auf den Tisch und kroch in ihr Bett, wo sie sich in den Schlaf weinte.

Schatten griffen nach ihr, zogen sie in eine dunkle Ecke. Darren war plötzlich über ihr, lachte sie aus. Sein Gesicht verwandelte sich in eine hässliche Fratze, unmenschlich und in seltsam schillernden Farben. Sie spürte die beängstigende Kraft, die von ihm ausging, als er drohend näher kam. Sarah wollte wegrennen, doch ihr Körper befand sich in einer Schockstarre. Ihre Augen weiteten sich, als die schillernden Farben von Darren sie einhüllten. Sarah glaubte, keine Luft mehr zu bekommen.

„Ich habe dich gewarnt." Der indianische Taxifahrer, der aus dem Nichts aufgetaucht war, lachte.

Eine Hand griff nach ihrer Kehle.

„Nein!", kreischte Sarah. Sie schlug wild um sich und versuchte sich freizustrampeln.

Sie riss panisch die Augen auf und stellte erleichtert fest, dass sie sich in ihrem Bett befand. Froh, dass sie nur geträumt hatte, sank sie in sich zusammen. Dieser Traum hatte ihr die letzten Kräfte geraubt. Noch immer zitternd stand sie auf und öffnete die Balkontür. Sie brauchte frische Luft. Draußen war es etwas kühler geworden, sodass ihr nicht mehr die Hitze des Tages entgegenschlug.

Der Garten unter ihr lag im Dunkeln, friedlich schlafend. Plötzlich verspürte Sarah große Lust auf einen Spaziergang. Sie blickte prüfend hinab in die Tiefe. Kein Schatten, der sich bewegte, keine unheimlichen Kräfte, die sie einhüllen würden, und vor allem kein Darren Morgan. Sie lachte laut und die Anspannung fiel von ihr ab. Sie war erwachsen und würde sich vor der Dunkelheit im Garten nicht fürchten. Entschlossen ging sie hinein, griff nach ihren Sandalen und verließ das Zimmer. Barfuß schlich sie die Treppe hinunter in den Speiseraum, von wo aus sie auf die Terrasse gelangte. Die Steinfliesen unter ihren Füßen waren noch warm von der Sonne. Sie stellte die Sandalen ab und schlüpfte hinein. Im Gebüsch raschelte etwas. Sie hielt kurz inne, spähte in die Dunkelheit, konnte jedoch nichts erkennen. Aber was sollte ihr hier im Garten schon passieren? Sich selbst Mut zusprechend lief sie über die Wiese. Wieder ein Rascheln. Ihr Blick huschte abermals in die Richtung, aus der sie das Geräusch gehört hatte. Es war viel zu dunkel, als dass sie etwas sehen konnte. Bestimmt nur ein kleines, nachtaktives Tier, das im Unterholz nach Nahrung suchte.

Sarah hatte ihr Ziel, die kleine Lichtung mit der Bank, beinahe erreicht. Eine Wolke schob sich langsam vor den Mond und erschwerte ihr die Sicht. Wieder ein Geräusch – diesmal jedoch deutlich näher.

„Ist da jemand?“, fragte sie. Ein weiteres Rascheln war die Antwort. Sarah schluckte. „Hallo?“

War das ein Alligator? Sie hatte von den Reptilien gehört, die in den Sümpfen anzutreffen waren. Aber doch nicht hier, auf dem Anwesen.

Sarah erstarrte, als sie eine Bewegung ganz in der Nähe wahrnahm. Die Wolken verzogen sich und gaben die Sicht wieder frei.

Ein spitzer Schrei entwich ihrer Kehle. „Mein Gott!“, stammelte Sarah fassungslos und hielt sich an einem Baum fest.

Vor ihr, nur ein paar Meter entfernt, stand ein Gepard. Die schwarzen Flecken auf seinem Fell hoben sich deutlich von dem helleren Untergrund ab. Er bleckte die Zähne und kam langsam auf sie zu. Sarah wich zurück. Panik schnürte ihr den Hals zu. Sie wollte schreien, aber kein Laut entwich ihrer Kehle. Ein Gepard! Woher kam dieses Tier? Sie waren hier in Louisiana, nicht in Südafrika. Natürlich war ihr bewusst, dass

Cheetah nichts anderes als Gepard hieß, aber laut Ethan waren die Geparde seit Jahrtausenden in den Staaten ausgestorben. Ob sie es nun glauben wollte oder nicht, die Tatsache, dass sie gerade einer ausgewachsenen Raubkatze gegenüberstand, war unumstößlich.

Das Tier nicht aus den Augen lassend, wich sie weiter zurück. Ihre Finger ertasteten die Bank, auf die sie sich eigentlich hatte setzen und die stille Nacht genießen wollen. Von Ruhe und Stille konnte keine Rede mehr sein. Der Gepard fauchte sie an, schnupperte und ließ abermals ein Schnauben hören. Langsam kam er näher. Sarah hatte hinter sich die Bank im Rücken und konnte nicht weiter zurückweichen. Ihr Herz schlug wild in ihrer Brust. Sollte es das jetzt gewesen sein? Würde so ihr Ende aussehen? In Fetzen gerissen von einer Raubkatze?

Der Gepard stellte die Ohren auf und drehte den Kopf in die Richtung des Dickichts, aus dem er gekommen war. Sarah wollte die Chance nutzen – vielleicht die Letzte in ihrem Leben – und hastete los. Das Tier fauchte und setzte mit einem gewaltigen Satz hinter ihr her. Sarah lief, so schnell sie konnte. Sie entfernte sich immer weiter vom Haus, doch der Gepard schnitt ihr den Rückweg ab. Sarahs Verzweiflung wuchs. Sie wusste nicht, wohin, sah keinen Ausweg, dem Tier zu entkommen. Noch zwei, drei Sekunden, dann hätte es sie erreicht. In diesem Moment verfing sich ihre Sandale in einer Wurzel. Sie blieb hängen, verlor das Gleichgewicht und stürzte. Innerlich jegliche Hoffnung begrabend schloss sie die Augen. Nichts geschah. Vorsichtig drehte sie sich um und setzte sich auf. Der Gepard war ebenfalls stehen geblieben, nur einen Sprung von ihr entfernt. Bildete sie es sich nur ein oder lächelte das Tier? Dann fletschte es die Zähne und setzte zum Sprung an. Sarah kreischte. Hinter ihr raschelte es. Ein riesiges Ding schwebte über sie hinweg. Abwehrend hob sie eine Hand, spürte weiches Fell. Ein bedrohliches Knurren ließ die Luft erzittern. Wie eine schützende Mauer befand sich nun ein zweiter Gepard zwischen ihr und der Bedrohung. Am ganzen Leib zitternd starrte Sarah das riesige Tier an. Es stand direkt vor ihr und knurrte die andere Raubkatze an. Ein lautes Gebrüll erfüllte die Luft und ließ den Boden unter ihr vibrieren. War sie zum Preis im Machtkampf zweier Raubkatzen geworden? Schwer atmend beobachtete sie die Tiere. Ihr Verstand versuchte ihr klarzumachen, dass sie die Gelegenheit nutzen musste, solange die Geparde mit sich selbst beschäftigt waren. Sie sollte davonrennen! Doch ihr Körper weigerte sich, die Befehle umzusetzen.

Der Gepard vor ihr fauchte und machte einen kleinen Satz nach vorne. Das Tier, das sie verfolgt hatte, sah seinen Artgenossen an und zog schließlich den Schwanz ein. Noch einmal stieß der große Gepard ein Knurren aus und die andere Raubkatze schlich in die Dunkelheit davon.

Sarah kauerte noch immer auf dem Boden. Ihr Atem ging schnell und unregelmäßig.

Langsam drehte sich der Gepard um. Seine Muskeln unter dem Fell spannten sich an, als er auf sie zukam. Dann stand er ihr gegenüber, genau auf Augenhöhe. Sie blickte in die gelben Iriden, in denen silberne Punkte tanzten. Der Gepard war so nahe, dass Sarah das weiche Fell berühren konnte, wenn sie nur die Hand ausstreckte. Die Katze senkte den Kopf, und Sarah spürte an ihrem linken Fuß etwas Feuchtes. Die Zunge des Tieres glitt über ihren Knöchel. Es fühlte sich an, als ob eine Katze sie ablecken würde. Doch das war keine harmlose Hauskatze, es war eine gefährliche Raubkatze, die jeden Moment ihre Krallen in ihr Bein schlagen konnte.

Endlich kam Bewegung in sie. Hastig zog sie ihren Fuß fort, ließ dabei den Gepard nicht aus den Augen. Es schien, als ob er ihr zusähe, jede ihrer Bewegungen genau beobachtete. Was sollte sie tun? Fliehen? Aufgeben? Alles in ihr drängte sie zur Flucht. Auch wenn sie sich zu erinnern glaubte, irgendwo den Rat gelesen zu haben, sich in der Nähe gefährlicher Tiere langsam und ruhig zu verhalten, war ihr dies nicht möglich. Hastig rappelte sie sich auf und rannte. Immer wieder sah sie zurück, musste sich versichern, dass die Raubkatze sie nicht einholte. Doch das Tier schien an ihr nicht interessiert zu sein, zumindest machte es keine Anstalten, ihr zu folgen.

Trotzdem rannte Sarah so schnell ihre Beine sie trugen, zurück zum Haus. Wer garantierte ihr, dass in den dunklen Schatte nicht noch ein paar dieser gefährlichen Viecher lauerten, die nur darauf warteten, dass sie sich in Sicherheit wähnte?

Vollkommen außer Atem stolperte sie über die Terrasse, erreichte die rettende Tür des Esszimmers und schloss mit zittrigen Fingern die Glastür hinter sich. Ohne noch einmal einen Blick in den Garten zu werfen, hastete sie weiter, die Treppen hinauf. Dass ihre Sandalen ordentlich Lärm auf den Holzstufen machten, war ihr egal. Als sie fast oben angekommen war, stolperte sie und hielt sich in letzter Sekunde am Geländer fest. Sie zog sich hoch und eilte weiter. Endlich kam die rettende Zimmertür in Sicht. Sie stürzte hinein, verriegelte die Tür und ließ sich bäuchlings aufs Bett fallen. Sie war in Sicherheit. Alle Dämme brachen und Sarah begann hemmungslos zu weinen. *Das* war die schrecklichste Nacht in ihrem ganzen Leben.

KAPITEL 20

Nein, sie hatte es nicht gewusst. Nie würde er den entsetzten Anblick in ihren Augen vergessen, als sie ihn angesehen hatte. Wie hatte sie jahrelang mit Brain verheiratet sein können, ohne von seinem Geheimnis zu erfahren? Wie hatte er *das* vor der Frau, mit der er sein Leben und das Bett teilte, verheimlichen können? Schon die ganze Zeit dachte er darüber nach, fand jedoch keine logische Erklärung.

Leise betrat Darren das Haus. Kein Geräusch war zu hören. Er ging ins Esszimmer und stellte fest, dass Sarah so geistesgegenwärtig gewesen war, die Tür zu verschließen. Der Gepard würde es vermutlich nicht wagen, in dieser Nacht noch einmal zurückzukehren. Er hatte ihm klar und deutlich seine Meinung gesagt. Er war das Leittier, die Instanz, die die Regeln vorgab, und der Alte würde sich daran halten.

Mit seinen menschlichen Augen konnte er in der Dunkelheit nicht viel erkennen. Das Tier in ihm hatte sich zurückgezogen. Er spürte die Erschöpfung. Es war bereits halb drei, und in wenigen Stunden musste er wieder auf den Beinen sein. Die Ernte wartete. Schon jetzt fehlten ihnen zwei Tage, die sie mit Aufräumarbeiten und der Reparatur des Zauns in Cheetahville verbracht hatten. Er seufzte lautlos, ließ den Kopf gegen die kühle Fensterscheibe fallen und schloss die Augen. Wenn er morgen nicht schon wieder die Kräfte von Cheetah Manor anzapfen wollte, sollte er ins Bett gehen und schlafen. Sich einen Ruck gebend, drehte er sich um und verließ das Esszimmer.

Eigentlich liebte er es, nachts durch das schlafende Haus zu streifen, doch heute war die Stille bedrückend. Er konnte nicht genau benennen, was ihm so zu schaffen machte. Vorsichtig, um die Frauen im Haus nicht zu wecken, ging er die Treppe hinauf. Sein Blick glitt automatisch zu Sarahs Zimmertür. Wie von selbst lief er dorthin und verharrte davor. Leises Schluchzen drang zu ihm durch. Sein Herz krampfte sich zusammen. Er war schuld daran, dass sie nun allein im Bett lag und weinte. Geräuschlos ließ Darren den Kopf gegen das Furnier der Tür sinken. Der Gepard meldete sich, strich unruhig in seinem Gefängnis hin und her. Er wusste, was das Tier wollte, und der Mann wünschte sich ebenfalls nichts sehnlicher, als sich neben der Frau auszustrecken, die hinter dieser Wand weinte. Er wollte sie in den Arm nehmen, ihr versprechen, dass alles gut würde und sie keine Angst mehr zu haben bräuchte, weil er sie beschützte. Die Schuldgefühle, die ihn niederdrücken wollten, ignorierte er und wandte sich ab. Er durfte nicht so egoistisch sein und nur an sich denken! Was hätte Brain von ihm erwartet? Er hatte es nicht geschafft, seinen kleinen Bruder zu beschützen. Dann musste er wenigstens dafür sorgen, dass Sarah in Sicherheit war. Und das war sie, sobald sie Cheetah Manor verließ und er sich von ihr distanzierte.

Noch immer schmerzte ihn die Aussicht, Sarah für immer zu verlieren. Seit Langem stellte er seine Bedürfnisse hinten an. Seit sein Vater sein Leben geopfert hatte, um Cheetah Manor zu retten. In dieser Nacht war er in seine Fußstapfen getreten und hatte geschworen, die Familie zu beschützen. Sarah gehörte zur Familie. Morgen würde er zum vernichtenden Schlag ausholen. Dann wäre es vorbei.

Darren ballte die Hände zu Fäusten und musste sich beherrschen, nicht gegen die Wand im Flur zu schlagen.

Mit dem festen Vorsatz, noch ein paar Stunden zu schlafen, ging er in sein Zimmer und versuchte die blonde Frau, die nur ein paar Räume entfernt von ihm lag, aus seinen Gedanken zu verbannen.

KAPITEL 21

Am frühen Morgen hatte Sarah einen Entschluss gefasst. Sie musste mit Mr. Wicasa sprechen. Ohne zu frühstücken, rief sie die Nummer des Taxifahrers an. Er war erstaunt, von ihr zu hören, versprach aber, sie in einer halben Stunde an der Weggabelung abzuholen.

Sarah machte sich eilig fertig und verließ das Haus, glücklicherweise, ohne jemandem zu begegnen. Mit schnellen Schritten marschierte sie die Einfahrt entlang und erreichte die Gabelung. Sie brauchte nicht lange zu warten, da erschien auch schon das Taxi.

„Guten Tag, Ma'am", grüßte der Fahrer und entblößte seine lückenhaften Zahnreihen.

Der Traum der vergangenen Nacht war plötzlich wieder präsent. Es war helllichter Tag, rief sich Sarah ins Gedächtnis. Außerdem stand sie auf einer öffentlichen Straße, auf der weit und breit keine Schatten zu sehen waren.

„Ganz ohne Gepäck?", fragte der Mann überrascht und

maß Sarah von oben bis unten.

„Als ob ich meine Koffer und Taschen bis hierher schleppen würde“, murmelte sie auf Deutsch, schüttelte nur den Kopf und stieg ein. „Zu Mr. Wicasa bitte“, sagte sie und zog mit Nachdruck die Tür zu.

Der Taxifahrer murmelte etwas, das Sarah nicht verstand, und kratzte sich am Nacken. Nachdenklich blickte er in die Ferne, bevor er sich hinters Steuer klemmte, umständlich wendete, weil er es vermied, über die Grenze von Cheetah Manor zu fahren, und dann endlich Richtung New Orleans aufbrach.

„Sie sehen etwas blass aus“, stellte der Taxifahrer fest und suchte ihren Blick im Rückspiegel.

„Ich hatte eine chaotische Nacht“, wich Sarah seiner Frage aus, verschränkte die Arme vor der Brust und sah demonstrativ aus dem Fenster. Glücklicherweise respektierte der Fahrer ihren Wunsch, in Ruhe gelassen zu werden, und schwieg von nun an.

Als sie New Orleans erreichten, ging es nur noch langsam vorwärts. Im Schneckentempo krochen sie durch den morgendlichen Verkehr. Sarah war dies egal. Sie hatte Zeit – jede Menge. Sie gedachte nämlich nicht, noch einmal nach Cheetah Manor zurückzukehren, beziehungsweise nur, um ihr Gepäck zu holen.

Als sie die Anwaltskanzlei erreichte, bezahlte sie den Taxifahrer, der sich erkundigte, ob er auf sie warten solle.

„Ich weiß nicht, wie lange es dauern wird. Wenn es Ihnen recht ist, rufe ich Sie an, sobald ich hier fertig bin“, schlug Sarah vor.

Zufrieden nickte der Fahrer. „Sie gehen aber nicht ohne mich.“ Aus unerfindlichen Gründen wirkte er besorgt.

„Sicher nicht.“ Sarah lächelte.

Der Taxifahrer wirkte beruhigt und machte sich auf den Weg. Sarah blickte zur Eingangstür, seufzte und betrat die Anwaltskanzlei. Sie hatte keinen Termin und wusste nicht einmal, ob Mr. Wicasa Zeit für sie finden würde. Aber sie war bereit zu warten, bis er sie empfing.

„Mrs. Beck!“, rief die Indianerin, die bereits bei ihrem ersten Besuch am Empfang gearbeitet hatte. „Haben Sie einen Termin?“ Hastig durchsuchte sie einen Stapel von Unterlagen.

„Nein, aber ich muss dringend mit Mr. Wicasa sprechen. Ist er da?“

Die junge Frau hielt in ihrer Arbeit inne und blickte Sarah prüfend an. Langsam ließ sie die Papiere sinken.

„Ich sehe nach, was sich machen lässt.“ Damit ließ sie Sarah stehen und eilte den langen Flur entlang, an dessen Ende das Büro von Mr. Wicasa lag.

Eine andere Tür öffnete sich und ein jüngerer Mann, ebenfalls mit indianischen Wurzeln, streckte den Kopf heraus. „Leotie?“, rief er und kam auf Sarah zu, als er keine Antwort bekam. Verwundert nahm er die leere Empfangsraum in Augenschein.

„Kann ich Ihnen behilflich sein?“, erkundigte er sich bei Sarah, als hätte er sich soeben auf seine Manieren besonnen.

„Nein danke.“

„Warten Sie auf jemanden?“ Er kam auf sie zugeschlendert und blieb neben ihr stehen.

Sarah musste zu ihm aufblicken, da er einen Kopf größer war als sie. Dunkle, kinnlange Haare umspielten sein Gesicht. Als er sich mit der Hand über den Nacken fuhr, entdeckte Sarah eine Tätowierung, die sich seinen Hals entlangschlängelte und im Kragen des Hemdes verschwand. Waren in dieser Kanzlei alle tätowiert?

„Ihre Kollegin bemüht sich bereits, einen Termin für mich zu bekommen.“

„Sie meinen Leotie?“, fragte er nach und blickte sich abermals suchend nach ihr um.

„Ja. Sie ist gerade bei Mr. Wicasa.“

„Ah“, war alles, was er von sich gab. „Nun gut, dann komme ich später noch einmal.“ Er schlenderte zu seinem Zimmer zurück, drehte sich jedoch in der offenen Tür um. „Sind Sie die Frau aus Deutschland?“

Überrascht nickte Sarah. Was hatte sie verraten?

„Wir haben nicht so oft Mandanten aus dem Ausland“,

sagte er und zwinkerte ihr zu. „Sie wohnen auf Cheetah Manor?" Langsam kam er wieder auf sie zu.

Sarah nickte mechanisch. Warum wusste er so viel über sie?

„Nehmen Sie sich vor der Plantage in Acht."

Er griff an ihr vorbei, nahm vom Empfangstresen den Stapel Dokumente, den Leotie bei ihrer Ankunft durchgesehen hatte, und verschwand nun endgültig.

Verwundert blieb Sarah zurück. Kannte jeder hier Cheetah Manor besser als sie selbst?

Es fühlte sich wie eine Ewigkeit an, bis Leotie schließlich zurückkam und Sarah freundlich zu sich winkte. „Mr. Wicasa kann Sie nun empfangen."

„Wunderbar", seufzte Sarah erleichtert. Sie hatte mit viel längerer Wartezeit gerechnet.

Den Weg zu seinem Büro kannte sie bereits und diesmal war sie auf die seltsame Atmosphäre in seinem Arbeitszimmer gefasst.

„Ich bin etwas überrascht, Sie so schnell wiederzusehen, Mrs. Beck. Ich hoffe, es geht Ihnen gut", begrüßte sie der Anwalt.

Sarah reichte ihm die Hand und ließ sich unaufgefordert auf dem Stuhl nieder, auf dem sie das letzte Mal schon gesessen hatte.

„Ich muss mit Ihnen reden", kam sie ohne Umschweife auf den Punkt.

Mr. Wicasa nickte Leotie zu, die das Büro verließ und die Tür hinter sich schloss.

„Was kann ich für Sie tun?", erkundigte sich der Anwalt.

„Ich will die Plantage nicht mehr", platzte sie heraus.

Verwundert zog Mr. Wicasa eine Augenbraue nach oben. „Wie muss ich das verstehen?"

„Ich möchte Geld haben. Genügend Geld, damit ich mein Haus in München abbezahlen kann. Der Rest interessiert mich nicht. Mit Cheetah Manor möchte ich absolut nichts zu tun haben."

Mr. Wicasa stützte die Ellenbogen auf seinen Schreibtisch und legte den Kopf auf die Hände. „Ich fürchte, das wird nicht möglich sein."

Sarah schloss die Augen. Als sie die Lider wieder öffnete, betrachtete der Anwalt sie noch immer nachdenklich. „Es muss doch eine Möglichkeit geben, auf physische Güter zu verzichten."

„Sie können das Erbe annehmen oder ausschlagen. Ein Teilerbe ist leider nicht möglich. Stellen Sie sich vor, der Verstorbene hatte ziemlich viel Bargeld, aber ein hoch verschuldetes Haus. Wer würde schon das Haus nehmen, wenn er nur das Geld haben könnte?"

„Ich brauche das Geld." Sarah klang frustriert.

„Dann treten Sie das Erbe an."

Als widerspräche der Vorschlag des Anwalts jeder Logik, schüttelte sie fassungslos den Kopf. „Das geht nicht!" Cheetah Manor stand ihr nicht zu und es anzunehmen, konnte sie ebenso wenig mit ihrem Gewissen vereinbaren wie Darrens Angebot.

Nachdenklich spielte Mr. Wicasa mit seinem Zopf, wickelte sich einen Teil der Haarspitzen immer wieder um den Zeigefinger. „Was ist passiert?", fragte er schließlich.

„Ich fürchte, ich kann darüber nicht reden."

„Doch, das können Sie", widersprach er ihr entschieden. „Ich bin Ihr Anwalt, Sie können mir vertrauen."

Sarahs Hals wurde eng und sie hatte das Gefühl, keine Luft mehr zu bekommen. „Es liegt nicht daran", stammelte sie.

Mr. Wicasa kniff die Augen zusammen. „Egal was Sie dort erlebt haben, hier sind Sie in Sicherheit. Die Macht von Cheetah Manor endet an Ihren Grenzen."

Sarah zwang sich, einen tiefen Atemzug zu nehmen, und tatsächlich, die Beklemmung ließ nach. „Geparde", hauchte sie und war überrascht, dass sie es tatsächlich über die Lippen brachte. Zittrig fuhr sie sich mit den Händen über das Gesicht. „Gestern Nacht war ich im Garten unterwegs, da hat mich eines der Tiere angegriffen."

„Dafür sehen Sie aber ziemlich unverletzt aus", warf Mr. Wicasa ein und schien kein bisschen überrascht über ihre Enthüllung zu sein.

„Ein zweiter Gepard erschien und hat den anderen vertrieben. Ich bin dann zurück ins Haus geflüchtet."

Mr. Wicasa nickte. „Die Cheetahs bewohnen das Gebiet seit Jahrhunderten", sagte er schließlich.

„Sie glauben mir also?"

„Natürlich."

Sarah war unendlich erleichtert.

„Dann verstehen Sie auch, warum ich nicht auf Cheetah Manor bleiben kann."

„Doch das können Sie."

Entsetzt blickte Sarah den Anwalt an. Das konnte er doch nicht ernst meinen. Er wusste, dass auf der Plantage Geparde frei herumliefen. Es war nur eine Frage der Zeit, bis sie sich ihr nächstes Opfer schnappten.

Mit verschränkten Armen saß Mr. Wicasa vor ihr. „Sie können natürlich aufgeben und nach Hause zurückfliegen oder Sie nehmen den Kampf gegen die Geparde auf."

Unbehaglich rutschte Sarah auf ihrem Stuhl hin und her. „Wie sollte mir das gelingen?"

„Diese Geparde sind keine normalen Tiere", begann der Anwalt ruhig. „Sie sind mit Cheetah Manor verbunden und die Familie Ihres Mannes hält schützend ihre Hände über diese Bestien."

Sarah musste unwillkürlich an Darren denken, die Magie der Plantage, die er ihr gezeigt hatte. Kurz überlegte sie, ob sie Mr. Wicasa davon erzählen sollte. Ihrem Bauchgefühl folgend, behielt sie es jedoch für sich.

„Ich weiß", murmelte sie deswegen nur.

„Wenn Sie möchten, kann ich Ihnen helfen, aber Sie müssen zurück nach Cheetah Manor gehen."

Die Vorstellung, auf die Plantage zurückzukehren, behagte ihr absolut nicht.

„Mrs. Beck", sprach der Anwalt beruhigend auf Sarah ein. „Ich verstehe Ihren Widerwillen, doch lassen Sie es mich erklären. Ich gehöre dem Volk der Chowilawu-Indianer an. Wir leben hier schon weitaus länger als der *weiße Mann*."

Sarah verstand nicht ganz, was der Anwalt ihr damit sagen

wollte, aber sie hörte aufmerksam zu.

„Lange bevor sich die Cheetahs dort einnisteten, war Cheetah Manor die Heimat meines Stamms. Uns ist ebenfalls daran gelegen, die Geparde von dort zu vertreiben. Wir haben sogar die Macht dazu, allerdings können wir im Gegensatz zu Ihnen die Plantage nicht betreten.“ Er hielt kurz inne und fuhr dann fort. „Uns sind die Hände gebunden. Sie dagegen können das Land und die Menschen, die darauf leben, retten.“

Sarah schluckte, als sie an die Dorfbewohner dachte. Blieben sie wirklich freiwillig im Dorf? Anissa hatte das zwar behauptet, aber so ganz abgenommen hatte ihr Sarah das nicht.

„Was schlagen Sie vor?“, wollte Sarah vorsichtig wissen.

„Sie treten das Erbe an. Ich werde mich um alles kümmern. Sie werden nach Cheetah Manor zurückkehren. Sie brauchen sich nicht zu fürchten.“ Aus einer Schublade seines Schreibtisches zog der Anwalt etwas heraus und legte es vor Sarah auf den Tisch.

Neugierig betrachtete sie das Objekt. Es war ein silbernes Amulett, in dessen Mitte sich ein tiefblauer Lapislazuli befand. Filigran gearbeitete Ornamente schlängelten sich um den Stein, der unzählige goldene Einschlüsse besaß.

„Was ist das?“, fragte Sarah neugierig und streckte die Hand danach aus. Ehrfürchtig berührte sie den geheimnisvollen, glänzenden Stein.

„Dieses Amulett muss auf Cheetah Manor vergraben werden. Damit brechen Sie die Macht der Cheetahs. Binnen ein paar Wochen werden sie von Ihrem Land verschwunden sein.“

Sarah blickte das Amulett argwöhnisch an und wusste nicht so recht, was sie davon halten sollte. Sie glaubte nicht an ungewöhnliche Kräfte, aber sie hatte auch nicht an Magie geglaubt, zumindest nicht, bis Darren sie eines Besseren belehrt hatte.

„Ich weiß nicht …“ Sie bezweifelte, dass dieses Schmuckstück etwas gegen die Geparde ausrichten konnte.

„Möchten Sie wirklich mit leeren Händen nach Deutschland fliegen?“ Der Anwalt sah sie eindringlich an. „Geben Sie sich einen Ruck. Ich habe Sie als starke und unabhängige Frau kennengelernt. Sie wollen doch nicht klein beigeben und einfach so davonlaufen? Hier, nehmen Sie es." Mr. Wicasa schob das Amulett in ihre Richtung.

Nein, sie wollte nicht mit leeren Händen zurückfliegen. Aber sie fürchtete sich vor den Raubkatzen. Darren konnte sie aus dem Weg gehen. Die Geparde schlichen sich jedoch hinterrücks an. Was, wenn dieses Amulett nicht funktionierte? Sie konnte sich nicht vorstellen, wie es in der Erde versteckt die Cheetahs vertreiben sollte.

„Sie haben die Chance, die Plantage aus den Klauen der Cheetahs zu befreien."

Sarahs Finger umschlossen das kühle Metall. Es lag schwer in ihrer Hand. Eine seltsame Gewissheit erfasste sie. Sie wusste, dass sie zurück nach Cheetah Manor gehen musste, und sie würde den Kampf gegen die Cheetahs aufnehmen. Was auch immer getan werden musste, um die Tiere zu vertreiben, sie würde es auf sich nehmen. Für die Bewohner des Dorfes, die nichts für all das konnten, und für Eric und Moira, die sie in ihr Herz geschlossen hatte.

„Ich werde es tun", entschied Sarah.

Anerkennend lächelte Mr. Wicasa sie an. „Ich wusste, dass Sie eine mutige Frau sind. Stecken Sie das Amulett ein, aber achten Sie darauf, dass es niemand zu Gesicht bekommt. Sonst wird es seine Macht verlieren. Riskieren Sie nichts. Vergraben Sie das Amulett in der Nähe des Hauses, und Sie müssen nichts mehr fürchten."

Bestärkt durch den Zuspruch von Mr. Wicasa ließ sie das Schmuckstück in ihre Handtasche gleiten.

„Ich vertraue Ihnen." Er schaute Sarah fest in die Augen. „Und ich verlasse mich auf Sie. Sie schaffen das."

„Danke", murmelte Sarah und senkte etwas verlegen den Blick.

„Habe ich Sie richtig verstanden, Sie werden das Erbe antreten?"

Sie nickte.

„Wenn Sie noch einen Moment haben, suche ich alle Unterlagen zusammen. Sie müssen diese nur unterschreiben. Ich benötige von Ihnen eine Vollmacht, dass ich als Ihr Anwalt vor

Gericht alles in die Wege leiten darf."

Mr. Wicasa betätigte die Gegensprechanlage. In seiner Stammessprache informierte er die Person am anderen Ende, vermutlich Leotie. Kurz darauf erschien sie in der Tür und brachte einige Papiere mit. Der Anwalt setzte eine Brille auf und schaute sich die Dokumente an.

„Ja, das sind die Richtigen. Sie müssen einfach nur hier unterschreiben." Mr. Wicasa hielt Sarah einen Kugelschreiber hin.

„Ich nehme die Papiere mit, schaue sie mir in Ruhe an. Das nächste Mal bringe ich sie Ihnen unterschrieben vorbei", erklärte Sarah. Wenn sie eines in letzter Zeit gelernt hatte, dann, dass sie unter Zeitdruck nichts unterzeichnete.

„Wie Sie meinen", sagte der Anwalt wenig begeistert. „Ich würde es dennoch begrüßen, wenn ich die Unterlagen möglichst bald bei Gericht einreichen könnte."

„Selbstverständlich", stimmte Sarah zu. „Ich werde mich beeilen. Nächste Woche haben Sie die Papiere."

Mr. Wicasa steckte die Dokumente in einen Umschlag und reichte ihn Sarah. Sie packte ihn in ihre Tasche und erhob sich.

„Vielen Dank, Mr. Wicasa, für alles, was Sie für mich getan haben." Sarah reichte ihm zum Abschied die Hand.

„Denken Sie daran. Eingraben, möglichst nah am Haus und so schnell wie möglich."

Sarah nickte. Sie würde die nächste Möglichkeit nutzen, die sich ihr bot, und wenn sie in der kommenden Nacht wieder hinausschleichen und ein Loch graben musste. Mit neuem Mut verabschiedete sie sich und verließ die Anwaltskanzlei.

KAPITEL 22

Sarahs spezieller Freund, der Taxifahrer, stand bereits vor der Kanzlei.

„Ich wollte Sie nicht warten lassen“, erklärte er und öffnete ihr die Autotür.

Sarah ließ sich von ihm nach Cheetah Manor zurückfahren. Als sie die Plantage diesmal betrat und den Fußmarsch zum Haus antrat, betrachtete sie ihr Umfeld mit anderen Augen. Die Landschaft war immer noch wunderschön, doch nun wusste sie, dass zwischen den Bäumen und den Sträuchern Gefahren steckten. Ängstlich suchte sie immer wieder die Umgebung ab, darauf gefasst, dass jeden Moment ein Gepard auf sie zuspringen könnte. Doch nichts dergleichen geschah. Vollkommen unbeschadet erreichte sie kurz darauf das Anwesen.

Wunderbare Kühle schlug ihr entgegen, als Sarah das Haus betrat, und sie fasste den Entschluss, das Gebäude heute nicht mehr zu verlassen – zumindest nicht, solange die Sonne noch hoch am Himmel stand.

„Darren, ich …“ Jalia brach ab, als sie Sarah erblickte. „Oh, tut mir leid, ich dachte, du wärst Darren.“ Neugierig musterte sie Sarah. „Moira hat sich nach dir erkundigt, aber keiner konnte ihr sagen, wo du abgeblieben bist.“

„Das tut mir leid. Ich wollte nicht, dass sie sich Gedanken machen muss. Weißt du, wo ich sie finden kann?“

„Moira ist im Garten.“

„Dankeschön“, murmelte Sarah. Sollte sie ihr Vorhaben umsetzen und sich in ihrem Zimmer verkriechen? Nein, wenn sich Moira schon nach ihr erkundigt hatte, wollte sie wenigstens kurz bei ihr vorbeischauen und erklären, wo sie gewesen war.

So ging Sarah ins Esszimmer, von wo aus sie auf die Terrasse gelangte.

Sie erwartete, Moira in einem Liegestuhl vorzufinden, doch weit gefehlt. Ihre Schwiegermutter arbeitete in einem Blumenbeet, direkt am Haus. Sie trug einen großen Strohhut, so einen, wie ihn Darren ihr beim Ausflug auf die Baumwollfelder aufgesetzt hatte, und stutzte einen Strauch. Neben ihr stand eine Palme, die Moira etwa bis zum Kinn reichte.

Sarah blieb stehen und sah ihrer Schwiegermutter zu, wie sie letzte Hand an den Strauch anlegte und sich dann den Strohhut zurück in den Nacken schob.

War das bereits ihre Chance? Es kam ihr vor wie Vorsehung. Sie sollte Cheetah Manor von den Geparden befreien und die geheimnisvollen Kräfte des Landes bannen. Sarah griff in ihre Tasche und suchte nach dem Amulett. Ihre Finger schlossen sich um das kühle Metall. Sie spürte ein Kribbeln. Gewissheit, dass sie das Richtige tat, breitete sich in ihr aus. Schnell und unauffällig ließ sie es in der Jeanstasche verschwinden und hoffte, dass die Bluse die kleine Beule kaschierte.

„Moira“, rief sie ihrer Schwiegermutter gut gelaunt zu, stellte ihre Tasche auf einem der Gartenstühle ab und kam auf sie zu.

„Sarah!“ Überrascht hielt Moira in ihrer Arbeit inne. „Wo

bist du gewesen? Ich habe mir schon Sorgen um dich gemacht."

Ein klein wenig plagte Sarah das schlechte Gewissen, als sie ihre Schwiegermutter anlog. „Das tut mir leid. Ich habe heute Morgen einen Termin in New Orleans wahrgenommen und wollte niemanden wecken."

„New Orleans", murmelte Moira erstaunt. „Warum hast du nichts gesagt? Du hättest problemlos ein Auto haben können."

Sarah winkte ab. „Ach was. Ich bin mit dem Taxi gefahren."

Natürlich besaß sie einen Führerschein und sogar ein Auto, fuhr aber sehr ungern damit. In München war immer viel Verkehr. Hier kannte sie sich zudem nicht aus und der Verkehr in New Orleans war noch komplizierter als in ihrer Heimatstadt. Nein, sie wäre definitiv nicht freiwillig mit dem Auto nach New Orleans gefahren.

„Jamal hätte dich auch fahren können." Moira zuckte mit den Schultern. „Aber ich bin froh, dass du wieder hier bist. Hast du Rayna besucht?"

Sarah schüttelte den Kopf. Sie wollte Rayna nicht belästigen und sie unangekündigt überfallen. Zudem hatte sie andere Dinge im Kopf gehabt. Bevor sie mit der lebenslustigen Rayna New Orleans unsicher machen wollte, musste sie erst die Plantage von den Geparden befreien.

„Kann ich dir helfen?" Sarah wollte unbedingt das Thema wechseln und ihre Aufgabe schnell hinter sich bringen. Eine größere Chance als das Einpflanzen der Palme würde sich ihr vermutlich nicht bieten. Wenn sie die nicht nutzte, müsste sie mitten in der Nacht ein Loch graben, ohne zu wissen, wo sie eine Schaufel finden konnte.

„Kennst du dich mit Gartenarbeit aus?", fragte Moira begeistert und reichte Sarah ein Paar Handschuhe.

Nachdenklich betrachtete Sarah die fremdartigen Gewächse. „In Deutschland schon, aber bei euren exotischen Pflanzen eher nicht."

„Das kann man lernen." Moira lachte gut gelaunt und deutete auf eine Heckenschere. „Stutzen kannst du, oder?"

Sarah griff nach der Schere und hörte geduldig Moiras

Ausführungen zu, wie sie eine hüfthohe Pflanze mit dicken fleischigen Blättern und roten Blüten zurückschneiden sollte.

Die Arbeit im Garten machte Sarah tatsächlich Spaß. Früher hatte sie häufig ihrer Mutter im Garten geholfen. Während Rasenmähen Alex' Job gewesen war, waren die Blumenbeete die Aufgabe der Frauen gewesen. Als ihre Mutter verstarb, hatte sich Sarah allein um den Garten gekümmert. Erst als sie ihren Job im Krankenhaus antrat, hatte sie etliche pflegeintensive Pflanzen durch andere ersetzt, die deutlich weniger Aufwand mit sich brachten. Inzwischen reichte es, wenn Sarah zweimal im Jahr Pflanzen zurückschnitt.

Seite an Seite mit ihrer Schwiegermutter zu arbeiten, war ein ganz neues Gefühl. Sie dachte schmerzlich an ihre eigene Mutter, die sie so früh verlassen hatte. Mit Moira verstand sie sich großartig und sie hätte sich wunderbar vorstellen können, dass diese Frau die Lücke in ihrem Leben füllte, die ihre Mutter hinterlassen hatte. Doch sie hatte eine Entscheidung getroffen. Sie würde nicht hierbleiben.

Schweigend arbeiteten sie vor sich hin. Immer wieder schielte Sarah zu Moira, die damit begann, ein Loch für die Palme auszuheben.

„Soll ich das Loch graben?“, fragte Sarah bereitwillig.

Moira winkte ab. „Ach was. Das schaffe ich noch ganz gut.“

So langsam wurde Sarah ungeduldig. Wie sollte sie das Amulett beim Einpflanzen in der Erde verschwinden lassen, wenn sie nicht helfen durfte?

Die Pflanze war fertig zurückgeschnitten und Sarah legte die Schere zur Seite. Sie schaute Moira zu, die sich noch immer mit dem Loch abmühte. Endlich war sie fertig.

„Ich pack mit an“, verkündete Sarah eifrig und sprang herbei, als Moira die Palme hochheben wollte. Gemeinsam positionierten sie sie über dem Loch und ließen sie vorsichtig herunter. Schnell, damit Moira ihr nicht zuvorkommen konnte, kniete sich Sarah nieder, ergriff die kleine Schaufel und begann Erde aufzufüllen.

„Ich mach das schon“, erklärte sie bestimmt. „Schau du, dass sie gerade bleibt“, bat sie Moira.

Als ihre Schwiegermutter mit der Ausrichtung der Palme beschäftigt war, ließ Sarah blitzschnell das Amulett in das Loch gleiten und schüttete eilig Erde darüber. Wenige Minuten später drückte sie die Erde um die Palme herum fest. Dann stand sie auf, um ihr gemeinsames Werk zu bewundern.

„Sie macht sich hier richtig gut", stellte Sarah fest.

„Danke dir", sagte Moira und tätschelte Sarahs Arm. „Es ist schön, jemanden hier zu haben, mit dem ich meine Liebe zur Gärtnerei teilen kann. Darren interessiert sich nur für seine Baumwolle." Sie zwinkerte Sarah dabei zu, die einfach lachen musste.

Hier stand sie mitten in der glühenden Nachmittagshitze, war vollkommen durchgeschwitzt und hatte sich ihre Jeans mit Erde ruiniert. Dennoch fühlte sie sich vollkommen zufrieden und so glücklich wie schon lange nicht mehr. Egal welche Schrecken auf Cheetah Manor lauerten, es war einfach ein wundervoller Ort. Und auch wenn sie nicht mehr lange hierbleiben würde, so konnte ihr diesen Moment doch niemand mehr nehmen.

„Vielen Dank für deine Hilfe. Ich werde noch aufräumen. Wenn du dich beeilst, hast du noch genügend Zeit, vor dem Essen zu duschen."

Überrascht blickte Sarah auf die Uhr und stellte fest, dass es in einer Stunde bereits Abendessen gab. Wo war nur die Zeit hingerannt?

„Das wäre großartig", seufzte Sarah und zog die Handschuhe aus, um sie Moira zu reichen. „Es hat Spaß gemacht."

„Mir auch", gestand Moira und nahm die Handschuhe entgegen. „Aber nun ab mit dir!"

Sarah lachte, drehte sich um und rannte auf die Terrasse, wo sie sich ihre Tasche griff und im Haus verschwand.

KAPITEL 23

Darren war am vergangenen Abend spät heimgekommen. Er war auf den Baumwollfeldern gewesen und hatte bei der Ernte geholfen, bis die Sonne untergegangen war. Durch die zwei Tage, die sie mit dem Aufräumen des Dorfes und der Reparatur des Zauns verloren hatten, fehlte ihnen nun Zeit. Alle hatten mit angepackt, und er war so beschäftigt gewesen, dass er keinen Gedanken mehr an Sarah verschwendet hatte, die am Morgen spurlos verschwunden gewesen war. Er hatte die leise Hoffnung gehegt, dass sie nicht zurückkehren würde. Aber natürlich war sie am Nachmittag wieder aufgetaucht.

Das Gespräch über die Geparde stand noch an, was er bisher vor sich hergeschoben hatte. Als er am Abend nach Hause gekommen war, hatte sie vermutlich schon geschlafen. Zumindest war sie in ihrem Zimmer gewesen und da hatte er sie nicht stören wollen. Er wusste ohnehin nicht so recht, was er ihr sagen sollte. Vielleicht reichte es, wenn er ihr die Geschichte seiner Eltern erzählte. Jedoch befürchtete er, dass

Sarah zu schlau war und weitere Fragen stellen oder sich den Rest einfach zusammenreimen würde. Weder das eine noch das andere gefiel ihm.

Er betrat das Esszimmer und stellte fest, dass er der Erste war. Erleichterung erfasste ihn. Zumindest hatte er so noch ein paar Minuten Schonfrist. Mit einer Tasse Kaffee bewaffnet setzte er sich an seinen Platz, wo die Zeitung bereitlag. Flüchtig überflog er die Schlagzeilen, als auch schon die Tür aufging und Sarah hereinkam.

„Guten Morgen“, grüßte sie ihn gut gelaunt, ging zum Buffet und bediente sich.

„Guten Morgen“, brummte er vor sich hin und nahm einen Schluck Kaffee.

Sarah ließ sich neben ihm nieder und lächelte ihn an. „Ich hoffe, du hattest eine angenehme Nacht.“

Unwillkürlich stellte er sich vor, wie es sich anfühlte, neben ihr zu erwachen und jeden Morgen mit diesem strahlenden Lächeln geweckt zu werden. Das Tier in ihm wurde unruhig. Na wunderbar. Eine einzige freundliche Geste ihrerseits und schon spielte der Gepard verrückt.

„Kurz“, nuschelte er und schlug die Zeitung auf. So hatte er zumindest einen Vorwand, sie nicht ansehen zu müssen. Die innere Stimme, die ihn daran erinnerte, dass er mit ihr reden musste, ignorierte er und studierte stattdessen interessiert die aktuellen Footballergebnisse.

„Hattest du einen angenehmen Tag gestern?“, fragte er beiläufig.

„Ganz wunderbar, und du, Darren? Hast du wieder ein Opfer gefunden, das du einschüchtern konntest?“

Er ließ die Zeitung sinken und sah sie perplex an. Wo war die Frau hin, die er mittels der Magie so sehr hatte einschüchtern können, dass sie sich nicht einmal mehr traute, ihn anzufassen? Was war seit ihrem letzten Zusammentreffen mit ihr geschehen? Die verängstigte Frau war verschwunden, dafür saß er nun einer schlagfertigen Sarah gegenüber. Er wusste nicht so recht, ob ihm das gefiel. Der Gepard allerdings war begeistert und fuhr bereits spielerisch die Krallen aus.

Darren wollte gerade zu einer Antwort ansetzen, als die Tür schwungvoll aufgerissen wurde.

„Es brennt!“, rief Ivie völlig hysterisch.

Alarmiert sprang er auf. „Wo?“

„Feuer?“ Sarah hob erschrocken den Kopf.

Vor seinem inneren Auge spielten sich bereits etliche Szenarien ab. Dass es auf dem Anwesen brannte, war höchst unwahrscheinlich, wäre aber das geringste Übel. Vielleicht eines der Nebengebäude oder die Garage. Feuer im Dorf war dagegen schon ein größeres Problem. Je nachdem, von welcher Seite der Wind kam, konnte sich ein Brand schnell ausbreiten.

„Ivie!“, drängte er ungeduldig.

„Auf dem Feld“, japste Ivie.

Darren erstarrte. Auf den Feldern? Das war unmöglich!

„Welches Feld?“, verlangte er zu wissen. Mit drei großen Schritten war er an der Tür, wartete jedoch auf eine Antwort. Jede Minute, die er verlor, war eine zu viel. Er versuchte sich zu erinnern, wann das letzte Mal ein Feuer auf den Baumwollfeldern ausgebrochen war. Auf anderen Plantagen kam dies öfter vor, auf Cheetah Manor dagegen war es eine Seltenheit. Die Plantage war vor der Außenwelt gut geschützt und der feuchte Boden verhinderte für gewöhnlich, dass ein Brand größeren Schaden anrichten konnte. Jetzt, in der Erntezeit und nachdem er den letzten Regen verhindert hatte, waren die Felder und die Baumwollhalme besonders trocken.

„Irgendwo im Osten.“

Darren stürmte los. Den Pick-up hatte er gestern Abend glücklicherweise direkt vor dem Haus stehen gelassen und ihn nicht wie sonst in die Garage gestellt. Er sprang hinein – der Schlüssel steckte wie üblich – und fuhr in halsbrecherischem Tempo los.

Schon von Weitem sah er am östlichen Horizont die Rauchschwaden aufsteigen. Das war kein gutes Zeichen, denn es bedeutete, dass sich der Brand schon gefährlich ausgebreitet hatte. Er stieg aufs Gaspedal. Jede Sekunde war kostbar.

Je näher er dem Baumwollfeld kam, desto unruhiger wurde er. Zwar erreichte er binnen Minuten das Feld, doch das

Ausmaß, das ihn erwartete, erschreckte ihn zutiefst. Wie war es möglich, dass sich die Flammen so weit hatte ausbreiten können? Die Ursachenforschung musste warten. Zuerst einmal mussten sie das Feuer unter Kontrolle bringen. Dutzende Männer und Frauen aus dem Dorf waren damit beschäftigt, ihr Möglichstes zu tun, um das Feuer einzudämmen. Die gesamte Breite des Baumwollfeldes stand in Flammen, und die lächerlichen Versuche der Dorfbewohner, ein paar Pflanzen zu retten, glichen einem Kampf gegen Windmühlen.

„Verdammt!", murmelte er mit zusammengebissenen Zähnen.

Seth, sein Vorarbeiter, kam auf ihn zugerannt. „Darren, wir bekommen das Feuer einfach nicht unter Kontrolle. Sag uns, was wir tun sollen."

Fassungslos starrte Darren die Feuerfront an. Noch immer war es ihm vollkommen unbegreiflich, wie das hatte geschehen können. Doch ihm blieb keine Zeit, sich mit der Frage aufzuhalten. Er musste handeln, und zwar schnell.

„Frean soll mit dem Flugzeug löschen", befahl er.

Seth rührte sich nicht. „Aber …"

„Los!", brüllte Darren. „Wenn wir das Feld nicht nass bekommen, gibt es bald nichts mehr, was wir abernten können."

Endlich kam Bewegung in den Vorarbeiter. Er rannte los und gab schnelle, abgehackte Befehle. Die Männer um ihn herum stoben auseinander.

Während Seth dafür sorgte, dass das Flugzeug startklar gemacht wurde, lief Darren aufgebracht hin und her. Sich der Feuerfront zu nähern, war lebensgefährlich. Die Dorfbewohner, die versuchten, das Feuer zu löschen, begaben sich in zu große Gefahr.

„Alle zurück!", brüllte er ihnen zu und gestikulierte wild mit den Armen.

Es dauerte rund fünf endlose Minuten, bis endlich Motorengeräusche zu hören waren und sich das kleine Flugzeug in den Himmel schwang. Der Pilot flog so nahe wie möglich an das Feuer heran und öffnete dann den Tank.

Unmengen an Wasser fielen durch die Luft, trafen auf die Flammen. Das Zischen war bis zu ihnen zu hören.

„Mist“, murmelte Darren und fuhr sich mit der Hand durch das Haar.

Das Wasser hatte kaum etwas ausrichten können.

Seth kam zu ihm geeilt. „Und nun? Soll ich Frean noch einmal losschicken?“

Darren schüttelte den Kopf. Das war ebenso sinnlos, wie zu versuchen, das Feuer mit ihren beschränkten Mitteln zu löschen. Es gab noch eine Möglichkeit, das Feuer zu bekämpfen, aber das würde bedeuten, dass sie das komplette Feld opfern mussten, und dazu war er noch nicht bereit.

„Wir brauchen Schaufeln“, brüllte er und sofort rannten ein paar Männer davon, um das Verlangte zu holen. „Wir heben einen Graben aus. Los!“

Darren riss einem herbeieilenden Mann eine Schaufel aus der Hand und rannte los. In der Mitte des Feldes, in sicherer Entfernung von dem Feuer, begann er zu graben. Die anderen taten es ihm gleich. Um die Wette schaufelten sie die Erde zur Seite, während andere Männer damit beschäftigt waren, schon vorzuarbeiten und den Boden von den Baumwollpflanzen zu befreien.

Darren lief der Schweiß in Strömen über die Stirn. Sein Shirt klebte an seiner Brust. Die Hitze wurde immer größer, die Feuerwand rollte unbarmherzig auf sie zu. Der Rauch um ihn herum wurde dichter, und ein paar seiner Leute fingen an zu husten. Ihm selbst brannten bereits die Augen.

„Wir müssen hier fort!“, brüllte Darren. Die meisten gehorchten seinem Befehl. Einige jedoch arbeiteten unbeirrt weiter. Hatten sie ihn nicht gehört?

„Hey, Tyron“, rief er dem jungen Mann zu, der zu jenen gehörte, die weitergruben. „Wir müssen hier weg!“

„Nein, ich kann noch …“

„Los jetzt!“ Er riss dem Jungen die Schaufel aus der Hand und baute sich breitbeinig vor ihm auf. „Solange ich das Sagen habe, tust du, was ich dir befehle!“

Tyron zog den Kopf ein, bückte sich kleinlaut nach seiner

Schaufel und rannte zum Feldrand, wo die anderen bereits auf ihn warteten. Darren blickte noch einmal in beide Richtungen. Es war niemand mehr zu sehen. Blieb zu hoffen, dass der Graben breit genug war, um das Feuer aufzuhalten. Er rannte über das Feld.

„Schick Frean noch mal los", befahl er Seth, der sich sofort daranmachte, Darrens Befehle auszuführen.

Abermals erhob sich das kleine Flugzeug in die Luft, tränkte den Graben mit Wasser.

Angespannt sah Darren zu, wie das Feuer immer näher kam. Er ertappte sich dabei, wie er die Luft anhielt. Das Feuer züngelte über den Graben, und für einen Moment dachte er, dass die ganze Arbeit vergebens gewesen war. Doch die Barriere hielt stand.

Ein lautes Aufseufzen um ihn herum war zu hören. Sie hatten es tatsächlich geschafft. Ein Drittel des Baumwollfeldes war gerettet.

Noch immer schlugen die Flammen hoch in den Himmel. Rauchschwaden hingen in der Luft. Weder Darren noch einer seiner Männer rührten sich. Schweigend standen sie da, sahen zu, wie das Feuer gierig die Baumwollpflanzen verschlang und damit einen Teil ihrer Ernte und ihres Einkommens sprichwörtlich in Asche verwandelte.

KAPITEL 24

„Brandstiftung?“, fragte Moira fassungslos und richtete sich in ihrem Stuhl auf. „Wie ist das möglich?“

Ratlos zuckte Darren mit den Schultern. Das Verlangen, sich die verschwitzte und stinkende Kleidung vom Leib zu reißen und sich unter die Dusche zu stellen, war groß, aber bevor er sich diesem Luxus hingeben konnte, musste er Moira Rede und Antwort stehen.

Er verspürte dieselbe Besorgnis, die seiner Mutter ins Gesicht geschrieben war. Dass sich das Feuer unbemerkt so weit ausbreiten konnte, war unter natürlichen Umständen unmöglich. Seine Erklärungsversuche ließen nur einen Schluss zu, und der gefiel ihm überhaupt nicht. Das Feuer musste gelegt worden sein, und da kein Fremder Cheetah Manor betreten konnte, musste einer seiner Leute für den Brand verantwortlich sein. Ihm behagte der Gedanke absolut nicht, und noch viel weniger wusste er, wo er anfangen sollte, nach dem Schuldigen zu suchen. Wer um alles in der Welt konnte überhaupt ein Motiv dazu gehabt haben? Die Dorfbewohner standen loyal zu ihm und seiner Familie, und Sarah … nein, das konnte er sich einfach nicht vorstellen.

„Darren, das ist …“ Moira brach mitten im Satz ab, den Blick auf die Tür gerichtet.

Auch ohne sich umzudrehen, wusste er, dass Sarah den Salon betreten hatte. Langsam blickte er sich um und sah sie an.

„Wie schlimm ist es?“, wollte sie besorgt wissen.

Das Tier knurrte und er musste sich beherrschen, nicht die Krallen auszufahren. Sie sollte nicht hier sein, hätte nie nach Cheetah Manor kommen dürfen. Es stand ihr nicht zu, sich um seine Leute Sorgen zu machen. Sie gehörte nicht zur Familie.

„Das Feuer ist unter Kontrolle.“

Nachdem die Flammen keine neue Nahrung gefunden hatten, waren sie von selbst ausgegangen. Zur Sicherheit hatte er jedoch ein paar Wachen abgestellt, die sicherstellen sollten, dass das Feuer nicht erneut ausbrach.

„Wie groß ist der Schaden?“

Sie schaute ihn mit ihren großen blauen Augen an, und er verspürte das Bedürfnis, sie in den Arm zu nehmen und ihr zu versichern, dass alles gut würde.

„Wir haben zwei Drittel des großen Ostfeldes verloren. Aber was viel wichtiger ist: Keiner der Helfer ist zu Schaden gekommen.“

„Darüber bin ich so froh“, schaltete sich Moira in die Unterhaltung ein. „Nicht auszudenken, was alles hätte passieren können. Es ist gut, dass du so schnell vor Ort warst.“

„Ich gehe jetzt duschen und dann fahre ich nach Cheetahville und sehe nach, ob mit den Dorfbewohnern alles in Ordnung …“ Das Ende des Satzes ging in Husten unter.

Er hielt sich den Arm vor den Mund, während er versuchte, dem Hustenreiz Herr zu werden.

Moira reichte ihm ein Glas Wasser, das er dankend annahm.

„Hinsetzen!“, kommandierte Sarah ihn herum.

Erstaunt sah er auf die Frau hinab, die einen ganzen Kopf kleiner war als er, ihn aber bestimmt in Richtung Stuhl drängte.

Sie nahm ihm das Wasserglas aus der Hand, griff nach einem Kugelschreiber und befahl: „Mund auf!“

„Was …?“, wollte er protestieren, kam jedoch nicht zu Wort.

„Ich bin Ärztin. Mund auf!“

Er fühlte sich unbehaglich, kam aber ihrem Wunsch nach. Sie benutzte den Kugelschreiber als Spatel, drehte seinen Kopf dem Licht entgegen und spähte in seinen Mund. Dann begann sie von außen seinen Hals abzutasten.

„Tut dir etwas weh?“

Er schüttelte den Kopf. Ihre warmen Finger auf seiner bloßen Haut zu spüren, ließ den Gepard in ihm zufrieden brummen. Wenn es nach dem Tier ginge, würde er die Augen schließen, die Berührungen genießen und zufrieden vor sich hin schnurren.

„Es ist nichts geschwollen“, stellte sie zufrieden fest und trat einen Schritt zurück.

Sofort sprang er auf und brachte gleich ein paar Meter Abstand zwischen sie. Er musste einen kühlen Kopf bewahren, und das gelang ihm nicht, wenn sie ihm so nahe war.

„Wenn du ins Dorf fährst, begleite ich dich“, erklärte sie in diesem Moment und verschränkte die Arme vor der Brust. „Die Helfer waren alle dem Rauch ausgesetzt. Ich möchte sicherstellen, dass es ihnen gut geht.“

Als ob er kein Mitspracherecht hätte, was seine Leute betraf. Gerade wollte er zu einem Protest ansetzen, als ihm seine Mutter in den Rücken fiel.

„Das ist eine wunderbare Idee, Sarah. Die Dorfbewohner sterben lieber, bevor sie Cheetahville verlassen und einen Arzt aufsuchen.“

„Wie bitte?“ Sarah wirkte vollkommen entsetzt.

„Mutter!“, wies Darren sie zurecht. „In regelmäßigen Abständen kommt ein Arzt aus New Orleans nach Cheetahville, um die Menschen zu untersuchen“, erklärte er an Sarah gewandt. „Vielleicht sollte ich einfach Dr. Damshire anrufen und ihn bitten zu kommen.“

Sarah stemmte die Hände in die Hüften. „Ich bin ausgebildete Ärztin. Traust du mir das etwa nicht zu?“

„Darfst du denn überhaupt hier praktizieren?“ Darren zog eine Augenbraue nach oben.

„Jetzt ist aber gut, Darren“, schalt ihn seine Mutter. „Sarah möchte helfen. Es geht doch nicht um einen medizinischen Eingriff, sondern lediglich darum nachzusehen, wer ärztliche Hilfe braucht.“

„Diese Verantwortung werde ich nicht einer Frau übertragen, die weder die Leute noch unser Land kennt.“ Darren zückte sein Handy und wählte die Nummer von Dr. Damshire.

Es meldete sich eine Bandansage, die mitteilte, dass der Arzt momentan verhindert sei. Für dringende Fälle wurde die Telefonnummer des nächsten Krankenhauses angegeben.

„Also gut“, knurrte Darren. „Du schaust dir die Männer an, und wenn es auch nur ein einziges Anzeichen gibt, dass etwas nicht stimmt, werde ich sie persönlich in die Klinik fahren.“

Beide Frauen wirkten mit diesem Kompromiss äußerst zufrieden.

„Die Dorfbewohner werden gegenüber einem von uns viel aufgeschlossener sein als bei einem Fremden. Du weißt, dass sie auch nur zu Dr. Damshire gehen, wenn es absolut nötig ist.“

Darren verzichtete darauf, seiner Mutter zu erklären, dass Sarah keine von *ihnen* war. Sie würde nie dazugehören. Mit zusammengebissenen Zähnen verließ er den Raum, um zu duschen. Und danach würde er wohl oder übel mit Sarah nach Cheetahville fahren.

KAPITEL 25

Es fühlte sich richtig gut an, endlich wieder gebraucht zu werden. Wie nutzlos sie sich in den letzten Tagen vorgekommen war, wurde Sarah erst richtig bewusst, als sie mit Darren auf dem Weg nach Cheetahville war. Im Auto herrschte Schweigen. Jeder hing seinen Gedanken nach. Sarah blickte starr aus dem Fenster. Darren war frisch geduscht. Die Seife, die er benutzte, roch herrlich. Etwas herb, aber überaus männlich. Immer wieder musste Sarah schlucken und redete sich ein, dass ihr Mund so trocken war, weil sie Durst hatte. Doch leider hatte sie nichts zu trinken dabei. Vehement vermied sie es, Darren anzusehen.

Sie fuhren an der Stelle vorbei, an der Darren vor ein paar Tagen angehalten hatte und mit ihr an das Ufer des Lake Maurepas gegangen war. Dort, wo sie die reine, belebende Magie, aber auch die dunkle Seite kennengelernt hatte. Zu ihrer Überraschung blieb sie vollkommen ruhig. Kein beklemmendes Ziehen in der Magengegend, kein Herzrasen. Lag es daran, dass sie wusste, dass keine Gefahr mehr bestand?

Sarah lehnte den Kopf gegen den Sitz und schloss die Augen. Sie musste zugeben, dass sie sich auf Cheetah Manor sicher fühlte, seit sie wusste, dass es nur noch eine Frage der Zeit war, bis die Geparde verschwunden waren. Darren gegenüber blieb sie auf Abstand, aber das fiel ihr zunehmend schwerer. Er hatte keinen Versuch mehr unternommen, ihr zu schaden, was jedoch nicht hieß, dass das so bleiben würde. Nach wie vor musste sie auf der Hut sein. Sein Duft hüllte sie erneut ein, und Sarah tat ihr Möglichstes, um die Anziehung, die sie zu ihm verspürte, zu ignorieren.

Schließlich erreichten sie Cheetahville. Darren parkte den Pick-up am Straßenrand. Entgegen seinen sonstigen Gewohnheiten verließ er nicht vor ihr das Auto, sondern blieb sitzen.

„Folgendes", setzte er an. „Ich werde mit den Dorfbewohnern reden. Du hältst dich zurück. Sie sind, was Ärzte anbelangt, sehr vorsichtig, und du bist dazu noch eine Frau."

Sarah wollte gerade antworten, als er einfach ausstieg und auf die nächstbeste Haustür zusteuerte.

Hastig griff sie nach ihrem Rucksack und eilte ihm hinterher. Von einer professionellen medizinischen Ausrüstung war sie weit entfernt. Als Lichtquelle musste eine einfache Taschenlampe herhalten, aber Mary, die Haushälterin, hatte Holzspatel aufgetrieben.

„Darren?", verwundert öffnete eine hochgewachsene Afroamerikanerin die Tür. „Was machst du denn hier?"

„Nubia", begrüßte Darren die Frau. „Ich wollte nachsehen, ob bei euch alles in Ordnung ist."

Verwundert zog Nubia eine Augenbraue nach oben.

„Darren!" Ein drahtiges Mädchen mit zu Zöpfen geflochtenen Haaren stürmte auf ihn zu und sprang ihm in die Arme.

Er fing sie breit grinsend auf und drehte sich mit ihr einmal um die eigene Achse. „Na, alles okay mit dir, Mirella?"

Mit großen Augen sah sie Darren an und nickte. Neugierig lugte sie dann an ihm vorbei und betrachtete Sarah.

„Wie geht es Ebrahim?", erkundigte sich Darren.

Die Frau zögerte und schielte unsicher an Darren vorbei auf Sarah. „Gut, denke ich."

„Braucht er einen Arzt?"

Nubia schüttelte den Kopf und beeilte sich zu sagen: „Nein, nein. Das bekommen wir schon hin."

Darren nickte in Sarahs Richtung. „Sie ist Ärztin und würde Ebrahim gerne anschauen."

Nubia verschränkte die Arme vor der Brust und atmete tief ein.

„Sarah war mit Brain verheiratet. Du kannst ihr vertrauen", sagte Darren etwas leiser. Dennoch verstand Sarah jedes Wort.

Noch immer unentschlossen sah Nubia wieder zu ihr.

„Du kannst selbstverständlich dabei sein", schob Darren nach.

„Und du?", fragte Nubia, ohne den Blick von Sarah abzuwenden.

„Er auch", erklärte Sarah entschieden und kam näher. „Wie geht es Ebrahim?" Direkt vor Nubia blieb sie stehen.

„Er hustet ziemlich", gestand sie und Sarah kannte den Blick, der von Besorgnis gezeichnet war, sehr gut von Angehörigen ihrer Patienten.

„Bring mich zu ihm", bat sie.

Nubia drehte sich um und Sarah folgte ihr. Sie hörte, wie Darren die Tür schloss und ihnen mit dem Mädchen folgte.

Die Frau führte Sarah in das Wohnzimmer. Auf dem Zweisitzer lag ein Mann, der viel zu lang für das kleine Sofa war. Die Beine hingen über die Lehne hinab und die Füße erreichten den Boden. Umständlich drehte er sich um und bekam einen heftigen Hustenanfall. Nubia eilte auf ihren Mann zu und half ihm, sich aufzurichten.

„Darren ist hier und er hat Sarah mitgebracht. Sie ist Ärztin und wird dich untersuchen."

Langsam näherte sich Sarah und ging vor Ebrahim in die Hocke. „Hallo!" Aufmunternd lächelte sie ihn an.

Darren hatte neben der Tür Position bezogen. Sein Schatten, Mirella, stand dicht bei ihm und blickte mit großen Augen Sarah und ihren Vater an.

„Ich bin hier, um zu helfen“, redete sie beruhigend auf ihren Patienten ein. Dieser nickte stumm und sah ängstlich zu, wie sie ihren Rucksack öffnete und die Taschenlampe und einen Spatel herausholte. Sie hatte schon oft erlebt, wie gestandene Männer weiche Knie bekamen, wenn sie als Ärztin mit ihren Utensilien anrückte. Das war also nichts Neues.

„Bitte mach einfach den Mund auf. Ich werde mit dem Spatel die Zunge etwas nach unten drücken und mit der Taschenlampe hineinleuchten“, erklärte Sarah ruhig und kam näher.

Sie sah Ebrahim an, dass er sich unwohl fühlte. Dennoch öffnete er brav den Mund, sodass sich Sarah seinen Rachen genauer anschauen konnte. Es war zum Glück nichts geschwollen und es waren auch keine Ablagerungen zu sehen. Sie legte sowohl die Taschenlampe als auch den Holzstab zur Seite und begann die Lymphknoten am Hals abzutasten.

„Kannst du bitte deinen Oberkörper frei machen?“ Sie musste die Lunge des Mannes abhören. Er zögerte und blickte unsicher zu seiner Frau.

„Na los!“, drängte diese, doch auch ihr war Unbehagen anzumerken.

Sarah geduldete sich, bis ihr Patient die Knöpfe seines Hemdes geöffnet hatte. Dabei wurde er von einem weiteren Hustenanfall unterbrochen, und es dauerte, bis er endlich das Hemd abstreifte. Sarah stockte kurz. Sie war Ärztin und hatte schon viele nackte Menschen gesehen – Männer wie Frauen. Jemanden mit so dunkler Hautfarbe hatte sie in Deutschland jedoch nie untersucht.

Sie atmete kurz durch und überlegte, wie sie Ebrahim am sinnvollsten abhören konnte. Sie hatte kein Stethoskop. Natürlich könnte sie das Ohr direkt auf die Brust des Mannes legen, doch sie wusste nicht, wie die Familie darauf reagieren würde.

Sie schaute sich nach etwas um, das sie als Schallverstärker nutzen konnte. „Papier“, murmelte sie vor sich hin. „Kann ich bitte ein Blatt Papier haben?“, richtete sie sich direkt an Nubia.

Diese nickte, eilte zu einem Schrank und reichte Sarah kurz darauf ein einfaches weißes Blatt. Sarah rollte es zusammen und setzte es Ebrahim auf die Brust. Ihr Ohr befand sich auf der anderen Seite. „Jetzt ganz tief einatmen!“, befahl sie und hielt ihre andere Hand flach auf dem Brustkorb, um seine Bewegungen zu spüren. Angestrengt lauschte sie, konnte jedoch keine ungewöhnlichen Geräusche in der Lunge feststellen.

„Beide Arme bitte nach oben strecken.“

Sie wartete, bis Ebrahim die Hände über den Kopf hob, dann ließ sie ihre Finger über seine Achseln gleiten und tastete dort die Lymphknoten ab. Sarah sah Ebrahim direkt an.

„Es sieht alles gut aus“, konnte sie Entwarnung geben. „Deine Lunge ist frei. Für die nächsten drei Tage ganz viel frische Luft, aber keine Anstrengung. Dann solltest du wieder fit sein.“

Hilfe suchend sah sich Ebrahim nach Darren um.

„Denk nicht mal daran, morgen zur Arbeit zu erscheinen. Du hast gehört, was sie gesagt hat.“ Darren hatte seinen Platz an der Wand nicht verlassen.

Sichtlich enttäuscht sank Ebrahim in sich zusammen und wurde erneut von einem heftigen Hustenanfall ergriffen.

Sarah packte ihre Sachen ein und erhob sich. Mehr konnte sie für den Mann nicht tun. Er musste sich ausruhen, und jede Stunde, die er das konnte, würde zu seiner Genesung beitragen.

„Dann wären wir fertig“, erklärte Sarah und erhob sich. „Wenn es ihm schlechter gehen sollte, könnt ihr mich auf Cheetah Manor erreichen.“ So wie sie Ebrahim einschätzte, würde er nicht selbst zum Telefon greifen, deshalb wandte sie sich gleich an seine Frau.

„Gehen wir?“, fragte sie Darren.

Dieser nickte, verabschiedete sich von der Familie und versicherte Nubia, dass sie sich jederzeit melden konnte. Er schärfte ihr auch nochmals ein, ihren Mann nicht auf die Felder gehen zu lassen.

Sarah hatte in der Zwischenzeit ihre Sachen eingepackt und sagte dem Ehepaar Auf Wiedersehen, bevor sie mit Darren das Haus verließ. Der erste von ein paar Dutzend Patienten an diesem Tag war fertig.

KAPITEL 26

Die ersten Besuche waren mühsam gewesen. Die Dorfbewohner verhielten sich Sarah gegenüber äußerst zugeknöpft und vorsichtig. Dann tauten sie auf. Wie ein Lauffeuer sprach es sich herum, dass er mit Sarah unterwegs war, um die Löschhelfer zu untersuchen. Nach einer Handvoll Besuchen standen die Türen offen. Sie wurden erfreut empfangen. Sein Respekt vor Sarah wuchs mit jedem Besuch. Es war unglaublich, wie feinfühlig sie mit den Menschen umging. Egal ob es sich um ein Kind, einen der Männer oder eine der besorgten Frauen handelte. Für jeden hatte sie ein offenes Ohr und ein freundliches Wort oder eine sanfte Berührung.

Er selbst war zwar immer präsent, hielt sich jedoch bewusst im Hintergrund. Natürlich kamen die Dorfbewohner auch zu ihm, aber im Mittelpunkt stand Sarah. Sie untersuchte gerade Samorys Vater, der auch bei den Löscharbeiten geholfen hatte. Tamika, Samorys Mutter, nahm ihn beiseite. Sie hatte Tränen in den Augen und war total gerührt. „Sie ist ein Segen für

Cheetah Manor. Eine Ärztin ..." Der Rest ging in Schluchzen unter.

Er sagte nichts. Was hätte er auch erwidern sollen? Dass Sarah nicht blieb, dass er alles daransetzte, sie loszuwerden? Dass sie keinen Arzt brauchten, wäre schlichtweg gelogen gewesen. Er schluckte mehrmals und wandte sich ab.

Ein paar Häuser weiter fragte Elena ganz schüchtern, ob Sarah auch ihre zweijährige Tochter, die seit drei Tagen an einem seltsamen Hautausschlag litt, ansehen könnte. Sarah ging hinüber in die Küche, wo Elenas Mutter die Kinder beaufsichtigte. Das Mädchen hatte zuerst Angst vor der weißen Frau. Doch Sarah nahm dem Mädchen die Angst, indem sie zuerst mit ihm spielte. Dann sah sie sich die geröteten Hautstellen an und konnte Elena beruhigen. Arznei hatte Sarah keine, aber sie gab der Mutter einige Tipps, wie sie die Stellen mit Hausmitteln behandeln konnte.

Bis zum späten Abend besuchten sie ein Haus nach dem anderen. Auch wenn Darren Sarah ansah, dass sie erschöpft war, weigerte sie sich aufzuhören, bevor sie nicht auch den Letzten untersucht hatte. Dann hatten sie es endlich geschafft. Sie machten sich auf den Rückweg quer durch das Dorf. Er hatte Sarah angeboten, den Pick-up zu holen, aber sie hatte abgelehnt. Zumindest den Rucksack hatte er ihr abgenommen und trotz Protest nicht wieder hergegeben.

Eine Haustür öffnete sich und Emma huschte heraus.

„Darren, Sarah!", rief sie ihnen zu und eilte herbei.

Sie herzte Sarah und drückte ihr ein Essenspaket in die Hand. Darren lief schon jetzt das Wasser im Mund zusammen. Emma war eine ausgezeichnete Köchin, und er hatte heute kaum Zeit gehabt, etwas zu essen.

„Es ist wunderbar, dass du da bist." Emma hatte eine Hand an Sarahs Wange gelegt und strahlte sie an.

„Danke dir, Emma."

Darren konnte Sarahs Kraftlosigkeit in ihrer Stimme hören. Das Tier in ihm knurrte leise. Es hätte die Ärztin am liebsten auf seinen Rücken gesetzt und sicher nach Hause getragen. Darren wandte sich ab und wartete, bis sich Sarah von Emma verabschiedet hatte.

Endlich erreichten sie das Auto. Wortlos verstaute er den Rucksack hinter seinem Sitz, während Sarah bereits einstieg. Er folgte ihr, wendete den Pick-up und fuhr Richtung Cheetah Manor.

„Pack doch mal aus, was Emma dir gegeben hat!“, forderte er Sarah auf. Sein Magen knurrte, und je schneller er etwas zu essen bekam, umso besser.

Sarah öffnete das Paket und ein herrlicher Duft nach frischen Kräuterbrötchen machte sich im Wagen breit. Sarah bot ihm eins an und er biss dankbar hinein. Es schmeckte köstlich. Gierig nahm er gleich noch ein zweites.

Sarah dagegen aß kaum etwas. Ein paar Bissen, dann legte sie das halbe Brötchen zurück. Er widerstand dem Drang, sie zu belehren, und hielt den Mund. Sie war ohnehin schon erschöpft und ein Streit würde sie weitere Kräfte kosten, die sie momentan nicht zu haben schien.

Schließlich erreichten sie das Anwesen und Darren parkte direkt vor dem Haus.

„Gute Nacht“, murmelte Sarah. Sie ließ alles zurück und stolperte Richtung Haustür. Er griff sich die Reste des Essens-paketes, holte den Rucksack von hinten und folgte Sarah ins Haus. Als er die Eingangshalle betrat, war von Sarah weit und breit nichts mehr zu sehen. Sie musste schon nach oben gegangen sein. Er stellte den Rucksack auf einem Stuhl ab und ging in sein Arbeitszimmer. Bevor er ebenfalls zu Bett gehen konnte, musste er zumindest noch seine E-Mails checken. Wenn etwas Wichtiges gekommen war, sollte er Bescheid wissen.

Eine halbe Stunde später verließ er sein Büro und ging nach oben. Er stutzte einen Moment, als er Sarahs Zimmertür offen stehen sah. Neugierig ging er darauf zu und spähte hinein. Sarah lag auf dem Bett, vollkommen bekleidet. Sogar ihre Turnschuhe hatte sie noch an. Sie musste vollkommen erschöpft gewesen sein, wenn sie es nicht einmal fertiggebracht hatte, sich auszuziehen. Ohne Licht anzumachen ging er hinein, näherte sich dem Bett und betrachtete für einen

Moment die schlafende Frau. Die blonden Locken hatten sich auf dem Kissen um ihren Kopf ausgebreitet. Ihre Gesichtszüge wirkten entspannt. Er verspürte den Drang, sich neben sie zu legen, und wandte sich eilig ihren Füßen zu, bevor er Dinge tat, die er später bereuen würde. Auch wenn sie sich heute wie eine echte Morgan verhalten hatte, musste er Abstand wahren. Sie war Brains Witwe. Das musste er sich nur immer wieder vor Augen führen.

Darren schnürte Sarahs Turnschuhe auf und zog sie ihr aus. Dann schob er sie ein wenig in die Bettmitte und deckte sie zu.

Sie seufzte leise im Schlaf. Ihre Lider flatterten kurz, und er befürchtete schon, dass er sie geweckt hätte. Doch sie rollte sich nur zusammen und schlief weiter.

Auf leisen Sohlen schlich er aus ihrem Zimmer und schloss die Tür.

KAPITEL 27

Der darauffolgende Tag war für Sarah ziemlich kurz. Sie war so müde gewesen, dass sie bis zum Nachmittag geschlafen hatte. Nach ihrem Patienten-Marathon in Cheetahville kein Wunder. Die restlichen Stunden verbrachte sie im Garten mit einem Buch. Sie fühlte sich immer noch erschöpft und beschloss daher, sich eine kleine Auszeit zu gönnen. Verpflichtungen hatte sie auf Cheetah Manor glücklicherweise keine.

Darren sah sie an diesem Tag nicht. Er war auf den Feldern. Da ihm etliche Erntehelfer fehlten, musste er kräftig mit anpacken. Moira nahm zwar die Speisen mit ihr zusammen ein, war aber äußerst schweigsam. Etwas schien sie zu beschäftigen. Sarah fragte zwar zweimal nach, doch Moira wich ihr jedes Mal aus.

Sarah beschloss ins Bett zu gehen und schlief auch schnell ein. Am nächsten Morgen erwachte sie früher als sonst, duschte und zog sich an. Als sie ihr Zimmer verließ, hörte sie in der Eingangshalle Stimmen. Zuerst dachte sie an Darren, doch die Stimmen waren eindeutig weiblich.

Sarah ging die Treppe hinab und war erstaunt, Rayna zu erblicken, die heftig mit Moira diskutierte.

„Guten Morgen!“, grüßte Sarah, um auf sich aufmerksam zu machen. Dass sie die beiden störte, war offensichtlich, so abrupt wie sie verstummten. Sarah bekam ein schlechtes Gewissen, die Freude, dass Rayna da war, was für den Tag Abwechslung versprach, überwog jedoch.

„Sarah!“ Rayna rang sich ein verkrampftes Lächeln ab, kam auf sie zu, um sie zur Begrüßung zu umarmen.

„Ich wollte nicht stören“, murmelte Sarah verlegen.

„Ach was“, tat Moira es lapidar ab. „Es ist alles in Ordnung.“

„Ich freue mich total, dich zu sehen“, bestätigte Rayna. „Du siehst gut aus.“

Ganz im Gegensatz zu ihr. Selbst mit dem Make-up konnte sie die dunklen Augenringe und das eingefallene Gesicht nicht wirklich verbergen. Sarah bereute es nun noch mehr, das Gespräch der Frauen gestört zu haben.

„Ich gehe frühstücken“, verkündete sie. „Wir sehen uns bestimmt später.“ Damit hatten Mutter und Tochter die Chance, ungestört ihren Disput zu klären.

„Ich freue mich darauf, ein wenig mit dir zu plaudern.“

Sarah betrat das Esszimmer. Es war niemand da. Darren musste bereits unterwegs sein. So frühstückte sie allein und zog sich danach in den Garten zurück. Einige Liegestühle waren dort aufgestellt. Es dauerte nicht lange und Rayna gesellte sich zu ihr. Sie redeten ein wenig über dies und das. Sarah merkte die Anspannung, die Rayna umgab. Sie war nicht so fröhlich und unbeschwert wie sonst.

„Ich bin eine wunderbare Zuhörerin“, ermunterte Sarah die junge Frau.

Diese seufzte, zog die Beine an und umschlang sie mit ihren Armen. „Wenn es nach mir ginge, würde ich dir alles erzählen“, sagte sie bekümmert. „Aber diese Entscheidung habe ich nicht zu treffen.“

Rayna sprach in Rätseln. Sarah stand auf und setzte sich zu

ihrer Freundin.

„Du musst dich zu nichts gedrängt fühlen, es war lediglich ein Angebot."

„Ich weiß." Rayna ließ den Kopf gegen Sarah sinken. Eine Weile blieben sie so sitzen.

„Ich bin froh, dass du da bist", sagte Rayna schließlich und umarmte Sarah.

Von dem, was sie zu beschäftigen schien, ließ sie nichts verlauten. Sarah nahm das so hin und setzte sich zurück auf den anderen Liegestuhl, während sie Raynas Ausführungen über ein neues Café gleich bei ihr um die Ecke lauschte.

Moira erschien auf der Terrasse und gesellte sich zu ihnen. Sie wirkte noch bedrückter als am Tag zuvor.

„Das ist das neue Beet, von dem ich dir erzählt habe", sagte sie stolz zu Rayna, während sie sich neben ihre Tochter auf einen weiteren Liegestuhl setzte und auf die Palme deutete, die sie gemeinsam mit Sarah eingepflanzt hatte.

„Sie passt wirklich gut hierher", bestätigte Rayna lächelnd und blickte ihre Mutter liebevoll an.

Moira streckte die Hand aus und berührte Raynas Wange. „Es wird alles gut. Du wirst sehen."

Sarah schluckte. Sie kam sich fehl am Platz vor. Etwas war vorgefallen, aber niemand wollte mit ihr darüber reden. Sie fühlte sich ausgeschlossen. Ihr Blick glitt zur Palme hinüber, die stolz in die Höhe ragte. Sie erfreute sich bester Gesundheit. Sarah dachte an das Geheimnis, das zu ihren Füßen begraben lag. Ob die Geparde schon fort waren?

„Ich werde Mary bitten, uns einen Krug Limonade zu bringen", erklärte Moira und hastete plötzlich davon.

Verwirrt blickte Sarah auf. Was war plötzlich mit Moira los?

„Geht es ihr nicht gut?", erkundigte sie sich besorgt bei Rayna.

Die hatte Tränen in den Augen, schüttelte aber den Kopf. Es ging also um das Geheimnis, das sie nicht erfahren durfte. Was konnte nur so schlimm sein, dass es sowohl Rayna als auch Moira so mitnahm?

„Kann ich irgendwie helfen?"

Rayna verneinte. „Du hast schon genug getan." Sie brachte ein scheues Lächeln zustande. „Darren hat erzählt, dass du die Männer im Dorf untersucht hast." Rayna hatte geschickt das Thema gewechselt.

„Aber das war doch selbstverständlich." Sarah errötete leicht.

„Nein, das war es nicht", beharrte Rayna. „Zumindest hier in Louisiana ist es nicht selbstverständlich. Deswegen rechnen die Leute dir das hoch an."

Nachdenklich nickte Sarah. Die Dorfbewohner hatten ihr vertraut, allerdings nur, weil sich Darren für sie verbürgt hatte. Sarah war nicht dumm. Sie und Darren hatten ihre Meinungsverschiedenheiten und würden vermutlich nie auf einen Nenner kommen. Dennoch hatte er sich zum Wohl der Menschen in Cheetahville hinter sie gestellt und ihr damit als Ärztin die Türen im Dorf geöffnet. Jeder, der Darren auf seiner Seite hatte, konnte sich glücklich schätzen. Er tat alles für seine Leute und stellte seine eigenen Bedürfnisse hinten an. Der Stachel in ihrem Herzen schmerzte, und sie fragte sich wehmütig, was sie getan hatte, um sich diesen Mann zum Feind zu machen. Die Antwort lag auf der Hand. Sie beanspruchte Brains Erbe für sich. Dabei hatte sie längst ihre Entscheidung getroffen. Sie wollte noch ein paar Tage auf Cheetah Manor bleiben. Nur um sicherzugehen, dass sich der Zustand der Männer im Dorf nicht verschlechterte und sie ärztliche Hilfe erhielten. Danach würde sie die Verzichtsdokumente unterschreiben, die in ihrem Zimmer in der obersten Kommodenschublade lagen. Sie atmete tief durch und war froh, dass ihr noch ein paar Tage blieben, bevor sie es der Familie sagen musste.

Schritte waren zu hören, und ein feines Kribbeln zog sich über ihren Nacken. Darren. Sie fühlte seine Anwesenheit, noch bevor sie ihn sah. In den letzten Tagen hatte sie ein Gespür für ihn entwickelt, ein Radar, das anschlug, wenn er sich ihr näherte. Dabei musste sie ihn nicht mehr fürchten. Seit sie das Amulett vergraben hatte, war sie sicher vor ihm, und alle Dorfbewohner ebenso.

Darren bog um die Ecke. Ihre Blicke begegneten sich kurz. Was machte er eigentlich um diese Uhrzeit auf Cheetah Manor?

„Rayna“, begrüßte er seine Schwester, die aufstand, um sich von ihm in den Arm nehmen zu lassen. Er küsste sie auf die Stirn. Schon wieder wurde Sarah Zeuge des intimen Familiengeschehens.

Die Geschwister hatten eine enge Verbindung untereinander, das spürte Sarah. Nur Brain passte nicht so recht in das Bild. Er hatte den Kontakt zu seiner Familie vollkommen abgebrochen. Je länger Sarah hier auf Cheetah Manor war, umso weniger verstand sie, wie er das alles hatte zurücklassen können.

Zärtlich streichelte Darren seiner Schwester über den Kopf, und Sarah wurde schmerzlich bewusst, dass sie das nie haben würde. Ihr Bruder war tot. Sie war vollkommen allein auf der Welt. Eine Familie, die sich gegenseitig half, würde es für sie nie geben. Die Erkenntnis tat weh, und Sarah wandte den Kopf zur Seite, damit niemand die Tränen sah, die ihr in den Augen standen.

„Wie geht es dir?“, erkundigte sich Darren bei Rayna.

Scheinbar wussten alle Bescheid. Nur ihr gestattete man nicht, Anteil zu nehmen.

Moira kam in Begleitung von Eric zurück. Die ganze Familie war also versammelt. Sarah hätte sich am liebsten in eine dunkle Ecke verkrochen, aber einfach zu verschwinden, wäre unhöflich. Außerdem freute sie sich, Eric zu sehen. Nachdem er seine Schwester begrüßt hatte, kam er zu ihr.

„Ich habe von deinen Heldentaten gehört. Dein Ruf eilt dir voraus, Dr. Beck.“

Sarah musste grinsen. Eric verstand es immer, ihre Laune zu heben. „Ich bin zwar Ärztin, trage jedoch keinen Doktortitel“, wies sie ihn grinsend zurecht.

„Ich werde es mir merken.“

„Gehen wir ins Haus!“, befahl Darren. Etwas in seiner Stimme ließ erahnen, dass es um eine ernste Sache ging. Was war hier nur los? Moira litt, Rayna ging es nicht gut und sie tauchte vollkommen überraschend auf Cheetah Manor auf. Dann kam Darren am helllichten Tag nach Hause, als gäbe es auf den Feldern keine Arbeit mehr. Eric musste ebenfalls alles stehen und liegen gelassen haben. Was konnte nur so wichtig sein, dass alles andere hintenangestellt wurde?

Im Esszimmer herrschte angenehme Kühle, dennoch hielt es Sarah kaum aus. Die bedrückende Stimmung lag schwer in der Luft, und es schien, als nähme diese noch zu, als Moira hinter ihnen die Terrassentür schloss.

„Der Rest der Familie hat sich dafür ausgesprochen, dass du ein Anrecht hast hierzubleiben." Darren sog scharf die Luft ein. Unumwunden ruhte sein Blick auf Sarah. „Das Personal verlässt in diesen Minuten das Anwesen. Wenn es nach mir ginge, würdest du mit ihnen gehen. Die Entscheidung liegt jedoch bei dir. Wenn du aber bleibst, gibt es kein Zurück mehr."

Kein Zurück wovon? Sarahs Puls beschleunigte sich. Wenn sie bliebe, würde sie dann endlich erfahren, was hier gespielt wurde? Sie blickte die Anwesenden der Reihe nach an. Eric stand etwas abseits, hatte die Arme verschränkt und sah nachdenklich aus dem Fenster. Rayna hielt sich an einem Stuhl fest und wartete gespannt auf Sarahs Antwort. Moira hatte gerötete Augen. Sie musste vorhin wieder geweint haben. Auch ihr stand die Anspannung ins Gesicht geschrieben. Darren wartete auf eine Antwort.

„Ich bleibe", krächzte Sarah, da ihre Stimme versagte. Sie war kein Feigling. Sie würde nicht gehen. Für Moira, Eric und Rayna würde sie bleiben. Und was es auch war, schlimmer als das, was Darren ihr angetan hatte, konnte es nicht mehr werden.

„Ich gehe die Sachen holen. Kläre du Sarah auf", wandte sich Darren an seinen Bruder und verließ das Zimmer.

Sarahs Herz schlug bis zum Hals. Würde sie nun erfahren, worum es hier ging?

„Cheetah Manor ist ein ganz besonderer Ort", begann Eric und schien nach den richtigen Worten zu suchen. „Manche nennen es Kräfte, andere Magie. Für uns ist es Lebenselixier."

Sarah stockte der Atem. Eric auch? Unkontrolliert begannen ihre Finger zu zittern und sie verschränkte sie eilig ineinander. Der Drang, auf der Stelle das Haus zu verlassen, war groß. Mit Magie wollte sie nichts zu tun haben.

„Seit ein paar Tagen ist uns die Verbindung abhandengekommen“, fuhr Eric fort. „Wir werden also versuchen, den Fluss wiederherzustellen.“

Sarah wusste nicht, was sie dazu sagen sollte. War *der Fluss*, wie Eric es genannt hatte, versiegt, weil sie das Amulett versteckt hatte? Hing die Magie auf der Plantage mit den Cheetahs zusammen?

„Es ist alles nicht so Furcht einflößend, wie es sich anhört“, versuchte Rayna die Stimmung etwas aufzulockern.

„Noch hast du die Chance zu gehen.“ Darren war zurückgekehrt.

Sarah schüttelte den Kopf. Nein, sie würde nicht sang- und klanglos von Cheetah Manor verschwinden. Sie würde bleiben, sie musste. Warum, konnte sie nicht genau sagen. „Ich bleibe!“

Darren nickte knapp. „Du wirst das Haus nicht verlassen. Es ist sicher, und egal was draußen geschieht, dir kann hier nichts passieren.“

„Wenn wir noch eine weitere Person hätten, könnte Sarah mitmachen.“

„Nein!“ Wie aus der Pistole geschossen antworteten Sarah und Darren gleichzeitig. Zumindest ein einziges Mal waren sie sich einig.

„Ich will damit nichts zu tun haben“, erklärte Sarah leicht panisch. „Aber ich bleibe. Wenn euch etwas zustoßen sollte, kann ich helfen.“

„Ich möchte nicht, dass du auch nur ein einziges Mal darüber nachdenkst, Rayna“, wies Darren seine Schwester zurecht.

Diese stemmte die Hände in die Hüfte. „Ich kann dasselbe wie du und Eric.“

„Es ist gefährlich und das weißt du.“

„Na und?“ Trotzig verschränkte sie die Arme vor der Brust. „Ich bin erwachsen, Darren. Du musst aufhören, mich ständig zu bevormunden."

Darren schloss für einen Moment die Augen. „Es ist müßig, sich darüber den Kopf zu zerbrechen. Wir haben keine weitere Person. Sarah wird hierbleiben und du wirst Eric erden." Damit ging er an seiner Schwester vorbei und warf Eric ein kleines Päckchen zu, das dieser auffing.

Salz? Sarah runzelte die Stirn. Wofür brauchten sie grobes Salz? Etwas blitzte in Darrens Hand auf, und Sarah musste zweimal hinsehen, bevor sie einen Dolch erkannte. Was hatte er damit vor? Mit so einer Waffe konnten schlimme Verletzungen beigefügt werden.

„Was werdet ihr jetzt tun?", fragte Sarah neugierig.

Darrens Antwort fiel gewohnt knapp aus: „Ich werde eine Beschwörung durchführen."

Beschwörung, Kräfte, Magie. Noch vor ein paar Wochen hätte sie bei den Worten lauthals gelacht und sie als Unsinn abgetan. Nun stand sie hier, war vollkommen fasziniert davon, wie selbstverständlich die Menschen vor ihr damit umgingen. Ahnten sie überhaupt, wie gefährlich diese Kräfte waren? Sie hoffte inständig, dass ihnen die Beschwörung nicht gelang. Und wenn doch? Das wollte sie sich einfach nicht ausmalen.

„Was ist, wenn die Magie nicht zurückkommt?", fragte Sarah kleinlaut.

„Das wird nicht passieren." Darren knöpfte sich das Hemd auf und Eric tat es ihm gleich. Moira und Rayna schlüpften aus ihren Schuhen. Die Männer legten erst ihre Hemden, dann ebenfalls Schuhe und Strümpfe ab. Zu viert verließen sie das Esszimmer in Richtung Garten. Nur Sarah blieb zurück. Gespannt beobachtete sie, wie Darren und Eric mit dem Salz einen Kreis zogen und ihn betraten. Rayna stellte sich zu Eric, während Moira bei Darren blieb. Der reichte den Dolch an Eric, der sich die Handfläche aufschnitt. Blut tropfte zu Boden. Wie konnte man nur so verrückt sein und sich selbst verletzen? Die Wunde musste versorgt werden, sonst könnte sie sich entzünden. Eric gab den Dolch an seinen Bruder zurück. Auch er ritzte sich die Handfläche auf und ließ ein paar Tropfen zu Boden fallen. Die Brüder sahen sich an, nickten sich zu und drehten sich dann mit dem Rücken zueinander. Moira berührte Darren, und Rayna streckte ihre Hände nach Eric aus. Unruhig trat Sarah von einem Fuß auf den anderen. Sie verwünschte ihren Beobachtungsposten, von dem aus man viel zu wenig sah. Vielleicht wäre es cleverer gewesen, das Anwesen zu verlassen. Doch wohin hätte sie gehen sollen?

Etwas schien nicht zu stimmen, denn Rayna hatte sich von Eric gelöst und stapfte aufgebracht hin und her. Die anderen redeten auf sie ein, versuchten sie zu beruhigen. Darren ging zu Rayna, nahm sie in die Arme und sprach leise mit ihr. Dann kehrten sie zu dem Salzkreis zurück. Noch einmal stellten sie sich auf, diesmal hatten jedoch Rayna und Moira die Plätze getauscht. Sarah hielt die Luft an, als Darren, der nun direkt in ihrem Blickfeld stand, die Augen schloss. Mit angehaltenem Atem wartete sie. Nichts geschah – zumindest nichts Sichtbares. Eric schüttelte den Kopf und trat aus dem Kreis heraus. Die beiden Brüder unterhielten sich kurz, schienen zu streiten. Dann stand die Entscheidung fest. Sarah beobachtete erleichtert, wie die Familie die Beschwörung abbrach.

Rayna weinte, als sie ins Esszimmer stürmte und, ohne nach rechts und links zu blicken, an Sarah vorbeirannte. Moira war ebenso blass wie ihre Tochter, als sie ins Haus trat.

Die Männer waren auf der Wiese damit beschäftigt, den Salzkreis mit Wasser aufzulösen.

„Was ist passiert?“, fragte Sarah Moira, die mit besorgter Miene das Treiben ihrer Söhne verfolgte.

„Es hat nicht funktioniert.“

„Und jetzt?“

Vor dem Haus heulte ein Motor auf. Rayna verließ das Anwesen.

„Jetzt werden die Cheetahs sterben.“ Tränen rannen Moira über die Wangen, als sie sich abwandte und leise das Esszimmer verließ.

Sarah blieb allein zurück. Durch die Fensterscheibe sah sie zu, wie Darren und Eric die letzten Salzspuren beseitigten.

Es hatte sie tiefer getroffen, als sie zugeben wollte, Moira in Tränen aufgelöst zu sehen. Diese Geparde waren gefährlich.

Die Familie sollte froh sein, wenn sie starben und damit niemanden mehr angreifen konnten. Trauerte Moira tatsächlich um die Tiere oder um die verlorene Magie? Noch immer war Sarah entsetzt darüber, dass sich nicht nur Darren den dunklen Kräften zugewandt hatte, sondern die ganze Familie. War das der Grund, warum Brain den Kontakt zu seiner Familie abgebrochen hatte?

Sarah schloss für einen Moment die Augen und lehnte ihre Stirn gegen die kühle Fensterscheibe. Es war die richtige Entscheidung gewesen, das Amulett zu vergraben. Die Gefahr für Cheetah Manor war gebannt und vielleicht würde die Familie eines Tages dankbar sein für den Umstand, dass die Magie auf der Plantage versiegt war. Solche Macht konnte nichts Gutes bewirken. Sie hatte die dunkle Seite gespürt und wusste, wovon sie sprach.

Es würde den Morgans vielleicht am Anfang schwerfallen, ohne die Annehmlichkeiten der Magie auszukommen. Aber eines Tages würden sie sicher darin die Vorteile erkennen. Sie wären frei von den Geparden.

Sie hatte das Richtige getan und würde an ihrem ursprünglichen Plan festhalten. Sie würde noch ein paar Tage auf Cheetah Manor bleiben. Nur um sicherzustellen, dass es den Dorfbewohnern gut ging. Dann würde sie nach Deutschland zurückkehren.

KAPITEL 28

Darren merkte, wie sich etwas veränderte. Er wurde immer kraftloser. Es begann mit leichten Schwindelattacken, wenn er zu schnell aufstand oder sich hastig bewegte. Seit heute Morgen hatte er nun dröhnende Kopfschmerzen. Eine Schmerztablette würde ohnehin nicht helfen, das hatte er bereits am vergangenen Tag erfolglos versucht.

Während er mit seinem Pick-up zum Feld fuhr, das sie heute abernten wollten, dachte er über die ausweglose Situation nach. Wie sollte es weitergehen? Er wusste nicht, wie lange sie noch durchhalten würden. Rayna würde es als Erstes treffen. Der Magieentzug setzte ihr schon jetzt zu. Danach müssten Eric und er dran glauben. Aber damit nicht genug. Es würde weitergehen. Wenn Cheetah Manor nichts mehr hatte, woher es seine Energie ziehen konnte, würde alles, was darauf wuchs, verdorren. Kein einziger Grashalm würde mehr sprießen und das bisher so fruchtbare und gesegnete Land würde einer Wüste gleichen und nutzlos werden. Die Bewohner von

Cheetahville wären gezwungen, von hier fortzugehen, ebenso wie seine Mutter – die Einzige der Familie, die diese Katastrophe überleben würde.

Er ballte die Hände zu Fäusten. Nein, so weit würde er es nicht kommen lassen. Es musste eine Möglichkeit geben, das Sterben aufzuhalten. Die Cheetahs hatten sich diesen Fleck Erde vor einigen Hundert Jahren ausgesucht und sich mit diesem Ort verbunden. Sie sorgten füreinander – das Land für sie und sie für das Land. Wenn eines von beiden aus dem Gleichgewicht geriet, wurde das andere unweigerlich in Mitleidenschaft gezogen. Das war ihre Stärke, aber auch ihre Schwäche. Die Verbindung aufzulösen, war unmöglich. Es musste einen Weg geben, zu überleben. An etwas anderes durfte er nicht denken.

Darren erreichte das Feld, auf dem bereits reger Betrieb herrschte. Er parkte den Pick-up am Rand und stieg aus.

„Darren, gut, dass du kommst!“, rief Seth und kam auf ihn zugestapft.

Wenn es der alte Seth so eilig hatte, musste etwas passiert sein. Er verkrampfte sich innerlich. Noch einen Tiefschlag verkrafteten sie nicht. Er hoffte inständig, dass es nichts Ernsthaftes war. Darren griff nach seinem Hut, setzte ihn auf und wartete, bis Seth bei ihm war.

„Joshua sagte, dass die Felder im Norden nicht gut aussehen.“

Darren runzelte die Stirn. Die drei Nordfelder hatten sie als Letztes bepflanzt. Sie waren auch die Letzten, die sie abernten würden. Als er vor einer Woche dort gewesen war, hatte alles gut ausgesehen. Die Kapseln waren gut gefüllt und würden nicht mehr lange brauchen, bis sie aufsprangen.

„Ich fahre hin und sehe mir das an“, versprach Darren.

„Ich komme mit“, entschied Seth.

„Du hast die Felder noch nicht gesehen?“, fragte Darren vorsichtig nach.

Seth schüttelte den Kopf. „Einer der Trucks wollte heute nicht anspringen und Amaniel hat Hilfe gebraucht.“

Wenn, dann kam alles auf einmal. „Jetzt läuft der Truck

wieder?“

„Ja, die alte Dame hat sich nur ein wenig geziert.“

Darren bat Seth mit einer Geste einzusteigen und ging selbst zur Fahrertür. Drei der Trucks waren inzwischen ganz schön in die Jahre gekommen. Bisher waren sie immer ordentlich gelaufen, doch wenn sie jetzt anfingen, Aussetzer zu haben, war zu überlegen, sie zu ersetzen. Trotz der Einbußen durch den Brand würde ihr Gewinn mit dem vom Vorjahr mithalten können. Eine so große Investition wäre also durchaus vorstellbar. Über solche Summen entschied er jedoch nicht allein. Das musste der Familienrat beschließen.

Darren wendete den Pick-up und fuhr los.

„Auf Cheetah Manor läuft alles rund?“, erkundigte sich der alte Afroamerikaner, der Darren und seine Geschwister bereits auf der Plantage hatte aufwachsen sehen.

Darren nickte. Bisher hatten sie niemandem von ihren Problemen erzählt. Er wollte nicht, dass sich die Leute im Dorf Sorgen machten, und er wollte ihnen den Kummer so lange wie möglich ersparen. Nachdem er gestern alle von der Plantage heimgeschickt hatte, konnten sich die Dorfbewohner ausmalen, dass etwas Außerplanmäßiges vorgefallen sein musste.

„Mary hat sich sehr besorgt über Rayna geäußert.“ Seth hatte noch nicht aufgegeben.

Er würde seinen Vorarbeiter nicht mit seinen Sorgen belasten. „Rayna hatte gestern einen schlechten Tag. Sie ist gleich danach zurück nach New Orleans gefahren.“

Damit war das Thema für ihn abgeschlossen.

Zu den Feldern auf der Nordseite waren sie gut eine halbe Stunde unterwegs. Eine Zeit lang schwiegen sie, dann erzählte Seth von der Ernte. Die fehlenden Männer machten sich natürlich bemerkbar und sie würden eine Woche länger brauchen als geplant. Die Kranken erholten sich glücklicherweise prächtig, und Darren hatte schon ein schlechtes Gewissen, weil er eigentlich vorgehabt hatte, im Dorf vorbeizuschauen, es aber zeitlich nicht geschafft hatte.

Endlich erreichten sie das erste der nördlichen Felder.

Darren parkte, und sie legten die restlichen Meter zu Fuß zurück. Auf den ersten Blick sah alles in Ordnung aus, doch sobald sie näher an die Pflanzen herankamen, erkannten sie das Problem. Sowohl Seth als auch er waren lange genug im Baumwollgeschäft, um zu wissen, was hier vor sich ging. Die ersten Blätter waren bereits welk, einige sogar schon zu Boden gefallen. Darren griff nach einem Blatt, das förmlich vom Ast bröckelte.

„Welke", murmelte Seth. Er scharrte mit dem Fuß etwas Erde beiseite und zog an einer Baumwollpflanze. Darren half, und gemeinsam gelang es ihnen, die Pflanze inklusive Wurzelwerk herauszuziehen. Der Wurzelballen war viel zu stark verzweigt.

„Fadenwürmer." Darren blickte über das lange Feld, dessen Ende er nicht sehen konnte, nahm den Hut ab und fuhr sich mit der anderen Hand durchs Haar. „Welke und Fadenwürmer." Entmutigt in Anbetracht der Aussicht, dass es auf den übrigen beiden Feldern nicht anders aussehen würde, stieß er mit der Fußspitze einen losen Stein an, der auf dem Erdboden lag.

Welke und Fadenwürmer, ausgerechnet jetzt!

„Das ist ein Albtraum." Seth war ebenso verzweifelt wie er selbst. „Aber wie konnte das passieren?"

Darren zuckte mit den Schultern, dabei kannte er die Antwort. Wut brodelte in ihm wie in einem Vulkan und er musste sich beherrschen, dem Tier nicht die Kontrolle zu überlassen. Diese verfluchten Chowilawu-Indianer. Wie hatten sie nur mitbekommen, dass die Plantage ungeschützt war? Für Darren war klar, dass nur sie hinter dem Feuer und den kranken Pflanzen stecken konnten.

„Was sollen wir tun?", fragte Seth.

Darren riss sich zusammen. Er durfte nicht weglaufen und die Kontrolle dem Gepard überlassen. Der Mann war gefragt, der handelte und überlegte Entscheidungen traf.

Er brach eine Baumwollknospe ab und öffnete diese. Sie war leer. Frustriert ließ er sie zu Boden fallen und pflückte die Nächste. Auch in dieser befand sich nichts. Erst bei der Dritten hatte er Glück. Er holte die Baumwolle heraus und zog sie auseinander.

„Die Fäden sind kurz“, stellte Seth überflüssigerweise fest.

Natürlich wusste Darren dies. Er warf die Wolle und die Kapsel zu den anderen auf den Boden und marschierte am Feld entlang. So weit das Auge reichte, überall sah er die ersten welken Blätter.

„Verfluchte Scheiße“, murmelte er frustriert.

Viele Möglichkeiten hatten sie nicht. Sie konnten das, was die Welke überleben würde, abernten. Aber damit würden sie der bisherigen Ernte, die aus langen Fasern bestand, empfindlich schaden. Die Baumwolle würde an Qualität verlieren, und der Preis, den sie pro Kilo bekamen, beträchtlich schrumpfen. Sie könnten versuchen, die Ernte separat einzulagern und sie anderweitig zu verkaufen. Aber ob das gelänge, blieb fraglich. Wer sollte schon so minderwertige Qualität kaufen? Eric würde die Hände über dem Kopf zusammenschlagen, wenn er ihm eine Probe mitbrächte, und sich weigern, einen einzigen Faden damit zu spinnen. Es schmerzte ihn, die gesamte Ernte aufzugeben, aber er sah keine andere Lösung. Nicht, wenn nächstes Jahr an dieser Stelle wieder gute, gesunde Baumwollpflanzen wachsen sollten.

„Wir brennen die Felder nieder“, verkündete Darren.

Seth war entrüstet. „Darren, so etwas haben wir noch nie getan.“

„Ich weiß.“ Betreten senkte er den Kopf. Die Verluste dieses Jahr würden enorm werden. „Wir hatten aber auch noch nie in solchem Ausmaß Welke und Fadenwürmer.“

Seth ließ fassungslos den Blick über das Feld schweifen. „Kannst du denn überhaupt nichts tun?“

Traurig schüttelte Darren den Kopf. Nein, das konnte er diesmal nicht. Es war ein furchtbares Gefühl, so hilflos zu sein. Mit zusammengebissenen Zähnen marschierte er zum Pick-up zurück.

Er musste mit der Familie sprechen. Vielleicht war es ihnen möglich, die Arbeiter in Cheetahville weiter zu bezahlen. Wenn er das noch vor dem Unvermeidlichen umsetzen wollte, musste er sich beeilen. Seinen Schätzungen nach hatte er längstens noch ein oder zwei Wochen Zeit.

„Wir werden die Felder niederbrennen."

„Alle drei?", fragte Seth skeptisch.

„Alle drei", bestätigte Darren. „Wie lange brauchst du für die Vorbereitungen?"

Seth dachte kurz nach und sagte dann: „Zwei Tage."

„Gut", murmelte Darren, nahm seinen Hut ab und stieg in den Pick-up.

Der Tag war noch viel schlimmer geworden, als er es sich hatte vorstellen können.

KAPITEL 29

Den ganzen Tag war Sarah rastlos gewesen. Sie spürte, dass sie nicht länger auf Cheetah Manor bleiben konnte. Deshalb hatte sie eine Entscheidung getroffen, die sie Darren mitteilen wollte. Sie hatte gewartet und war in die Eingangshalle gegangen, als sie den Pick-up vorfahren hörte. Doch Darren war mit grimmiger Miene an ihr vorbei in sein Arbeitszimmer gestapft und seitdem nicht mehr herausgekommen. Sarah wartete, erst im Esszimmer, dann im Eingangsbereich, aber Darren kam aus seinem Versteck nicht hervor. Als sie einfach nicht mehr still sitzen konnte, begann sie in der Halle hin und her zu laufen, von der Eingangstür bis zur Treppe und wieder zurück. Ihre Unruhe wuchs mit jedem Schritt, und dann hielt sie es einfach nicht mehr aus. Schnurstracks marschierte sie zur Arbeitszimmertür und klopfte an, ehe sie es sich noch anders überlegen konnte.

„Ja!“, war Darrens Stimme zu hören.

Sarah atmete tief durch und öffnete die Tür.

Darren saß im Gegenlicht hinter seinem Schreibtisch. Er hatte sich zurückgelehnt und richtete sich auf, als Sarah eintrat.

„Ich muss mit dir reden", erklärte sie und kam näher.

„Hm", brummte er, stand auf und ging um den Tisch herum auf sie zu. „Muss das jetzt sein oder hat das Zeit bis später?"

Überrascht blickte Sarah ihn an. Er hatte doch nur dagesessen und nichts getan. Mit einer ausladenden Handbewegung in Richtung seines Stuhls entgegnete sie etwas schärfer als beabsichtigt: „Es sah nicht so aus, als ob du sehr beschäftigt bist."

„Ich denke nach!", fuhr er sie an.

Erschrocken wich Sarah einen Schritt zurück. „Hör zu, ich wollte nur kurz mit dir reden, dann verschwinde ich auch gleich wieder."

Darren verdrehte genervt die Augen, verschränkte die Arme vor der Brust und legte den Kopf schief. „Also los!"

Sarah hatte sich einige Worte zurechtgelegt, die ihn beschwichtigen sollten. Aber als sie jetzt vor ihm stand, brachte sie nur zusammenhanglose Fetzen heraus. „Ich habe nachgedacht … und überlegt … ich denke …" Sie brach ab, knetete nervös die Hände und blickte zu Boden. Sie brauchte einen Moment, um sich zu sammeln. „Ich habe beschlossen, nach Deutschland zurückzufliegen", sagte sie schließlich.

Darren starrte sie entgeistert an.

„Ende der Woche geht mein Flieger. Brains Anteile …" Nun kam sie doch wieder ins Stocken. „Ich werde darauf verzichten."

Noch immer sah er sie so intensiv an, dass sie einfach nicht wegblicken konnte.

„Warum?", krächzte er, sichtlich um Fassung bemüht.

„Du wolltest mich doch immer loswerden. Jetzt hast du es geschafft." Ihre Lippen bebten bei jedem Wort. Sie hatte sich geschworen, vor Darren keine Angst zu haben, nicht mehr zurückzuweichen. Dieses Versprechen einzuhalten, verlangte ihr nun viel ab.

„Warum? Warum jetzt?" Es klang wie ein Vorwurf, nicht

wie eine Frage.

„Ich bin zu der Überzeugung gekommen, dass mir das Erbe nicht zusteht“, erklärte sie hastig und wollte bereits den Rückzug antreten.

„Ich befürchte, das musst du mir näher erklären.“ Sie spürte den festen Griff an ihrem Handgelenk, als Darren sie grob packte. Er war so viel stärker als sie, dass sie nicht einmal den Versuch unternahm, sich gegen ihn zu wehren. Unnachgiebig drückte er sie gegen die Wand, weit weg von der rettenden Tür, und baute sich breitbeinig vor ihr auf. Zumindest hielt er sie nicht länger fest.

„Was ist passiert, dass du zu diesem Entschluss gekommen bist?“

„Das geht dich nichts an“, zischte sie und war nicht bereit, klein beizugeben.

„Diese Entscheidung betrifft meine Familie, Cheetah Manor und die Bewohner von Cheetahville. Für alle bin ich verantwortlich. Ich teile deine Meinung nicht und denke, dass es mich durchaus etwas angeht.“ Wütend funkelte er sie an.

Sarah kämpfte mit dem Bedürfnis, sich in ein Mäuseloch zu verkriechen. „Es ist einfach so“, wich sie ihm aus und wollte an ihm vorbeigehen.

Seine Hand, die plötzlich neben ihrem Kopf an der Wand landete, versperrte ihr den Weg. „So einfach kommst du mir nicht davon.“ Seine Stimme war nun nicht mehr laut und aufbrausend, sondern gefährlich ruhig.

Sarah starrte die Holzdielen am Boden an und dachte fieberhaft nach. Er würde sich nicht so leicht abspeisen lassen. „Es hat ganz persönliche Gründe.“

Er bewegte sich keinen Millimeter. Sarah war versucht, ihm alles zu erzählen, aber sie konnte nicht, sie hatte es Brain versprochen. Sein Geheimnis war bei ihr sicher und sie würde es niemandem verraten – auch Darren nicht.

„Ich kann dich nicht einfach gehen lassen, Sarah“, erklärte Darren leise.

„Warum?“ Ihre Stimme war nur noch ein Flüstern.

Er griff nach ihrem Kinn und drehte ihr Gesicht zu sich.

Seine silbrigen, blauen Augen schienen tief in ihre Seele hineinzublicken, um all ihre Geheimnisse zu ergründen.

Seine Lippen öffneten sich und jedes seiner Worte strich über ihre Seele wie eine zarte Liebkosung. „Du bist ein Teil von Cheetah Manor geworden."

Tränen rollten über ihre Wange. Wie sehr hatte sie sich nach diesen Worten gesehnt. Doch nun kamen sie zu spät. Sie hatte bereits gebucht und in der Klinik Bescheid gegeben.

„Moira wird dich brauchen, ebenso die Dorfbewohner."

Sarah blinzelte. Sie verstand nicht ganz, wovon Darren sprach.

„Es ist zu spät", murmelte sie.

Darren strich mit dem Daumen über ihre nasse Wange, wischte die Tränenspur fort. Wie in Zeitlupe näherte sich sein Kopf ihrem. Sein Kinn war so nahe, dass sie die winzigen Bartstoppeln hätte zählen können. Seine Lippen kamen gefährlich nahe. Wie gebannt sah sie ihm in die Augen. Würde er sie küssen? Hin- und hergerissen zwischen dem Verlangen, seinen Mund auf ihrem zu spüren, und der Vernunft, die sie warnte, dass dieser Mann unberechenbar und gefährlich war, verharrte sie. Seine Arme umfingen sie, sein kräftiger Körper drängte sie gegen die Wand. Sie hätte protestieren können, hätte es tun sollen, doch stattdessen schloss sie die Augen und wartete sehnsüchtig auf den Kuss. Seine Lippen strichen sanft über ihren Mund. Sarah seufzte, verzehrte sich nach mehr.

„Scheiße!", murmelte Darren und dann presste er seine Lippen fest auf ihre. Fordernd drückte er sie noch weiter gegen die Wand.

Sarah fühlte sich unendlich leicht und schwerelos. Sie wollte nicht, dass es aufhörte, wollte sich weiter so gut fühlen. Sich nach mehr verzehrend schlang sie die Arme um Darrens Nacken, um sich an ihm festzuhalten. Mit seiner Zunge drang er tief in ihren Mund ein. Gierig erkundete er sie. Sarah wollte mehr, so viel mehr. Sie klammerte sich Halt suchend an ihn. Ihre Beine fühlten sich längst wie Pudding an.

„Verdammt!", fluchte Darren und schob sie unsanft beiseite.

Sarah taumelte. Als hätte sich Darren an ihr verbrannt, wich er weiter zurück. Er atmete ebenso heftig wie sie selbst und strich sich mit der Hand durch die kurzen Haare. „Ich kann das nicht!“, stieß er zwischen zusammengebissenen Zähnen hervor. „Du bist die Frau meines Bruders.“

„Nein!“, erwiderte Sarah aufgebracht. Nur Sekunden später wurde ihr bewusst, was sie soeben getan hatte. Eilig schlug sie die Hände vor den Mund.

Darren fuhr zu ihr herum. Sein Blick brannte sich in sie. „Nein?“

Sarah biss sich auf die Lippe. Ein scharfer Schmerz durchzuckte sie, als sie Blut schmeckte.

„Du hast Brain geheiratet oder irre ich mich da?“

Sarah schüttelte den Kopf und schloss die Augen. Was sollte sie nur tun? Sie hatte Brain ihr Wort gegeben.

„Er wollte in Deutschland bleiben. Ich habe ihm die Möglichkeit dazu geboten.“ Sie hoffte inständig, dass sich Darren mit dieser Antwort zufriedengab. Es war nicht gelogen, aber es war auch nicht die ganze Wahrheit. Sollte er sie doch als geldgeiles Miststück betrachten, damit konnte sie leben. Sie würde nach Deutschland gehen und dort weitermachen, wo sie aufgehört hatte, ohne Alex und ohne Brain. Darren und die Plantage würde sie einfach vergessen, und irgendwann würde der Schmerz über das, was sie verloren hatte, aufhören.

„Das glaube ich dir nicht“, knurrte Darren. „Du willst mir gerade weismachen, dass du Brain geheiratet hast, um an sein Geld zu kommen? Als Ethan bei dir vor der Tür stand, hattest du doch keine Ahnung von Cheetah Manor. Du spazierst hier rein und erzählst mir, dass du auf dein Erbe verzichtest, und zwei Atemzüge später soll ich dir diese Lüge glauben? Ich frage dich noch einmal: Was war zwischen dir und meinem Bruder?“

Hilflos sah sie Darren an. Sie hatte zu viel gesagt, hatte sich verraten. Darren würde nicht aufgeben, bis er die ganze Wahrheit kannte.

Sie war geliefert.

KAPITEL 30

Diese Frau brachte ihn um den Verstand. Er konnte kaum noch klar denken. Sein Schwanz war steif. Er wollte sie, mehr als er es in Worte fassen konnte. Der Gepard war auch keine große Hilfe. Er schlich in seinem Gefängnis hin und her und verlangte nach ihren Berührungen.

Verdammt!

Sie war die Frau seines Bruders. Er selbst war manchmal ein Mistkerl, war kompromisslos und hin und wieder auch brutal. Aber Brains Frau anzufassen, das verstieß gegen alle Regeln. Und dann hatte sie ihm einen Ausweg aus seiner Misere geboten.

Er unterdrückte das Bedürfnis, ihr an die Kehle zu gehen und sie so lange zu schütteln, bis sie endlich sprach. „Ich will wissen, was du mit *Nein* gemeint hast.“ Darren zwang sich zur Ruhe.

Sarah hatte ihm Hoffnungen gemacht. Jetzt wollte er eine Bestätigung oder endgültig den Dolchstoß in sein Herz.

„Darren …“ Wie ein gefangenes Beutetier versuchte sie ihm auszuweichen. Doch er kannte sämtliche Spielregeln der Tierwelt. Was er in seinen Klauen hatte, würde er nicht entkommen lassen.

„Du und Brain …?“ Er ließ den Rest des Satzes offen. Natürlich hätte er ihr auch den kleinen Finger reichen können, aber er wollte die Worte aus ihrem Mund hören.

Sarah sank immer mehr in sich zusammen. Nicht mehr lange und ihr Widerstand war gebrochen. Dann würde er die ganze Wahrheit erfahren.

„Brain wollte in Deutschland bleiben“, erklärte Sarah und starrte zu Boden.

„Das sagtest du bereits“, entgegnete Darren ungerührt.

„Deswegen haben wir geheiratet – damit er nicht weg muss.“

Schweigend sah Darren sie weiterhin an. Da war noch mehr, das spürte er genau.

„Darren, bitte“, flüsterte Sarah.

Sie konnte ihm beinahe leidtun, wie sie ihn mit ihren großen Augen flehend ansah. Doch er würde nicht nachgeben. Er wollte es endlich wissen. Alles!

„Ich habe es Brain versprochen.“ Tränen traten in ihre Augen. Mitleid regte sich in ihm. Mühevoll kämpfte er es nieder. Was spielte sie für ein Spiel? Sie mochte Brain um den kleinen Finger gewickelt haben, aber mit ihm würde ihr das nicht gelingen.

Bist du dir da so sicher?, fragte eine leise Stimme in seinem Kopf. Er ging nicht darauf ein und verbannte das Wispern in den hintersten Winkel seiner Seele.

„Die Wahrheit“, forderte er unnachgiebig.

„Brain und Alex …“ Gequält schüttelte sie den Kopf. „… sie waren ein Paar.“

Die Welt schien stillzustehen. Sprachlos starrte er Sarah an, musste erst die Bedeutung dieser Worte verstehen.

Alex? Wer war Alex? Alexandra … Es fühlte sich an, als hätte ihm jemand mit voller Wucht in den Magen geschlagen. Alex war Alexander, Sarahs Bruder. Ihr Bruder und Brain …

Ein Wort formte sich in seinem Kopf, das er zwar kannte, in seiner Welt jedoch nicht zu existieren schien: schwul.

Er fasste hinter sich, war froh, die Kante seines Schreibtischs zu ertasten, und ließ sich darauf sinken.

„Brain war nicht schwul!" Das konnte einfach nicht sein. Das würde er nicht akzeptieren.

Er sah, wie Sarah schluckte. Sie wagte es nicht, ihn anzusehen. Das Schlimmste jedoch war, dass sie schwieg. Keine Richtigstellung, keine Verneinung.

„Das kann nicht sein! Nicht Brain." Fassungslos schüttelte er den Kopf.

Das Bild von seinem Bruder war bis auf die Grundmauern erschüttert. Brain war schon immer etwas sonderbar gewesen, aber er hatte nie Tendenzen gezeigt, dass er auf … Männer stand. Aber es hatte auch nie Anzeichen gegeben, dass er Frauen attraktiv fand, musste sich Darren eingestehen. Wenn er sich zurückerinnerte, waren es nur er und Eric gewesen, die mit Mädchen ausgegangen waren und die eine oder andere Freundin mit nach Hause gebracht hatten. Hatte Brain damals schon gewusst, dass er anders war?

„Hat er deswegen Cheetah Manor verlassen und den Kontakt zu uns abgebrochen?", fragte er leise.

„Ich weiß es nicht", gestand Sarah. „Er hat nie über euch gesprochen."

Darren schloss die Augen. Es schmerzte ihn, dass sich Brain so weit von ihm entfernt hatte. Immerhin war er doch sein kleiner Bruder gewesen. Darren war immer für ihn da gewesen, hatte sich seine Sorgen angehört. Wenn Brains Leben aus den Fugen geraten war, war er derjenige gewesen, der es wieder gerichtet hatte. Warum war Brain mit seinen Problemen nicht zu ihm gekommen? Die Antwort lag nahe und tat noch mehr weh als die Tatsache, dass er sich ihm nicht anvertraut hatte. Er hätte seinem Bruder nicht helfen können. Louisiana und die Familie zu verlassen, war aus Brains Sicht ein logischer Schritt gewesen. In Louisiana mochten gleichgeschlechtliche Beziehungen zwar nicht mehr unter Strafe stehen, aber dennoch hätte das Ansehen ihrer Familie aufgrund seiner sexuellen Orientierung in der konservativen Baumwollindustrie Schaden genommen. Auch etliche Bewohner von Cheetahville hätten damit ihre Probleme gehabt, ebenso wie seine Mutter.

Wie sehr wünschte er sich in diesem Moment, Brain noch ein letztes Mal zu sehen. Er wollte ihm sagen, dass es okay war. Dass er hinter ihm stand. Viel mehr als seine Homosexualität frustrierte ihn Brains Verhalten, dass er nicht den Mut gehabt hatte, sich ihm anzuvertrauen. Hatten sie sich so weit voneinander entfernt gehabt?

„Hat er deinen Bruder geliebt?“, wollte er gequält wissen.

Sarah nickte. „Sehr. Und Alex ihn auch.“

„Das ist gut.“ Darren atmete tief durch. Er musste sich neu sortieren. Seine ganze Weltansicht war für einen Moment aus den Fugen geraten, und Brains Schwulsein warf auf viele Dinge ein ganz neues Licht. Natürlich hatte Sarah nichts von dem Gepard gewusst, aber vermutlich ihr Bruder. Sarah hatte selbst gesagt, dass die beiden Männer häufig in die Berge gegangen waren. Dort hatte Brain seiner Natur folgen können und das Tier durch die Wildnis streifen lassen.

Er blickte Sarah an. Die Frau, die so mutig gewesen war, den weiten Weg nach Louisiana auf sich zu nehmen, die ihm immer die Stirn geboten hatte, auch wenn er sich wie ein Arschloch aufgeführt hatte. Er wollte sie, mehr denn je. Alles in ihm verzehrte sich nach ihr. Und ihm fiel beileibe keine Entschuldigung mehr ein, die er anführen konnte, um sie nicht augenblicklich in sein Bett zu zerren.

„Bitte, behalte es für dich. Ich habe Brain versprochen, es niemandem zu erzählen, wirklich niemandem. Selbst in Deutschland galten wir für sämtliche Außenstehende als Paar.“ Ängstlich blickte Sarah ihn an.

Er hatte den Wunsch, sie in die Arme zu nehmen, ihr zu versprechen, dass alles gut würde. Er wollte sie bei sich haben, sie an seiner Seite wissen. Der Gepard saß dicht an der Oberfläche, verlangte danach, sich ihr zu zeigen. Der Mann wollte nicht riskieren, Sarah zu verschrecken. Wenn er eine Chance bei ihr hatte, dann als Mensch und nicht behaart und mit gefährlichen Raubtierzähnen. Das Tier brüllte frustriert auf, als er es vehement in seine Schranken wies.

„Ich werde Brains Geheimnis bewahren. Niemand wird davon erfahren.“

„Danke“, murmelte Sarah erleichtert, und er sah ihr an, welche Last von ihren Schultern genommen war.

Ein Lächeln, das ihre Augen erhellte und das er so an ihr liebte, war die schönste Belohnung für sein Versprechen.

Er spürte ihre Unruhe. Sie wusste nicht, wohin mit ihrer Erleichterung und fiel ihm kurzerhand um den Hals. Bereitwillig ließ er sich umarmen und legte zurückhaltend nur eine Hand auf ihren Rücken. Das Gefühl, ihren Körper so nah an seinem zu spüren, fachte das Verlangen in ihm erneut an. Er wollte sie halten, fester an sich drücken und sich in ihrem berauschenden Duft verlieren. Nein, eigentlich sehnte er sich nach etwas ganz anderem. Seine Gedanken waren alles andere als keusch.

„Ich will dich“, gestand er mit rauer Stimme und vergrub seine Hände in ihrem lockigen Haar. „Nur eine Nacht“, bat er und hoffte verzweifelt, dass sie zustimmen würde.

Wenn er sein Verlangen nach ihr stillen konnte, würde er sie ziehen lassen. Das nahm er sich fest vor. Es stand ihm nicht zu, sie aufzuhalten, und da seine Zukunft mehr als ungewiss war, wäre es verantwortungslos, ihr mehr zu versprechen.

„Darren.“ Sie versuchte sich von ihm zu lösen, doch er war nicht bereit, sie gehen zu lassen. Seinen Arm fest um ihre Mitte geschlungen, hielt er sie fest. „Für so etwas bin ich nicht gemacht.“

Er lachte auf und das Tier in ihm drehte sich vergnügt um die eigene Achse. Sie hatte ihn nicht in die Schranken verwiesen, das Spiel war noch nicht verloren.

„Wofür bist du nicht gemacht? Dafür, dich küssen zu lassen?“

Sie legte keinen Protest ein, sah ihn nur mit großen Augen an, als er immer näher kam. Seine Lippen strichen über ihren Mund und er hörte ihr unterdrücktes Seufzen. Mehr benötigte er nicht als Ermutigung. Er zog sie fest an sich, drückte ihre Mitte gegen seine Begierde. Sie sollte ruhig fühlen, was sie mit ihm anstellte.

Seine Zunge drang in ihren Mund ein, erkundete sie. Er spürte den Moment, als sie allen Widerstand aufgab, sich ihm vollkommen öffnete.

„Bring mich nach oben", seufzte sie an seinen Lippen. Das war es, worauf er gewartet hatte. Breit lächelnd hob er sie einfach hoch und freute sich auf den sinnlichen Anblick, sie zwischen zerwühlten Laken zu sehen.

KAPITEL 31

Es war berauschend. Darrens Hände auf ihrem Körper, seine Küsse, die ihre Knie weich werden ließen. Wie bei ihm hatte sie sich noch nie gefühlt. Eine Nacht! Mehr wollte er ihr nicht geben. Sie schob den Gedanken beiseite. Sarah wollte nicht mehr denken, wollte nur noch fühlen. Einmal in ihrem Leben hatte sie die Chance dazu, etwas völlig Unvernünftiges zu tun. Wenn ihr Verstand wieder funktionierte, war noch genug Zeit, ihre Taten zu bereuen.

Ungeduldig nestelte sie an Darrens Hemd. Ihr T-Shirt hatte er bereits ausgezogen. Seine Hände waren überall, streichelten, liebkosten sie. Immer ungeduldiger riss sie an den Knöpfen, die einfach nicht aufgehen wollten. Er half ihr und streifte das Hemd ab. Dabei löste er sich kurz von ihr, nur um sie gleich darauf wieder in die Arme zu nehmen. Seine Finger wanderten über ihren Rücken, öffneten geschickt den Verschluss ihres BHs und zogen den seidigen Stoff beiseite. Seine nackte Haut zu spüren, fühlte sich großartig an. Sarah wollte mehr, und so drängte sie sich ihm verlangend entgegen. Darrens Mund wanderte ihren Hals entlang, und Sarah erschauderte. Mit der Hand umfing er ihre Brust, während er mit der anderen ihren Rücken stützte. Als er über ihre aufgerichteten Brustwarzen strich, konnte sie ein Keuchen nicht unterdrücken.

„Mehr!"

Er lachte an ihrem Schlüsselbein und setzte seine Spur von Küssen fort. Sarah fühlte die Wand im Rücken, stellte sich auf die Zehenspitzen und streckte sich, so weit sie konnte. Sie wollte seine Lippen auf ihrer Brust spüren. Er kam ihr zu Hilfe, indem er sie mit einem Ruck hochhob und gegen die Wand drückte. Entzückt schlang sie die Beine um seine Mitte. Durch zwei Lagen Jeans spürte sie seine harte Männlichkeit. Er rieb sich an ihr, während er gleichzeitig ihre Brustwarze in den Mund nahm.

Ein spitzer Schrei entfuhr ihr, den sie nicht mehr zurückhalten konnte. Es fühlte sich an, als würden elektrische Blitze durch ihren Körper zucken und sich zwischen ihren Beinen sammeln.

Darren widmete sich ausgiebig ihrer anderen Brust. Sarah schloss die Augen, ließ sich fallen und gab sich ganz den berauschenden Gefühlen hin, die er in ihr weckte.

Behutsam stellte er sie wieder auf die Beine und ließ sich vor ihr zu Boden gleiten. Er strich langsam über ihre Hose und sah zu ihr auf. Fasziniert betrachtete Sarah die silbernen Sprenkel in seinen Augen und nickte unmerklich. Unter seinen geschickten Fingern öffnete sich ihre Jeans und glitt zu Boden. Der Slip folgte Sekunden später.

Darren beugte sich vor, küsste ihren Bauch und schickte seine Hände auf Erkundungstour.

„Darren", keuchte Sarah, als er sie an ihrer intimsten Stelle berührte.

„Weißt du, worauf ich mich freue?"

„Hm?"

„Dass du meinen Namen schreist, wenn du deinen Höhepunkt erreichst."

Sarah musste sich zusammenreißen, um überhaupt einen

klaren Satz herauszubringen. „Das wird nur möglich sein, wenn du deine Hose ausziehst.“

Er grinste und ließ von ihr ab. In Windeseile hatte er sich von seiner Jeans befreit. Schwungvoll packte er Sarah, zog sie an sich und ließ sich mit ihr ins Bett fallen.

Sie lachten beide, küssten sich und fielen übereinander her.

Es war nicht so, dass Sarah noch unberührt war. Während des Studiums war sie kurze Zeit mit einem Jungen zusammen gewesen. Der Sex war ganz okay gewesen, aber sie hatte nicht verstanden, was alle daran so unglaublich fanden. Jetzt mit Darren bekam sie eine leise Ahnung, was es bedeuten konnte. Er küsste sie, streichelte sie und verstand es, ihr Verlangen zu schüren. Das Pochen zwischen ihren Beinen war kaum noch auszuhalten. Gierig rieb sie sich an ihm, wartete sehnsüchtig darauf, ihn endlich in sich zu spüren. Doch Darren hatte alle Zeit der Welt. Er schien es absolut nicht eilig zu haben, sich mit ihr zu vereinigen. Kurzerhand wand sich Sarah aus seiner Umarmung und setzte sich rittlings auf ihn.

„So ungeduldig?“, fragte er grinsend.

Genüsslich rieb sie ihre Scham an ihm. „Ja“, erklärte Sarah geradeheraus und beugte sich nach vorn, um ihm einen Kuss zu geben.

Darren legte seine Hände auf ihre Hüften und dirigierte sie in die richtige Position. Sie hob ihr Gesäß etwas an und befand sich nun direkt über ihm. Einen Augenblick verharrte sie reglos. Sie musste sich nur etwas bewegen und schon wäre er …

„Ah!“, keuchte sie überrascht auf.

Mit einem kräftigen Stoß war er in ihr, wartete einen Moment, bis sie sich an ihn gewöhnt hatte, ehe er sich langsam unter ihr bewegte. Schnell fanden sie einen gemeinsamen Rhythmus. Sarah genoss die Verbundenheit, das vollkommene Ausgefülltsein. Sie könnte ewig in dieser Position verbringen. Es fühlte sich richtig an, ihn zu spüren, ihm so nahe zu sein. Seine Hände streichelten über ihren Körper, fanden ihren empfindsamsten Punkt.

Scharf sog sie Luft in ihre Lungen.

Mit Darren war es einfach wundervoll. Er wusste genau, wo er sie berühren musste, damit sie ihm noch mehr verfiel.

„Darren!“, jammerte sie, sehnte sich nach Erlösung.

„Habe ich dir schon gesagt, dass ich es mag, wie du meinen Namen sagst?“ Auch er klang etwas außer Atem.

Sarah konnte sich ein Grinsen nicht verkneifen, während sie sich an der Wand hinter dem Bett abstützte. Sie spürte das Feuer, das durch ihre Adern floss und sie bald explodieren lassen würde. Darren trieb sie immer weiter. Sie richtete sich auf, während Darrens magische Hände über ihren Körper glitten. Sie wollte sich nicht davontragen lassen, nicht solange er es ihr nicht gleichtat. Aber schon spürte sie die auf sich zukommende Welle, die sie mit sich reißen würde.

„Es ist okay“, versicherte er ihr, richtete sich auf und saugte an ihrer Brustwarze.

Sarah schloss die Augen, gab sich völlig dem berauschenden Tosen hin, das sie in eine andere Welt katapultierte.

„Darren.“ Sein Name war nur noch ein Flüstern. Und dann explodierte alles um sie herum. Sie spürte das Beben, das sie mitriss und jeden klaren Gedanken in Luft auflöste. Weit entfernt hörte sie einen Schrei, ihren Schrei.

Vollkommen erledigt ließ sie sich auf Darren sinken, spürte das Beben, das sanft durch ihren Körper waberte. Darren war noch nicht auf seine Kosten gekommen. Ihr schlechtes Gewissen meldete sich. Ihn schien es jedoch nicht zu stören. Reglos lag er da, hielt sie fest im Arm und strich beruhigend über ihren Rücken. Sie sollte sich um Darren kümmern, ihm ebenfalls zur Erlösung verhelfen. Es war gerade nur viel zu schön, um sich zu bewegen. Auch wenn es total egoistisch war. Sie genoss den Augenblick in vollen Zügen. Zufrieden schloss sie die Lider, um der Vibration ihres Körpers nachzuspüren, enttäuscht, dass es schon vorbei war. Noch immer war sie mit Darren verbunden.

Langsam kam sie ins Hier und Jetzt zurück und rekelte sich wohlig auf ihm. Sie spürte seine Härte in ihr pochen. Nicht unangenehm, sondern vertraut.

„Bereit für die nächste Runde?“, flüsterte er ihr ins Ohr.

Überrascht sah sie Darren an. „Du meinst …?“

Er grinste spitzbübisch, drehte sich mit ihr um, sodass sie unten lag. Und dann liebte er sie noch einmal.

KAPITEL 32

Noch zwei Mal hatten sie sich in dieser Nacht geliebt. Als Sarah am nächsten Morgen erwachte, war das Bett neben ihr leer. Sie blinzelte und sah sich um. Darren musste schon aufgestanden sein. Sarah kuschelte sich erneut in die Decke, die so herrlich nach ihm roch. Sie war noch nie in Darrens Schlafzimmer gewesen, wie ihr in diesem Moment bewusst wurde. Neugierig spähte sie unter der Decke hervor. Das breite Kingsize-Bett bot reichlich Platz und dominierte den Raum. Gegenüber hing ein riesiger Flachbildschirm. Längliche Lautsprecherboxen befanden sich um sie herum an der Wand und entlockten Sarah ein Lächeln. Darren stand, wie wohl die meisten Männer, auf Technik. Vor der weit geöffneten Balkontür stand eine gemütlich aussehende Ledercouch, auf der eine Jeans lag. Sarah stand auf, wickelte die Decke um sich und ging zur Balkontür, um sie zu schließen und die warme Luft auszusperren. Sie zog die bodenlangen Gardinen vors Fenster. Über dem Sessel hängend entdeckte sie ihren BH und das T-Shirt.

Gestern Nacht war alles wild durch die Gegend gesegelt. Darren musste aufgeräumt haben, ehe er das Zimmer verlassen hatte. Ihre Jeans blieb verschwunden. Weder auf der anderen Seite des Bettes noch auf dem stummen Diener fand sie diese. Sie öffnete eine Tür und spähte in Darrens Ankleidezimmer. Doch auch hier fand sie die Jeans nicht. Eine weitere Tür führte ins Badezimmer. Ihre Jeans tauchte nicht auf. So beschloss Sarah, ohne sie in ihr Zimmer zu gehen. In die Decke eingehüllt, die restliche Kleidung auf dem Arm, spähte sie hinaus. Auf dem Flur war niemand zu sehen. Sie raffte die Decke zusammen, damit sie nicht darüber stolperte, und huschte an der Treppe vorbei hinüber in ihr Zimmer. Erleichtert, dass sie niemandem begegnet war, schloss sie die Tür und atmete einen Moment durch.

Eine halbe Stunde später, frisch geduscht und angezogen, blickte sie erneut den Flur entlang. Immer noch war niemand in Sicht. So huschte sie mit der Decke über dem Arm an der Treppe vorbei und verschwand hinter Darrens Zimmertür.

„Sarah?“

Ertappt und erschrocken zugleich fuhr sie herum und starrte Darren an, der gerade mit nacktem Oberkörper aus dem Ankleidezimmer kam.

„Darren“, stammelte sie und wusste nicht, wie sie sich verhalten sollte. Sie hatte nicht damit gerechnet, ihn anzutreffen, sonst hätte sie selbstverständlich geklopft. „Ich wollte dich nicht stören.“

„Das tust du nicht.“ Er lehnte sich entspannt gegen den Türrahmen.

Unschlüssig stand sie da, noch immer die Bettdecke in den Armen. Die Vertrautheit, die sie gestern gespürt hatte, war wie weggeblasen. *Nur eine Nacht*, hatte Darren gesagt. Hier stand sie nun, dem Mann gegenüber, der ihr die aufregendsten Momente ihres Lebens beschert hatte. Er machte keine Anstalten, die Vertrautheit der letzten Nacht wieder aufleben zu lassen. Es war also tatsächlich vorbei. Der Stachel, der sich tief in ihr Herz bohrte, nahm ihr die Luft zum Atmen.

„Ich bringe nur deine Decke zurück“, flüsterte sie und

schlich zum Bett, um sie daraufzulegen.

„Danke.“ Er schlüpfte in sein rot-schwarz kariertes Hemd und knöpfte es zu.

„Ich dachte, du bist bereits unterwegs.“

„Das war ich auch schon.“ Er hielt mitten in der Bewegung inne und sah sie einen Moment lang direkt an. Sarah merkte, wie ihre Knie allein bei seinem Blick weich wurden. Erinnerungen an die Nacht stiegen in ihr auf. Was sie geteilt hatten, war so wundervoll gewesen. Aber anscheinend erging es nur ihr so. Wie viele Frauen mochte Darren schon in seinem Bett geliebt haben? Plötzlich fühlte sich die vergangene Nacht nicht mehr so großartig an.

„Auf den Nordfeldern gibt es ein paar Probleme“, erklärte er knapp. Sarah schluckte. Er war wieder einsilbig wie zuvor.

„Kann ich helfen?“, erkundigte sich Sarah. Solange sie noch da war, konnte sie sich nützlich machen.

Darren schüttelte den Kopf. „Das Thema wird sich bis heute Abend erledigt haben.“

Ja, so kannte sie ihn. Stolz und unnahbar, nicht bereit aufzugeben. Wenn es Probleme gab, löste er sie.

„Ich gehe dann mal“, erklärte Sarah und wandte sich ab.

„Ja“, murmelte er und sah ihr mit verschränkten Armen hinterher.

Sarah schluckte, als sie die Türklinke umfasste. Er hielt sie nicht zurück. Kein Wort über gestern. Es hatte ihm wohl längst nicht so viel bedeutet wie ihr. Traurig verließ sie das Zimmer und zog die Tür hinter sich zu.

KAPITEL 33

Es war gut, dass er so viel Arbeit hatte. Somit blieb ihm kaum Zeit, über Sarah nachzudenken. Die Nacht war wundervoll gewesen und er wusste, wenn er am Abend in seinem Bett lag, würde er sich nach ihr verzehren.

Er hatte die Regeln festgelegt und sie hatte zugestimmt. Eine Nacht. Mehr würde es nicht geben. Noch drei Tage, dann würde sie ohnehin Cheetah Manor verlassen und in ihr Leben zurückkehren. Hoffentlich würde sie nie erfahren, was aus ihm und Cheetah Manor geworden war.

„Darren?", holte ihn Seths Stimme in die Gegenwart zurück.

„Ja?"

„Wir sind so weit. Auf dein Kommando kann es losgehen."

Darren atmete tief durch. Seine Männer hatten sich um ihn herum versammelt. Er musste nur seine Zustimmung geben, dann würden rund zehn Hektar Baumwolle in Flammen aufgehen. Die Männer hatten den ganzen Tag Gräben gezogen, die bereits mit Wasser gefüllt waren, damit das Feuer sich nicht weiter ausbreiten konnte. Die Bewässerung war eingestellt worden und die Pflanzen waren trocken, sie würden gut brennen. Seth befand sich an einem Ende, während Elias am letzten Feld stand und es ebenfalls in Brand stecken würde, sobald Darren die Zustimmung gab.

„Also los", erklärte Darren und atmete tief ein.

Seth sprach in sein Funkgerät und begann die Stoffbündel, die bereits mit Benzin getränkt waren, zu entzünden und in das Feld zu werfen.

Die Flammen züngelten an den Pflanzen, fraßen sich in alle Himmelsrichtungen. Binnen Minuten standen große Teile des Feldes in Flammen. Ein einziges Meer aus Feuer, so weit das Auge reichte. Wenn es nicht so traurig wäre, wäre es ein wundervoller Anblick. Die Arbeit von Monaten löste sich in Asche auf. Verbittert ballte er die Hand zur Faust, wünschte sich etwas, an dem er seine Wut auslassen konnte. Darren wollte fort, doch er durfte nicht einfach gehen. Er musste bei seinen Männern bleiben. Zumindest das war er ihnen schuldig. Solange er sich noch halbwegs gut fühlte, würde er seinen Pflichten in vollem Umfang nachkommen. Wenn es dazugehörte, ein Viertel der Ernte zu vernichten, dann tat er das.

„Es ist eine Schande", hörte er hinter sich einen seiner Männer zu einem Freund sagen.

Darren musste sich beherrschen, den Arbeiter nicht anzufahren. Doch dieser konnte nichts dafür. Weder hatte er die Welke auf das Feld gebracht noch die Fadenwürmer. Dafür waren einzig und allein die Chowilawu-Indianer verantwortlich, und da er ihnen nichts nachweisen konnte, würden sie ungeschoren davonkommen. Wie sollte er einem Deputy erklären, dass Cheetah Manor unter normalen Umständen vor Pilzbefall und Schädlingen geschützt war? Woher hatten sie gewusst, dass es auf der Plantage Probleme gab? Hatten sie Kenntnis darüber, dass die Schutzwälle nicht intakt waren? Steckten sie sogar dahinter? Er konnte sich nicht erklären, wie sie das Gebiet der Cheetahs hätten betreten können. Etwas übersah er, aber er kam einfach nicht darauf, was.

Der Gepard in ihm war unruhig. Schon zu lange hatte Darren die tierischen Instinkte unterdrückt. Seine Muskeln spannten sich an und er spürte das Kitzeln des Fells unter der Haut. Er musste sich bewegen, konnte nicht länger still stehen. So lief er das halbe Feld auf und ab. Seine Männer standen schweigend da, sahen betroffen den Flammen zu, die alles vernichteten. Darren konnte das Elend einfach nicht länger mit ansehen. Er trat neben Seth.

„Kann ich dir das Kommando überlassen?"

Seth blickte ihn besorgt an. „Natürlich. Dir setzt das Ganze ziemlich zu. Du bist heute besonders blass um die Nase."

Wenn er nur wüsste, dachte Darren, schwieg aber.

„Soll ich den Pick-up nach Cheetah Manor bringen lassen?", bot der Vorarbeiter Darren an.

Er überlegte kurz und nickte dann. „Schlüssel steckt. Lass aber bitte nicht Tyron fahren."

Seth grinste und entblößte dabei strahlend weiße Zähne, die durch die dunkle Hautfarbe besonders hervorstachen.

„Die Stoßstange hatte eine ziemliche Delle", schob Darren erklärend hinterher.

„Oh." Seth wirkte überrascht. „Ich werde mir den Jungen zur Brust nehmen."

Darren winkte kopfschüttelnd ab. Das lohnte sich nicht. Nächste Woche war es zu spät für ihn. Dann brauchte er auch kein Auto mehr. „Passt schon. Lass ihn einfach nur nicht mehr fahren."

Seth nickte.

„Danke", sagte Darren und schlug seinem Vorarbeiter auf die Schulter.

Seth tippte sich zum Abschied an den Hut.

Mit starr nach vorne gerichtetem Blick verließ Darren das Feld. Keinem seiner Leute konnte er in die Augen sehen, dabei spürte er ihre fragenden Blicke deutlich auf sich.

Darren lief an dem Pick-up vorbei, immer weiter, bis er außer Sichtweite war. Erst dann erlaubte er dem Gepard, an die Oberfläche zu kommen.

Darren spürte, wie sich sein Körper zu verändern begann,

die Haut an manchen Stellen spannte und sich ausdehnte, während Knochen sich verschoben, zusammenwuchsen oder sich teilten. Auch die Umgebung veränderte sich. Sein Blickwinkel wurde niedriger, die Sicht weiter, aber unscharf. Mit einem Fauchen fuhr er die Krallen aus. Der Gepard war da. Darren zog sich zurück, überließ dem Tier die Kontrolle. Im Gegensatz zu sonst verspürte er keinen Drang, durch die Sümpfe zu rennen und an seine körperlichen Grenzen zu stoßen. Seine Muskeln fühlten sich an, als wäre er seit zwei Tagen ununterbrochen gelaufen. Auf direktem Weg schlich er Richtung Cheetah Manor durch das Unterholz. Immer wieder versuchte das Tier, die Magie der Erde zu erreichen. Es wollte nicht einsehen, dass keine Energie floss, wollte einfach nicht aufgeben. Bei jedem Schritt hatte er das Gefühl, als würde die Erde seine Lebenskraft aus ihm heraussaugen.

Der Gepard sehnte sich nach Ruhe. Am Rande des Lake Maurepas ließ er sich auf einer umgestürzten Zypresse nieder, die halb in den See hineinragte. Das Tier legte den Kopf auf die Vorderpfoten und blickte auf das Wasser. Der Anblick beruhigte ihn für gewöhnlich, doch heute wollte sich einfach keine Gelassenheit einstellen. Er spürte die Anspannung, die tief in seinen Muskeln steckte und die sich einfach nicht abschütteln ließ. Seine Gedanken schweiften ab zu der Frau, mit der er in der vergangenen Nacht das Bett geteilt hatte. Der Mann und der Gepard sehnten sich gleichermaßen nach ihr. Es verlangte ihn nicht, nach Hause zu gehen, denn dort würde sie warten. Ihr Duft, ihre Präsenz. Ihr so nahe und doch nicht bei ihr sein zu können, war noch unbefriedigender, als hier am Wasser zu liegen.

Ein leises Rascheln war zu hören und Darren hob den Kopf. War es ein kleines Tier oder nur sein Artgenosse, der ihn hin und wieder aufsuchte, wenn er in dieser Gestalt am See verweilte? Er lauschte angestrengt, konnte aber kein Geräusch mehr ausmachen. Es war wohl doch nur ein Kleintier gewesen. Wieder ließ er die Schnauze auf die Vorderpfoten nieder. Seine Gedanken schweiften ein weiteres Mal ab. Wo mochte der andere Gepard sein? Wie vertrug er die fehlende Magie? Heute hatte er seinen Duft nirgends ausmachen können. Hatte der Alte sich zurückgezogen?

Er schloss die Augen und verweilte einen Moment in dem Schmerz, der in seiner Brust aufflackerte, wenn er an den anderen Gepard dachte. So viel hatte er gegeben, um sie alle zu retten. Seither war es an Darren, die Familie zu beschützen. Er hatte gnadenlos versagt.

Der Gepard erhob sich, streckte die Nase in den Wind und machte sich auf den Weg zum Anwesen. Die Ruhe und der Frieden, die Darren sonst bei seinen Ausflügen als Gepard empfunden hatte, blieben diesmal aus. Er fühlte sich noch erschöpfter, noch verzweifelter als davor. Was konnte er nur tun, um seine Geschwister und sich vor dem Untergang zu retten?

KAPITEL 34

Die Anspannung, die sich über Cheetah Manor gelegt hatte, war beinahe greifbar. Moira hatte sich in ihre Räumlichkeiten zurückgezogen und wünschte keinen Besuch, wie Sarah von Mary erfahren hatte. Darren hatte sie nach ihrem letzten Zusammentreffen nicht mehr gesehen.

Nachdem Sarah allein gefrühstückt hatte, verspürte sie keine Lust, beim Mittagessen wieder allein im Speiseraum zu sein. Deshalb ließ sie sich die Mahlzeit auf ihr Zimmer bringen. Es schmeckte wunderbar wie immer, dennoch fehlte Sarah der Appetit, und so ließ sie die Hälfte des Essens unberührt zurückgehen.

Sarah wurde innerlich immer verkrampfter. Sie sehnte sich nach jemandem, mit dem sie reden konnte, und so griff sie nach ihrem Handy, um Emily anzurufen. Diese ging jedoch nicht ran, also sprach sie nur eine kurze Nachricht aufs Band.

Sarahs innere Unruhe nahm zu. Sie schritt von der Terrassentür zur Zimmertür und wieder zurück. Also beschloss sie zu lesen. Nachdem sie erfolglos immer und immer wieder bei demselben Absatz hängen geblieben war, klappte sie das Buch zu. Sie musste sich unbedingt sinnvoll beschäftigen, was hier auf Cheetah Manor kaum möglich war. Doch wo sollte sie hingehen? Einer Idee folgend holte sie ihr Mobiltelefon hervor und rief Rayna an. Ein Ausflug nach New Orleans, mit Rayna durch die Straßen zu spazieren oder sich in eines der netten Cafés zu setzen, war genau die Ablenkung, die sie jetzt brauchte.

Es tutete zweimal, dann wurde das Gespräch angenommen.

„Sarah?“, hörte sie Rayna. Sie klang seltsam erschöpft.

Ging es ihr immer noch nicht gut? Hätte sie das gewusst, wäre sie sicher nicht auf die Idee gekommen, sie anzurufen.

„Ich wollte nachfragen, wie es dir geht.“

„Hm …“, murmelte Rayna abweisend. „Würde ich sagen, es wäre alles in Ordnung, wäre das eine Lüge. Aber es wird schon werden.“

„Das tut mir sehr leid.“ Sarah meinte es tatsächlich so. Sie bedauerte, dass Raynas Gesundheitszustand sich noch nicht gebessert hatte.

„Wenn ich dir helfen kann, dann …“

„Das kannst du nicht“, fiel ihr Rayna ins Wort. „Ethan und ich werden morgen nach Cheetah Manor kommen.“

Sarah war überrascht. Von Darren hatte sie nicht erwartet, dass er ihr so etwas mitteilte, aber selbst Moira hatte nichts davon erzählt. Es stimmte Sarah traurig, dass Moira es nicht für nötig erachtet hatte, ihr zu sagen, dass Rayna kam.

„Dann sehen wir uns ja bald wieder. Weißt du schon, wie lange du bleiben wirst?“

Die schwache Hoffnung, dass Rayna ein paar Tage bleiben und ihr die Zeit bis zu ihrem Rückflug verkürzen würde, ließ sie diese Frage stellen.

„Sarah, ich muss Schluss machen.“

Bevor Sarah auch nur die Chance hatte, etwas zu erwidern, war das Gespräch beendet. Warum hatte es Rayna plötzlich so eilig gehabt? Warum hatte sie ihre Frage nicht beantwortet? Sarah legte ihr Mobiltelefon zur Seite und starrte frustriert vor sich hin. Sie wollte nicht den ganzen Nachmittag auf ihrem Zimmer verbringen. Abermals nahm sie die Wanderung von der einen zur anderen Tür auf. Es musste doch etwas geben, was sie unternehmen konnte. Außer den Dorfbewohnern kannte sie jedoch niemanden hier. Vor ihrer Abreise wollte sie sich noch einmal vergewissern, dass es den Männern, die an einer leichten Rauchvergiftung litten, gut ging. Eigentlich konnte sie den Besuch im Dorf gleich heute erledigen. Blieb nur die Frage, wie sie dorthin kam. Zum Laufen erschien ihr die Strecke zu weit.

Entschlossen griff sie nach ihrem Rucksack, packte ein paar wichtige Dinge ein und verließ das Zimmer.

In der Küche traf sie auf Mary, die damit beschäftigt war, einen Teig zu kneten. Bis zu den Ellenbogen steckte sie in der Knetschüssel, die vor ihr auf einem kniehohen Schemel stand.

„Ich brauche ein Auto", erklärte Sarah der Haushälterin.

„Ein Auto?" Mary wirkte etwas verwirrt. „Ich befürchte, da musst du Darren fragen."

„Er ist nicht da, Moira ist nicht ansprechbar. Ich will nach Cheetahville und brauche ein Auto, um dorthin zu kommen."

Mary schwieg einen Augenblick, die Hände ruhten in der Rührschüssel. Dann sagte sie schließlich: „Ich glaube, Jamal wollte heute noch ins Dorf fahren."

Sarahs Gesicht hellte sich auf. Eine Mitfahrgelegenheit war ebenso gut wie ein Auto, nein, sogar besser. Auch wenn sie es nicht zugeben wollte, fand sie die kurvigen amerikanischen Straßen ebenso abenteuerlich wie die Automatikschaltung der Autos. Da war sie lieber Beifahrerin.

„Wunderbar. Wo finde ich Jamal?", fragte Sarah enthusiastisch.

Mary zog einen Arm aus der Knetschüssel. Ihre Hand und ihr Unterarm waren über und über mit Teig bedeckt. „Jamal müsste noch im Technikraum sein." Sie zeigte auf eine Tür.

„Danke dir." Sarah eilte an der Haushälterin vorbei durch die Tür, hinter der die Wirtschaftsräume des Hauses lagen.

„Jamal?", rief sie und irrte durch den unübersichtlichen Flur, von dem unzählige Räume abgingen.

„Ja?“, hörte sie seine tiefe Stimme aus einiger Entfernung.

Sarah folgte den Lauten, musste dabei bis ganz zum Ende des Flures gehen.

„Hier bist du.“ Sarah war erleichtert, als sie Jamal fand. Der ältere Afroamerikaner, der als Hausmeister und Gärtner auf Cheetah Manor arbeitete, saß auf dem Boden. Vor ihm lag etwas, das einmal ein Kühlschrank oder dergleichen gewesen sein musste. Auf der Decke um Jamal herum waren ein paar Dutzend Schrauben, Metallteile und Werkzeuge verstreut.

„Sarah“, er wirkte angenehm überrascht, sie hier unten zu sehen.

„Mary hat erzählt, dass du heute nach Cheetahville fahren möchtest. Ich würde gerne mit.“

Eine steile Falte bildete sich auf Jamals Stirn. Dann aber glättete sich sein Gesicht und tiefe Grübchen bildeten sich um seinen Mund. „Ich finde, das ist eine ganz hervorragende Idee. Ein Doc, der regelmäßig im Dorf vorbeischaut, ist wichtig.“ Er erhob sich ächzend.

Sarah trat auf ihn zu, wollte ihn stützen, doch Jamal winkte ab.

„Danke, aber das schaffe ich schon noch.“ Er zwinkerte ihr vergnügt zu, griff nach einem schmutzigen Lappen und rieb damit seine Hände sauber.

„Gehen wir“, erklärte er und ließ es sich nicht nehmen, Sarah die Tür aufzuhalten.

KAPITEL 35

Der Nachmittag stellte sich als anstrengender heraus als gedacht. Ursprünglich hatte Sarah geplant, die Häuser in denen die Männer mit Rauchvergiftung wohnten, aufzusuchen, doch Jamal hatte darauf bestanden, sie zu Emma und Akos zu bringen. In deren Wohnzimmer hatte sie sich ausgebreitet. Die Männer, die inzwischen ihre Rauchvergiftung auskuriert hatten, kamen zu ihr. Sarah war sehr zufrieden mit ihren Patienten. Sie hörte sie noch einmal ab und gab ihnen das Okay, ab morgen ihrer gewohnten Arbeit nachzugehen.

Sarah war gerade dabei, sich mit Akos zu unterhalten, als eine besorgte Mutter mit ihrem Sohn kam. Sarah ließ das Kind aufs Sofa legen und begann den Jungen zu untersuchen. Er hustete schlimm, wie ein bellender Hund. Der Kehlkopf war ein wenig zu eng, sodass er nur rasselnd Luft holen konnte. Solange jedoch nichts zuschwoll, war der Zustand des Jungen nicht lebensbedrohlich. Sarah empfahl der Mutter, viel an die frische Luft zu gehen. Selbst nachts war es hier feucht und warm, die hohe Luftfeuchtigkeit würde dem Kind guttun. Dankend und ein wenig beruhigt nickte die Mutter. Als sie ging, kam die nächste Frau mit einem Kleinkind an der Hand. Es fieberte. Flink untersuchte Sarah das kleine Mädchen, das sich eine heftige Erkältung mit Fieber zugezogen hatte.

Jedes Mal, wenn Sarah einen Patienten entließ, kam ein neuer herein.

Emma versorgte sie mit Sandwiches, die sie zwischendurch hinunterschlang. Der Tag unterschied sich kaum von denen in der Notaufnahme. Lediglich die schweren Notfälle fehlten und auf diese konnte Sarah getrost verzichten.

Müde strich sie sich eine Strähne aus der Stirn, als eine ältere Afroamerikanerin hereinhumpelte, gestützt von einer jüngeren Frau. Es stellte sich heraus, dass sie vor ein paar Wochen gestürzt war und die Wunde am Schienbein nicht verheilte. Eigentlich hätte Sarah die Frau gerne in ein Krankenhaus geschickt. Davon wollten jedoch weder die Patientin selbst noch ihre Tochter, die sie begleitete, etwas wissen. So blieb Sarah nur, den Wirkstoff einer sehr guten Creme aufzuschreiben und der Tochter ins Gewissen zu reden, eine solche Salbe in der Stadt zu besorgen.

Endlich kam niemand mehr. Sarah setzte sich und nahm dankbar die Limonade entgegen, die Emma ihr reichte. Ein Auto hielt direkt vor dem Haus. Sarah hörte das Klicken der Tür, die zugeworfen wurde. Sie schloss die Augen und betete, dass es nicht noch ein Patient sein möge. Sie war völlig erledigt und hatte für heute mehr als genug.

Die Tür öffnete sich und Sarah blickte erschöpft auf. Es war Jamal. Die Kappe nahm er vom Kopf. „Wenn du willst, bringe ich dich wieder nach Cheetah Manor zurück“, schlug er etwas verlegen vor.

Sarah nickte erleichtert, packte mit Emmas Hilfe die Sachen zusammen und war froh, sich von ihr und Akos verabschieden zu können.

Die Fahrt nach Cheetah Manor verlief schweigend. Sarah war einfach zu müde, um eine sinnvolle Konversation zu führen, und Jamal schien die Stille nicht zu stören.

„Kann ich noch etwas für dich tun?“, fragte Jamal, als der klapprige Pick-up vor dem Haus anhielt.

„Ich freue mich jetzt auf eine Wanne mit warmem Wasser und danach vielleicht noch auf eine Kleinigkeit zu essen. Danke, dass du mich gefahren hast“, sagte sie und kletterte aus dem Auto. Sie holte vom Rücksitz ihren Rucksack, warf ihn sich über die Schulter und betrat das Haus.

Sarah hatte erwartet, dass es wie gewohnt ruhig wäre, doch sie hörte Stimmen aus dem Esszimmer. Neugierig ging sie den Geräuschen nach.

Es waren Darren und Ethan, die zusammen aßen und sich dabei angeregt unterhielten. Als sie Sarah erblickten, verstummten sie.

Sie wollte nicht stören und gerade wieder verschwinden, als Ethan mit einem Lächeln auf sie zukam. „Sarah, ich freue mich, dich zu sehen. Setze dich doch zu uns.“

Sie ließ Ethans Umarmung über sich ergehen und sah zu Darren. Dieser war mit seinem Essen beschäftigt und blickte nicht einmal zu ihr auf.

„Komm schon“, drängte Ethan. Er führte sie um den Tisch herum und rückte den Stuhl neben Darren für sie zurecht.

Sarah gab sich geschlagen, vor allem, weil das Essen wirklich köstlich roch und sie trotz der Sandwiches, die sie gegessen hatte, Hunger verspürte.

„Ich werde Jalia bitten, dir ein Gedeck zu holen“, erklärte Darren und erhob sich.

Sarah wollte ihn aufhalten und ihm sagen, dass sie sich selbst darum kümmern konnte, doch da war er schon fort.

Ethan nahm ihr gegenüber Platz, stützte die Ellenbogen auf dem Tisch ab, faltete die Hände und sah sie abwartend an.

„Du kannst ruhig weiteressen“, forderte sie ihn auf, als er keine Anstalten machte, sein Besteck wieder aufzunehmen.

„Aber das wäre ausgesprochen unhöflich“, erklärte der Anwalt schmunzelnd. „Erzähl, wie ergeht es dir auf Cheetah Manor?“

„Hat Darren nichts gesagt?“

Ethan schüttelte den Kopf. „Du weißt doch, wie einsilbig er

sein kann.“

„Ich werde am Freitag zurück nach Deutschland fliegen.“

Ethan, der soeben nach seinem Weinglas greifen wollte, hielt mitten in der Bewegung inne.

„Du reist ab?“, fragte er überrascht. „Jetzt?“

„Warum soll ich noch länger hierbleiben? Ich sehe keinen Grund, meinen Aufenthalt noch länger auszudehnen.“

Mit offenem Mund starrte Ethan sie einige Augenblicke an, ehe er die Kinnlade zuklappte und dabei die Lippen fest aufeinanderpresste.

„Sarah, ich weiß nicht, was ich sagen soll“, rang er nach Worten. „Denkst du wirklich …“

„Ich vermisse Deutschland, meine Freunde und meine Arbeit“, gestand sie leise.

Ethan räusperte sich, brauchte zwei Anläufe, um ihr schließlich zu antworten: „Ich hätte dich anders eingeschätzt.“

Seine Worte verletzten sie mehr, als sie gedacht hätte. Ethan war immer freundlich zu ihr gewesen, hatte sie mit Wertschätzung behandelt. Aber als sie ihm jetzt in die Augen sah, las sie darin nur Abscheu und Verachtung.

Der Appetit war Sarah vergangen. „Ich gehe in die Badewanne“, verkündete sie und erhob sich. „Richte bitte Jalia aus, dass sie mir das Essen aufs Zimmer bringen soll.“

Entschlossen rückte Sarah ihren Stuhl zurück und stand auf. Ethan hielt sie nicht auf. Tränen schossen ihr in die Augen. Sie fühlte sich vollkommen erschöpft und ungerecht behandelt. Warum schlug sich jetzt auch noch Ethan auf die Gegenseite? Warum spielten alle auf Cheetah Manor verrückt? Diese bescheuerte Magie. Es war gut, dass Sarah bald nicht mehr hier sein würde. Tränenblind stolperte sie die Treppenstufen hinauf, beeilte sich, damit Darren sie nicht fortlaufen sah. Leise schluchzte sie vor sich hin. Etwas mehr als einen Tag, dann konnte sie endlich alles hinter sich lassen und in ihr Leben zurückkehren.

KAPITEL 36

Als Darren aus der Küche kam, hastete Sarah an ihm vorbei. Verwundert blickte Darren ihr hinterher. Ohne nach rechts und links zu sehen, floh sie die Treppe hinauf. Er überlegte kurz, ihr zu folgen, entschied sich dann jedoch dafür, zurück zu Ethan zu gehen.

„Was ist mit Sarah?“, fragte Darren und schloss die Tür des Esszimmers hinter sich.

„Ich habe ihr gesagt, was ich von ihrer Entscheidung halte.“

Darren umrundete den Tisch und setzte sich auf seinen Platz. Er unterdrückte den Drang, Ethan an die Gurgel zu springen. Natürlich wusste er, was Sarah den ganzen Nachmittag gemacht hatte. Sie hatte sich von Jamal ins Dorf fahren lassen und dort die Menschen behandelt. Die Müdigkeit war ihr anzusehen, und dann hatte Ethan nichts Besseres zu tun, als sie mit Vorwürfen zu bombardieren. Er ballte die Hände zu Fäusten, als er sich steif auf den Stuhl fallen ließ.

„Warum hältst du sie nicht auf?“, warf ihm Ethan vor.

„Warum lässt du es zu, dass sie Cheetah Manor verlässt?“

„Weil es besser für sie ist.“ Beherrscht griff Darren nach seinem Weinglas und nahm einen großen Schluck.

„Du solltest aufhören, an alle anderen zu denken“, hielt ihm Ethan vor. „Ein einziges Mal solltest du dich um dich selbst sorgen.“

Darren antwortete nicht. Er war hin- und hergerissen. Würde Sarah bleiben, wenn er sie darum bat? Wenn sie ging, konnte sie in ihr gewohntes Leben zurück und hätte bald schon ihn und die Episode auf Cheetah Manor vergessen. Es schmerzte ihn ungemein, sie ziehen zu lassen. Aber er wollte ihr auch nicht ein Erbe aufbürden, das nur Verpflichtungen und Frustration mit sich brachte. Natürlich wünschte er sich, dass sie blieb und seiner Mutter zur Seite stand. Moiras Gesundheit war angegriffen und sie litt schon jetzt sehr unter den Umständen. Wie würde es ihr erst ergehen, wenn er nicht mehr da war?

„Es ist ihre Entscheidung. Sie hat beschlossen zu gehen und ich respektiere ihren Wunsch.“ Damit war für Darren das Thema beendet und er hoffte, dass Ethan es ebenfalls auf sich beruhen ließ.

Schweigend aßen sie weiter. Die Stimmung war dahin. Darren hatte auch keine Lust mehr, mit Ethan über Möglichkeiten eines Fonds zu diskutieren. Die Zeit, um so etwas in die Wege zu leiten, hatte er einfach nicht mehr.

„Möchtest du noch ein Gläschen Whiskey mit mir trinken?“, fragte Darren nach dem Essen.

Ethan schüttelte den Kopf. „Ich muss noch einige Dokumente aufsetzen, wenn ihr morgen unterschreiben wollt.“

„Ich bin froh, dass du so kurzfristig dafür Zeit findest.“

„Darren.“ Ethan verschränkte die Arme vor der Brust. „Du bist wie ein Bruder für mich. Wir sind in den letzten Jahren durch dick und dünn gegangen. Ohne dich hätte ich es nie geschafft, mich durchs Studium zu kämpfen, geschweige denn eine Anwaltskanzlei in New Orleans zu eröffnen. Ich schulde dir mehr als das, und wenn ich es könnte, würde ich, ohne mit der Wimper zu zucken, deinen Platz einnehmen.“

Darren atmete tief durch. Ihm bedeuteten die Worte seines besten Freundes viel.

„Ich danke dir“, murmelte er mit rauer Stimme.

Ethan legte die Serviette neben seinen Teller und erhob sich. „Morgen komme ich mit Rayna“, versprach er.

Darren stand ebenfalls auf, um seinen Freund zur Tür zu begleiten. Zum Abschied klopfte Ethan ihm auf die Schulter, wünschte ihm eine gute Nacht und trat dann hinaus in die Abenddämmerung. Darren schloss die Eingangstür. Die Anspannung des Tages fiel von ihm ab. Er ließ die Erschöpfung zu und lehnte sich gegen die schwere Tür. Das Vibrieren in seinem Körper, das ihm sämtliche Energiereserven raubte, wurde immer stärker. Wenn er sich nicht beherrschte, zitterten seine Hände bereits. Für einen Moment schloss er die Augen, versuchte neue Kräfte zu sammeln. Da war nichts mehr. Er hatte sein Limit erreicht. Nie hätte er es für möglich gehalten, in so jungen Jahren sein Testament zu schreiben. Bisher hatte er immer gedacht, Cheetah Manor eines Tages seinen Kindern zu vermachen. Doch jetzt würde sein Erbteil, ebenso wie das seiner Geschwister, an seine Mutter gehen. Gerne wäre er ins Bett gegangen und hätte einfach nur geschlafen. Doch er hatte noch etwas Arbeit vor sich. Er atmete tief durch, richtete sich auf und ging hocherhobenen Hauptes ins Arbeitszimmer. Seine Buchhaltung wollte er gut sortiert und auf dem neuesten Stand hinterlassen. In den Erntemonaten kam er kaum hinterher und erledigte immer nur das Nötigste. Wenn die Ernte eingefahren war, hatte er genug Zeit, die Stapel abzuarbeiten. Doch dieses Jahr nicht. Dieses Jahr drängte die Zeit, und wenn sie abgelaufen war, gab es kein Zurück mehr für ihn. Deshalb würde er sich jetzt hinsetzen – egal wie müde er war –, um die Papierhaufen zu sortieren und durchzugehen.

KAPITEL 37

Es goss in Strömen. Seit Sarah auf Cheetah Manor war, hatte es noch nie so lange und dazu noch am helllichten Tag geregnet. Der Himmel war wolkenverhangen und die ganze Atmosphäre vermittelte ein unwirkliches Gefühl. Sarah saß allein im Esszimmer und frühstückte. Darren war bereits fertig, Moira aß, wie auch die letzten Tage, auf ihrem Zimmer. Obwohl Sarah die Gesellschaft der Familie vermisste, hatte sie sich damit abgefunden, allein zu sein. So musste sie zumindest auf niemanden Rücksicht nehmen und konnte ihrem eigenen Tagesrhythmus nachgehen.

Sie beendete das Frühstück. Für den Vormittag nahm sich Sarah vor, ihre Koffer zu packen. Schon morgen würde sie die Reise in ihre Heimat antreten. Sie freute sich darauf, aber es schwang auch eine ganze Menge Wehmut mit. Cheetah Manor war ihr mehr ans Herz gewachsen, als sie es für möglich gehalten hätte.

Gedankenversunken durchquerte Sarah die Eingangshalle

und hatte die Treppe fast erreicht, als Geräusche an der Tür sie zusammenzucken ließen. Ein Schlüssel wurde im Schloss herumgedreht. Sarah wartete gespannt, wer hereinkommen würde. Die Tür wurde aufgedrückt und Ethan betrat den Flur, begleitet von einer zierlichen, kleineren Gestalt.

Seit wann hatte Ethan einen Schlüssel von Cheetah Manor? Was machte er heute schon wieder hier? Und wen hatte er mitgebracht?

Der Anwalt klappte seinen großen Regenschirm zusammen und stellte ihn neben die Eingangstür.

„Hallo“, grüßte Sarah mit gemischten Gefühlen. Ethan hatte sie mit seinen Worten am vergangenen Tag ziemlich verletzt. Noch immer konnte sie ihm das nicht verzeihen.

„Guten Morgen“, grüßte er höflich zurück.

Die Distanz, die zwischen ihnen herrschte, war offensichtlich.

Sarah musterte Ethans Begleitung neugierig. Sie musste zweimal hinblicken, bis sie die Gestalt mit dem großen Hut und dem Mantel erkannte.

„Rayna?“, fragte Sarah völlig überrascht.

Für einen Augenblick schaute die verhüllte Frau zu Sarah, dann wandte sie sich wieder ab. Der kurze Moment genügte jedoch, um Sarah einen gehörigen Schrecken einzujagen. Rayna war blass, die Wangen waren eingefallen und um die Augen lagen dunkle Schatten. Diese Frau hatte mit der lebensfrohen, lustigen Rayna keine Ähnlichkeit mehr. Was war nur mit ihr geschehen?

Ohne ein Wort zu sagen, eilte Rayna an Sarah vorbei in Darrens Arbeitszimmer und schlug die Tür hinter sich zu. Verwundert blickte Sarah ihr hinterher. Sollte sie ihr nacheilen?

Gerade als sie beschloss, Rayna zu folgen, hielt Ethan sie am Handgelenk zurück.

„Bitte lass sie!“, bat er eindringlich.

„Rayna geht es nicht gut“, erklärte Sarah aufgebracht. „Sie sieht immer kränker aus. Ich bin Ärztin. Vielleicht kann ich ihr helfen.“

Ethan schüttelte den Kopf. „Ihr kann niemand helfen, auch

du nicht.“ Er ließ Sarah los. „Bitte respektiere, dass sie nicht mit dir sprechen möchte.“

Sarah schluckte. Wie konnte Rayna nur so unvernünftig sein? Sie musste dringend zu einem Arzt!

„Ich kümmere mich um sie“, versprach Ethan.

Sarah gefiel das ganz und gar nicht. Aber sie sah ein, dass Rayna nicht mit ihr reden wollte. Sarah nickte langsam und Ethan nahm seine Hand fort.

Ein weiteres Mal öffnete sich die schwere Haustür. Ein Schirm, tropfnass, schob sich herein. Diesmal war es Eric. Er schloss den nassen Schirm und stellte ihn neben Ethans.

„Gibt es hier etwas umsonst?“, erkundigte er sich gut gelaunt und kam auf Ethan und Sarah zu.

„Ich weiß nicht.“ Sarah gelang es nicht, Erics vergnügten Plauderton aufzugreifen.

„Bist du auch dabei?“, fragte Eric und legte seine nasse Jacke ab.

„Wobei?“ Hatte sie etwas nicht mitbekommen?

„Nein!“, erklärte Ethan bestimmt.

„Worum geht es eigentlich?“

Die Männer sahen sich an, schwiegen.

„Kann mich endlich jemand aufklären? Alle wissen Bescheid, alle reden davon. Und jetzt tut ihr so, als wäre es ein Staatsgeheimnis.“ Sarah stemmte die Hände in die Hüften. Auch das blieb ohne Wirkung.

„Sarah. Es ist eine Familienangelegenheit, die dich nicht betrifft“, versuchte Ethan sie zu beruhigen.

Frustriert blickte Sarah Eric an, der Ethan beipflichtete: „Das stimmt. Mach dir einen schönen Vormittag. Wir sehen uns zum Mittagessen.“

Eric drückte kurz ihre Schulter, hauchte ihr einen Kuss aufs Haar und ließ sie dann einfach in der Eingangshalle stehen. Gemeinsam mit Ethan verschwand er nun ebenfalls in Darrens Arbeitszimmer.

Ärgerlich blickte Sarah ihnen hinterher. Sie hatte es satt, sich wie ein kleines Kind behandeln zu lassen. Warum bezog man sie nicht mit ein? Sie fühlte sich übergangen. Wieder einmal hatte ihr die Familie gezeigt, dass sie nicht dazugehörte. Die Erkenntnis schmerzte.

Langsam schlich Sarah die Treppenstufen hinauf in ihr Zimmer. Es war Zeit zu packen. Entschlossen zerrte sie den großen Koffer aus dem Schrank und legte ihn auf ihr Bett. Eine lange Leinenhose und eine lavendelfarbene Bluse platzierte sie auf der Lehne des Sessels, damit diese Dinge nicht aus Versehen im Koffer landeten, denn sie wollte sie morgen anziehen.

Alle anderen Kleidungsstücke legte sie in den Koffer. Aus der Kommode kramte sie Strümpfe und ihre Unterwäsche hervor. Sie begann unten und arbeitete sich nach oben vor. Schnell leerten sich die Schubfächer. Schließlich zog Sarah die oberste Schublade auf. Darin befand sich ein ganzer Papierstapel. Seufzend nahm sie ihn an sich und setzte sich damit an den Tisch. In der ersten Mappe befanden sich die Unterlagen von Mr. Wicasa. Wenn sie diese unterschrieb, gehörten zwanzig Prozent von Cheetah Manor ihr. Bisher hatte sie nicht den Mut gefunden, die Papiere zu unterzeichnen. Noch immer war sie der Überzeugung, dass ihr die Plantage nicht zustand. Sie wollte lediglich genug Geld haben, um ihr Haus in Deutschland nicht zu verlieren. Mit zittrigen Fingern legte Sarah die Mappe zur Seite. Als Nächstes sah sie die Unterlagen durch, die ihr Herr Reichwald zusammengestellt hatte. Wie sehr hatte sich ihr Leben in den letzten zwei Wochen verändert. Damals hatte sie nicht einmal gewusst, dass Brain eine Familie besaß. Heute fühlte sie sich in dem Haus, in dem er aufgewachsen war, trotz allem so wohl wie noch nie zuvor in ihrem Leben. Dennoch blieb sie außen vor, was Familienangelegenheiten betraf, und das zu Recht. Sie gehörte nicht hierher, weil sie nie an Brains Seite gewesen war. Cheetah Manor stand ihr nicht zu. Sarah legte die Unterlagen des deutschen Anwalts zur Seite und starrte auf die letzte Klarsichtfolie. Mit einem dicken Kloß im Hals blätterte sie durch die Verzichtserklärung, die Ethan ihr bei seinem ersten Besuch mitgebracht hatte. Bisher hatte sie es nicht fertiggebracht, die Papiere zu vernichten, so hatte Sarah die Dokumente von Deutschland mit nach Louisiana genommen. Seitdem lagen sie in der obersten Kommodenschublade. Aufmerksam las sie die Abschrift der Papiere durch, die Ethan für sie extra auf Deutsch hatte übersetzen lassen. Sarah starrte auf das letzte Blatt. Tränen traten ihr in die Augen. Sie wusste, was zu tun war, und doch schrie alles in ihr auf.

Verzweifelt dachte sie an Brain, überlegte, was er von ihr erwartet hätte. Was hätte Alex an ihrer Stelle getan? „Ach, Brain", seufzte Sarah verzweifelt. „Was hast du mir nur angetan."

Und während ihr die Tränen über die Wangen liefen, wurde sie plötzlich ganz ruhig. Cheetah Manor stand ihr nicht zu. Egal wie wundervoll die Plantage war, egal wie dringend sie das Geld brauchte, Brains Erbe gehörte seiner Familie und nicht ihr. Bevor sie ihren Entschluss ändern konnte, griff sie nach ihrer Handtasche, in der immer ein Kugelschreiber zu finden war. Sarah weigerte sich, über ihr Handeln länger nachzudenken, sonst würde sie nur wieder ins Zweifeln kommen. Sie setzte den Stift an und unterschrieb die Verzichtserklärung.

Erleichtert lehnte sie sich zurück. Es fühlte sich richtig und gut an. Sie lächelte glücklich vor sich hin. Endlich gelang es ihr, befreit durchzuatmen. Der Druck, das beklemmende Gefühl, das die ganze Zeit auf ihr gelegen hatte, löste sich binnen Sekunden in Luft auf. Sie fühlte sich frei. Ja, sie hatte die richtige Entscheidung getroffen. Mit neuer Energie, mit neuem Schwung sammelte sie die restlichen Sachen zusammen und verstaute sie in ihrem Koffer und der großen Tasche. Auch wenn es bedeutete, dass sie das Haus ihrer Familie verlor, fühlte es sich vollkommen richtig an. Nun musste sie die Dokumente nur noch Ethan übergeben, der sich glücklicherweise heute auf Cheetah Manor befand. Gleich nach dem Mittagessen würde sie ihm die Papiere überreichen und ihn bitten, sie bis nach ihrer Abreise unter Verschluss zu halten. Sie wollte nicht, dass Darren davon erfuhr. Sarah hatte seine Worte, dass er alles daransetzen würde, sie von Cheetah Manor zu vertreiben, nicht vergessen. Sie hatte keine Lust mitzuerleben, wie er reagierte, wenn er feststellte, dass er gewonnen hatte. Diese Demütigung musste sie sich nicht antun. Noch weniger könnte sie jedoch ertragen, wenn er sie bitten würde zu bleiben. Es war eindeutig besser, wenn er erst davon erfuhr, wenn sie längst fort war.

KAPITEL 38

Sarah fand das Esszimmer verwaist vor. Sie sah noch einmal auf die Uhr, aber es war ganz sicher schon Zeit für das Mittagessen. Der Tisch war für sechs Personen gedeckt. Unentschlossen stand Sarah vor ihrem Stuhl, traute sich nicht, sich hinzusetzen. Einer Eingebung folgend ging sie nach nebenan, in den Raum mit dem großen Kamin, in dem die Familie sich an ihrem ersten Abend getroffen hatte, um einen Aperitif einzunehmen. Doch auch hier war niemand. Es regnete noch immer, trotzdem ging Sarah zum Fenster und spähte hinaus.

Hatte die Familie die Essenszeit verschoben? Aber sicher hätte ihr Mary dann Bescheid gegeben. In solchen Dingen war die Haushälterin äußerst genau und zuverlässig.

Sarah beschloss, wieder in den Speiseraum zu gehen und dort auf die Morgans zu warten. So allein gelassen fühlte sie sich wirklich wie ein Gast. Sie setzte sich auf ihren Stammplatz und wartete. Jalia kam, lächelte ihr aufmunternd zu und goss ihr Limonade ein.

„Danke schön", murmelte Sarah.

„Gerne."

Sarah hielt es einfach nicht mehr aus. „Weißt du, wo die anderen stecken?", erkundigte sie sich.

„Noch immer im Arbeitszimmer. Soll ich dir schon einmal das Essen bringen?"

Sarah schüttelte den Kopf. „Danke, ich warte."

Wenn die Familie das Mittagessen nicht zu einer anderen Uhrzeit geordert hatte, müssten sie jeden Moment kommen.

Jalia war schon halb an der Tür, als sie stehen blieb und sich noch einmal zu Sarah umdrehte. „Hast du Rayna gesehen?", fragte sie vorsichtig.

„Ja."

Die Besorgnis in Jalias Stimme war deutlich herauszuhören, dennoch wusste Sarah nicht, was das Mädchen genau von ihr wollte. „Wie geht es ihr?"

Sarah seufzte. „Sie sah nicht wirklich gut aus. Gerne hätte ich …" Sarah verstummte. Es gehörte sich nicht, ihre Ansichten dem Hauspersonal mitzuteilen, auch wenn Jalia seit ihrem ersten Ausflug nach Cheetahville eher wie eine Freundin geworden war.

„Die Herrschaften sind in den letzten Tagen alle etwas seltsam", sagte Jalia bekümmert. „Moira hat sich komplett auf ihr Zimmer zurückgezogen, Darren starrt alle nur noch finster an und selbst Eric wirkt irgendwie abwesend."

Dem musste Sarah zustimmen. Etwas Seltsames ging hier vor. Sarah ärgerte sich darüber, dass niemand der Morgans sie ins Vertrauen zog. Sie war Ärztin. Wenn es gesundheitliche Ursachen gab, konnte sie bestimmt helfen.

„Es tut mir leid, Jalia. Ich weiß auch nicht mehr als du. Aber ich teile deine Besorgnis."

Jalia nickte. Dann drehte sie sich um und wollte gerade das Esszimmer verlassen, als Stimmen zu hören waren. Die Familie kam herein, begleitet von Ethan. Eilig trat Jalia zur Seite und wartete, bis die Herrschaften Platz genommen hatten. Darren starrte finster vor sich hin und setzte sich auf seinen Stammplatz an der Stirnseite des Tisches. Rayna schlich hinter ihm her und Ethan rückte ihr einen Stuhl zurecht. Sie sah noch schlimmer aus als in der Eingangshalle. Den Mantel und den Hut hatte sie abgenommen. Ihr Gesicht wirkte knochig, als hätte sie seit Tagen nichts mehr gegessen. Sarah hatte bisher nicht den Eindruck gehabt, dass Rayna an einer Essstörung litt. Innerhalb von wenigen Tagen magerte kein normaler Mensch so schnell ab. Es musste eine andere Ursache haben. Auch ihre Haut war fahl, und diese dunklen Augenringe verliehen ihrem Aussehen etwas Gespenstisches. Starr blickte sie vor sich auf den Tisch. Eric wirkte erschöpft und kraftlos, was so gar nicht seine Art war. Aus müden Augen sah er sie an und brachte nicht einmal ein Lächeln zustande. Moiras Hände zitterten, als sie sich von Eric den Stuhl zurechtrücken ließ. Ihre Augen waren geschwollen und rot verweint.

„Danke“, schniefte sie mit weinerlicher Stimme und setzte sich.

Jalia trat an den Tisch und zeigte Darren eine Flasche Wein.

„Heute bitte nur Limonade und Wasser“, bat er, ohne eine weitere Erklärung.

Jalia wirkte erschrocken, eilte dann aber fort, um die Getränke zu holen.

Währenddessen brachte Ivie das Essen herein, sie stellte die Schüsseln und Platten auf den Tisch und zog sich dann zurück. Noch immer schwiegen alle. Da es keiner für nötig befand, eine Unterhaltung zu beginnen, hielt sich auch Sarah zurück. Dabei lagen ihr so viele Fragen auf der Zunge. Was hatte die Familie in Darrens Arbeitszimmer gemacht? Warum waren alle so betrübt? Warum ging es Rayna so schlecht?

Um sich abzulenken, lud sich Sarah eine große Portion der köstlich duftenden, gebratenen Okraschoten auf die Gabel und schob sie in den Mund. Schweigend beobachtete sie die Familie, die mit gesenkten Köpfen vor ihren Tellern saßen und kaum etwas aßen.

Umso mehr verwunderte es Sarah, dass Darren den Kopf hob, als hätte er etwas gehört. Er drehte sich um und blickte aus dem Fenster. Eric und Rayna tauschten wissende Blicke.

Rayna reckte sich, um an Darren vorbei in den Garten hinauszusehen. Eric rutschte mit seinem Stuhl etwas zurück, um ebenfalls freie Sicht zu haben.

„Er kommt", stammelte Rayna und machte Anstalten, sich zu erheben. Darren eilte sofort an ihre Seite, um sie zu stützen.

„Nein!" Moira ließ scheppernd ihr Besteck fallen. Sie barg ihr Gesicht in den Händen und begann zu schluchzen.

Sarah beugte sich etwas weiter vor, um zu sehen, was dort draußen los war. Sie erblickte jedoch niemanden.

„Mutter", versuchte Eric sie zu beruhigen und legte ihr beschützend eine Hand auf die Schulter.

„Bring mich zum Fenster!", befahl Rayna und klang dabei äußerst entschlossen.

Darren half ihr, die wenigen Schritte zur Terrassentür zurückzulegen. Sie legte die Hand auf die Scheibe und sah angestrengt hinaus. Noch immer war der Himmel wolkenverhangen. Es regnete und große Pfützen hatten sich auf der Wiese gebildet.

„Wo ist er? Ich kann ihn nicht sehen." Raynas Stimme klang brüchig.

„Geduld. Er ist ganz nah", ermahnte sie Darren.

Moira schluchzte laut und hielt eine Faust vor den Mund gepresst. Die Wangen waren nass von den Tränen, die sie vergoss. Sie rückte den Stuhl zurück und stand auf, dabei stützte sie sich am Tisch ab. Eric erhob sich nun ebenfalls und führte Moira zur Terrassentür. Neben Rayna und Darren blieben sie stehen.

Der Einzige, der noch mit Sarah am Tisch saß, war Ethan. Er betrachtete die Familie mit sorgenvoller Miene.

Zum wiederholten Male fragte sich Sarah, was nur los war.

„Oh nein", schluchzte Moira und weinte in ihr Spitzentaschentuch.

Endlich erkannte Sarah, was die Aufmerksamkeit der Anwesenden auf sich gezogen hatte. Ihr erster Impuls war aufzuspringen und fortzulaufen. Sie musste sich selbst daran erinnern, dass sie im Haus war und ihr dort nichts passieren konnte. Dann sah sie genauer hin. Das Tier, das durch die

Sträucher schlich, war mit dem Gepard, den sie damals in der Nacht getroffen hatte, nicht zu vergleichen. Es konnte kaum noch aufrecht gehen, torkelte hin und her. Es sah ausgemergelt und dürr aus, vergleichbar mit Rayna.

„Er ist da!“, hauchte Rayna in diesem Moment.

Langsam betrat das Tier die Wiese. Sarah schluckte. Wie weit würde es zu ihnen kommen? Ihr Puls beschleunigte sich. War der zweite Gepard auch in der Nähe? So wie dieses Tier aussah, konnte es ihnen nicht mehr gefährlich werden, aber wer wusste schon, wie es dem anderen ging?

Die Raubkatze schwankte. Sie hatte noch nicht die halbe Distanz zur Terrasse zurückgelegt, als sie zu Boden stürzte und liegen blieb.

Moira schrie auf, machte sich von Eric los, schob Darren zur Seite und öffnete die Tür.

Fassungslos saß Sarah da und starrte Moira hinterher, die, ohne auf den Regen zu achten, hinausrannte. Warum hielt keiner ihrer Söhne sie auf? Sie mussten doch wissen, dass die Raubkatze, auch wenn sie jetzt am Boden lag, noch immer gefährlich sein konnte.

Eric trat in ihr Blickfeld, versperrte die Sicht auf Moira und das Tier. Sarah reckte sich noch weiter und stand schließlich auf. Sie musste unbedingt sehen, was dort vor sich ging. Am Tisch blieb sie jedoch stehen, wagte es nicht, sich zur Familie zu gesellen.

Moira hatte den Gepard erreicht, ließ sich neben ihm zu Boden gleiten und beugte sich halb über ihn. Die Raubkatze hob den Kopf, stupste sie an.

Sarah hielt den Atem an. Wusste denn niemand hier, wie gefährlich das für Moira war? Jemand musste sie zurückholen, bevor das unberechenbare Tier sie zerfetzte. Hilfe suchend sah sie zu Ethan, der noch immer auf seinem Stuhl saß. Er hatte sich zurückgelehnt und betrachtete die Situation mit verschränkten Armen.

„Ich will zu ihm“, erklärte Rayna entschlossen. Ihre Stimme duldete keinen Widerspruch. Wortlos hakte Darren sie unter. Eric trat auf die andere Seite und stützte sie dort. Die Brüder führten Rayna hinaus in den Regen. Binnen Sekunden klebten die Kleider an ihren Körpern. Doch niemand schien das zu stören.

Endlich kam Bewegung in Ethan. Er stand auf und trat zur offenen Balkontür.

„Ethan?!“ Unsicher ging Sarah auf den Anwalt zu. Er musste doch etwas tun.

„Er ist gekommen, um sich zu verabschieden“, murmelte Ethan nachdenklich und blickte hinaus in den Regen.

„Was ist mit ihm?“ Die Frage kam wie von selbst über ihre Lippen.

„Er stirbt“, sagte Ethan ruhig.

Sarah verkrampfte sich. Sie war schuld daran, dass es dem Gepard nicht gut ging. Sie war dafür verantwortlich, dass er völlig entkräftet dort auf der Wiese dahinsiechte. Jetzt, da das mächtige Raubtier wehrlos am Boden lag, fragte sich Sarah, ob sie das Richtige getan hatte.

„Cheetah Manor wird ihm seine gesamte Lebensenergie aussaugen.“

Sarah wusste nicht, was sie dazu sagen sollte. Ihr war nicht bewusst gewesen, dass es für die Tiere so schmerzhaft sein würde. Sie hatte doch nur gewollt, dass diese gefährlichen Raubkatzen das Land verließen, damit die Leute auf Cheetah Manor und im Dorf in Sicherheit leben konnten.

„Die Cheetahs sind mit dem Land hier verbunden und werden mit ihm zugrunde gehen“, fuhr Ethan fort. „Nach Wayne wird es Rayna treffen.“

Sarah erstarrte. Sie brauchte einen Moment, bis sie das Gehörte richtig einordnen konnte. Wayne Morgan war Brains Vater gewesen, der Mann, der vor Jahren bei dem schrecklichen Wirbelsturm Katrina ums Leben gekommen war.

Langsam drehte sich Sarah zu Ethan um.

„Du hast nicht gerade gesagt, dass das da draußen Wayne Morgan ist?“ Sie musste es wissen, musste sich vergewissern, dass die dunkle Ahnung, die in ihr aufstieg, sich nicht bewahrheitete.

„Doch, das ist Wayne Morgan. Er hat sein Leben eingesetzt, um Cheetah Manor und das Dorf vor dem Hurrikan zu retten. Dabei hat er sich verloren. Der Mann ist gefangen im Körper eines Gepards, seinen niederen Instinkten vollkommen ausgeliefert."

Sarah wusste nicht, was sie sagen sollte. Ihr schwindelte. Sie musste sich am Fenster abstützen, um nicht das Gleichgewicht zu verlieren. Rayna sollte die Nächste sein. Die fehlenden Puzzleteile schoben sich an den rechten Platz und plötzlich ergab alles einen Sinn. Rayna, Eric und auch Darren trugen das gleiche Erbe in sich. Wenn ihr Vater mit Cheetah Manor zugrunde ging, würden sie das auch tun. Die Geparde waren niemand anderes als … Übelkeit erfasste Sarah. Sie bekam keine Luft mehr.

„Ich muss hier raus", murmelte sie und stürzte aus dem Raum. Sie hastete hinauf in ihr Zimmer und verriegelte die Tür. Gerade noch rechtzeitig schaffte sie es ins Badezimmer, bevor sie sich ihres Mageninhaltes entledigte. Minutenlang hing sie über der Porzellanschüssel, bis ihr Magen nichts mehr hatte, was er von sich geben konnte. Sie sank kraftlos auf den Fliesen zusammen.

Leise begann sie zu schluchzen. Sie war schuld daran, dass es Rayna so schlecht ging. Auch Eric und Darren sah man bereits die Erschöpfung an. Sie war dafür verantwortlich, dass nicht nur Rayna, sondern auch Brains tot geglaubter Vater sterben würde. Tränen der Verzweiflung bahnten sich einen Weg über ihr Gesicht. Ihr Magen krampfte sich noch immer schmerzhaft zusammen. Die Last des Verbrechens, das sie begangen hatte, drückte wie eine schwere Faust ihre Eingeweide zusammen. Was hatte sie getan? Warum hatte es ihr niemand gesagt? Sie wusste die Antwort. Die Familie hatte geschwiegen, weil sie davon ausgingen, dass Sarah durch ihre Verbindung zu Brain in die Geheimnisse der Familie eingeweiht war.

Fest umklammerte Sarah ihre Beine, wiegte sich wie ein kleines Kind hin und her. Sie hatte helfen wollen und dabei alles noch viel, viel schlimmer gemacht. Wie sollte sie das, was sie angerichtet hatte, jemals wieder in Ordnung bringen?

KAPITEL 39

Lange hatte Sarah noch auf den Fliesen in ihrem Bad gesessen. Irgendwann war sie aufgestanden und ins Bett gewankt. Dort weinte sie weiter, bis sie schließlich keine Tränen mehr hatte. Mit leerem Blick lag sie da, konnte einfach nicht fassen, wie sie in diese schreckliche Situation hatte hineingeraten können.

Ihr Handy, das auf dem Tisch lag, summte. Sarah ignorierte es. Sie wollte niemanden sehen, mit niemandem sprechen. Sie drehte sich im Bett um und schloss die Augen, als könnte sie so die Melodie aus ihrem Bewusstsein verdrängen. Erleichtert atmete Sarah auf, als das Mobiltelefon verstummte. Sie vergrub ihr Gesicht im Kopfkissen.

Nach der Verzweiflung kam die Wut. Sarah kämpfte gegen ihre inneren Dämonen ebenso wie gegen die Decke, in die sie sich so eingewickelt hatte, dass sie sich kaum noch bewegen konnte. Als sie es endlich geschafft hatte, sich zu befreien, lief sie in ihrem Zimmer auf und ab. Sie musste ihre Gedanken sortieren, musste wieder einen klaren Gedanken fassen.

Sie hatte das Amulett im Garten vergraben, um die Cheetahs von Cheetah Manor zu vertreiben. Sie hatte in Kauf genommen, dass die Tiere starben. Aber sie hatte nie gewollt, dass es Rayna, Eric und Darren traf. Ihr Herz zog sich schmerzhaft zusammen. Sarah konnte sie nicht sterben lassen. Sie musste etwas tun. Verzweifelt ballte sie die Hände zu Fäusten. Wie war es nur dazu gekommen, dass sie so ein Chaos angerichtet hatte? Eins nach dem anderen musste sie in Ordnung bringen. Ob und wie sie die Geparde retten konnte, wusste Sarah nicht. Aber etwas konnte sie sofort tun. Als sie Stimmen im Eingangsbereich hörte, wusste sie, dass es an der Zeit war, den ersten Schritt zu gehen. Sie musste mit Ethan sprechen.

Eilig rannte sie ins Badezimmer, spritzte sich kühles Wasser ins Gesicht und rubbelte mit dem Handtuch so lange, bis ihre Wangen endlich etwas Farbe bekamen. Mit der Bürste kämmte sie kurz ihre Haare durch. Dann straffte Sarah die Schultern und machte ihrem Spiegelbild noch einmal Mut. Ehe sie ihr Zimmer verließ, holte sie den Umschlag und machte sich auf den Weg hinunter.

Im Eingangsbereich war Eric gerade damit beschäftigt, Rayna in den Mantel zu helfen. Sie wollte also nicht auf Cheetah Manor bleiben. Darren und Ethan standen seitlich und unterhielten sich leise.

„Ich möchte nicht stören“, sagte Sarah laut und zog damit die Aufmerksamkeit auf sich.

„Ethan, hättest du ein paar Minuten Zeit für mich?“

Verwundert tauschten Ethan und Darren einen Blick.

„Aber natürlich“, erklärte Ethan. „Wie kann ich dir helfen?“

„Unter vier Augen, bitte“, bat Sarah.

„Okay.“ Ethan blickte sich suchend um.

„Ihr könnt mein Büro benutzen“, bot Darren an und wies hinter sich.

„Also, bitte.“ Ethan machte eine einladende Handbewegung in Richtung von Darrens Arbeitszimmer.

Er wartete, bis Sarah eingetreten war, dann schloss er die

Tür hinter ihr. „Was kann ich für dich tun?“ Noch immer war der Anwalt ihr gegenüber reserviert und seltsam distanziert. Es schmerzte Sarah. Doch inzwischen verstand sie seine Reaktion. In seinen Augen wollte Sarah Cheetah Manor verlassen und die Cheetahs einfach sterben lassen. Dabei hatte sie doch keine Ahnung gehabt …

„Ich werde mit dir nicht darüber sprechen, was heute …“

Sarah winkte ab. „Darum geht es nicht.“

Überrascht kniff Ethan die Augen zusammen. „Worum dann?“

Fast schüchtern holte Sarah den Umschlag hervor und streckte ihn Ethan hin.

„Was ist das?“ Ethan griff verwundert nach dem Umschlag.

Sarah ließ ihn jedoch nicht los. „Kann ich mich auf deine Diskretion verlassen, bis ich morgen im Flieger sitze?“

Ethan sah ihr in die Augen. „Dazu müsste ich wissen, worum es geht.“ Er sah sie herausfordernd an.

Widerwillig gab Sarah den Umschlag frei. Sie hielt die Luft an, als Ethan die Papiere herausholte und überflog.

„Sarah“, stammelte er und starrte auf ihre Unterschrift. „Ist es wirklich das, was du willst?“

„Ja.“ Es klang zum Glück entschlossener, als sie sich fühlte. „Darren wird es verstehen. Aber ich möchte, dass er erst davon erfährt, wenn ich fort bin. Kannst du mir das versprechen?“

Noch immer überrumpelt stand Ethan da, konnte seinen Blick nicht von dem Dokument nehmen.

„Sarah“, begann er schließlich langsam und überlegt. „Das sage ich jetzt nicht als Anwalt, sondern als Freund. Ich halte von diesem Schriftstück absolut nichts. Dein Platz ist die nächsten Wochen hier, an Moiras Seite. Wenn nicht wenigstens die Familie zusammenhält, wer dann?“

Sarah hatte heute schon so viel geweint und geglaubt, einfach keine Tränen mehr zu haben. Sie schniefte und konnte nicht verhindern, dass die ersten dicken Tränen über ihre Wangen rollten. „Es tut mir so leid.“ Diese Worte brachen ihr fast das Herz. „Ich kann nicht!“

Ethan schluckte. Er rang ebenfalls um Fassung, presste die

Lippen fest zusammen und schob die Papiere zurück in den Umschlag.

„Versprich mir einfach, dass du es Darren erst sagen wirst, wenn ich fort bin. Bitte!"

Er nickte stumm. Einige Augenblicke sah er Sarah einfach nur an, dann kam Bewegung in ihn und er verstaute den Umschlag in seiner Aktentasche.

„Solltest du es dir bis morgen anders überlegen, weißt du ja, wie du mich erreichst." Ethan klang jetzt ganz wie ein Anwalt, der lediglich einen Mandanten vertrat. Kalt und distanziert. Aber Sarah verstand ihn sogar.

„Mach es gut", verabschiedete er sich. Er öffnete die Tür und wartete auf sie.

Sarah wischte sich mit den Händen über das Gesicht und trat dann durch die Tür. Sie spürte Darrens und Erics Blicke auf sich. Keiner von ihnen sprach sie an. So musste sie sich zumindest nicht vor ihnen rechtfertigen.

Rayna wartete fertig angezogen auf Ethan. Dieser griff nach dem Regenschirm und begleitete die junge Frau hinaus. Sarah schluckte und wandte sich ab. Sie konnte nicht länger dem Elend hier zusehen. Sie musste fort. Schon wieder kämpfte sie gegen einen Weinkrampf an. Eilig schob sie sich an Eric vorbei und eilte die Treppe hinauf. Tränen brannten in ihren Augen, als sie ihre schützenden vier Wände erreichte. Mit einem viel zu lauten Knall schlug sie die Tür zu. Zitternd lehnte sie sich mit dem Rücken gegen die Holztür, ließ sich erschöpft zu Boden gleiten und erlaubte sich endlich, den Tränen freien Lauf zu lassen.

KAPITEL 40

Lange quälte sich Sarah. An Schlaf war nicht zu denken. Sie war schuld, dass die Geparde sterben mussten. Sie hatte Mr. Wicasa vertraut, hatte nur das Beste für alle Beteiligten gewollt. Je länger sie darüber nachdachte, umso klarer sah sie die Sache. Sie musste es in Ordnung bringen, bevor sie sich still und heimlich Richtung Deutschland verdrückte. Sie konnte unmöglich einfach so abreisen und dieses Chaos zurücklassen. Vor allem durfte sie Rayna nicht einfach so sterben lassen, von Eric und Darren ganz zu schweigen. Sosehr sie jedoch nachdachte, sie fand keinen Ausweg. Aber sie kannte jemanden, der vielleicht eine Lösung parat hatte.

Es war bereits nach Mitternacht, als sie in ihre Pantoffeln schlüpfte und in Schlaf-Shirt und Boxershorts den kurzen Weg hinüber zu Darrens Zimmertür antrat. Vermutlich schlief er schon und sie würde ihn wecken, aber sie konnte einfach nicht mehr länger warten. Davon abgesehen, dass sie selbst keinen Schlaf fand, lief den Cheetahs die Zeit davon.

Sie musste ihm ihre Schuld beichten, musste Darren sagen, was sie getan hatte. Wenn er wütend wurde, konnte sie das verstehen. Auch mit seiner Verachtung würde sie leben können. Mit allem, denn sie hatte nichts anderes verdient. Dennoch hoffte sie, dass er wusste, was zu tun war.

Sie war vor der Tür angekommen. Für einen Moment blieb sie davor stehen und wartete. Langsam atmete sie ein und aus, versuchte sich dadurch selbst zu beruhigen. Sarah zwang sich, die Hand zu heben und anzuklopfen. Atemlos wartete sie, ob sich im Raum etwas tat.

Es raschelte, polterte leise, und ehe Sarah es sich versah, wurde die Zimmertür schwungvoll aufgerissen.

„Darren", keuchte sie erschrocken und wich einen Schritt zurück.

„Sarah?" Er war wohl noch überraschter als sie. „Mit dir habe ich nicht gerechnet." Er spähte über ihren Kopf hinweg den leeren Flur entlang. „Was willst du hier?"

„Du hast noch nicht geschlafen?"

Er trug eine verbeulte Jogginghose und ein weites T-Shirt. Vielleicht hatte er doch schon im Bett gelegen?

„Nein." Er trat zur Seite und forderte Sarah mit einer Handbewegung dazu auf, einzutreten.

Zögernd folgte Sarah seiner Einladung. Die Tür schlug hinter ihr zu. Sie fühlte sich gefangen wie eine Maus in einer Falle. Jetzt gab es kein Entrinnen mehr.

„Was ist los?", fragte Darren und umrundete sie.

Wie ein Raubtier auf der Jagd, schoss es ihr durch den Kopf. Eine Gänsehaut breitete sich auf ihren Armen aus.

„Ich möchte mich bei dir entschuldigen", begann sie kleinlaut.

„Entschuldigen? Wofür denn?" Er verschränkte die Arme vor der Brust, während er gespannt auf ihre Antwort wartete.

Sarah schluckte. Es war an der Zeit, Farbe zu bekennen. „Ich bin für alles verantwortlich."

Darren blieb ruhig. Er betrachtete sie nachdenklich, legte dabei den Kopf etwas schief. Diese Bewegung erinnerte Sarah an den Gepard und sie fragte sich, wie sie nur so blind hatte sein können.

„Ich denke, das solltest du mir etwas näher erklären."

Sarah blickte zu Boden, sie konnte ihn nicht länger ansehen. Sie musste bereits wieder gegen die aufsteigenden Tränen kämpfen. Wann hatte sie sich eigentlich in eine solche Heulsuse verwandelt?

„Ich bin dafür verantwortlich, dass Rayna stirbt." Sie schniefte, hielt sich eine Hand schützend vor den Mund und schloss nach Fassung ringend die Augen.

„Nein, Sarah", sagte Darren entschieden. Seine Stimme klang sanft. Er war nah, viel zu nah. Schon spürte Sarah seine starken Arme, die sich um sie schlossen und sie schützend an seine Brust zogen. „Ganz egal was du gemacht hast, du hast damit nichts zu tun."

Sarah schüttelte den Kopf. Sie musste Darren von dem Amulett berichten, von ihrem Zusammentreffen mit Mr. Wicasa.

„Rayna wird sterben, weil sie das Erbe der Geparde in sich trägt, ebenso wie Eric und ich. Das hat mit dir absolut nichts zu tun."

Sarah wollte Darrens Stimme lauschen, ihm weiter zuhören. Doch sie durfte nicht länger schweigen.

„Ich habe nicht gewusst, dass ihr … dass du …" Sie hatte keine Ahnung, wie sie es in Worte fassen sollte.

„Dass ich ein Gestaltwandler bin?" Aus Darrens Mund hörte es sich so einfach an, so natürlich.

„Ich habe es nicht gewusst", bekräftigte Sarah.

„Ich weiß."

Darren hielt sie noch immer fest im Arm, und Sarah erlaubte sich, den Kopf an seine Brust zu legen. Sein regelmäßiger Herzschlag beruhigte sie auf sonderbare Weise.

„In der Nacht, als Vater dich angriff und ich dazukam, habe ich das Entsetzen in deinen Augen gesehen. Da wusste ich, dass Brain dir unser Geheimnis nicht anvertraut hat."

„Ja", hauchte Sarah und badete in seinem Verständnis. „Darum geht es aber nicht."

„Worum dann, Sarah?"

„Ich war in New Orleans bei einem Anwalt. Mr. Wicasa …"

Als Sarah den Namen des Anwalts aussprach, versteifte sich Darren. Abrupt ließ er sie los und trat einen Schritt zurück. „Sag mir nicht, dass er indianischer Abstammung ist."

Sarahs Hals war wie zugeschnürt. Sie brachte keinen Ton heraus, nickte nur.

Darren schloss für Sekunden die Augen. Als er sie wieder öffnete, lag in seinem Blick das, wovor sie sich so gefürchtet hatte: Abscheu. Dieser grenzenlose Hass galt ihr. „Du hast …" Er schüttelte ungläubig den Kopf. „Du hast dem Feind die Tore zu Cheetah Manor geöffnet." Es war keine Frage, sondern eine Feststellung.

„Ich habe es nicht gewusst", brachte Sarah schließlich zu ihrer Verteidigung hervor.

Darren schluckte. Sein Adamsapfel hüpfte nervös auf und ab.

„Was hast du nicht gewusst?", wollte er mit rauer Stimme wissen.

„Du hast mir solche Angst eingejagt, Darren." In Erinnerung daran, wie sie sich gefühlt hatte, als er diese dunkle Magie durch sie hatte fließen lassen, erschauderte sie erneut. Qualvoll schloss sie die Augen und rang nach Fassung. „Und als ich dann in dieser Nacht diesen Geparden gegenüberstand und um mein Leben fürchten musste, habe ich beschlossen, nach Deutschland zurückzukehren. Dann war ich bei Mr. Wicasa und er hat mir einen Ausweg geboten."

„Was hast du getan?", fragte Darren tonlos.

Noch nie hatte sie sich so erbärmlich gefühlt. Weder als ihre Mutter gestorben war und sie und Alex allein zurückgelassen hatte noch als Alex und Brain ums Leben gekommen waren. Das Leben hatte es ihr nicht immer leicht gemacht, doch diesmal war Sarah nicht die Leidtragende, sondern diejenige, die das Leid verursacht hatte.

„Ich habe ein Amulett im Garten vergraben." Ihre Stimme war nicht mehr als ein Flüstern.

Darren ließ sich auf sein Bett nieder, vergrub das Gesicht in den Händen. „Mein Gott!", murmelte er fassungslos.

„Es tut mir so leid, Darren", flehte Sarah. Sie wollte zu ihm gehen, ihn berühren.

Darren blieb stumm. Kein Wort davon, dass er sie verstand, kein Wort, dass er ihr vergab. Wie auch? So ein Verrat, auch wenn sie es nicht wissentlich getan hatte, würde nie wiedergutzumachen sein.

„Zeig mir wo!" Mit dieser Reaktion hatte Sarah nicht gerechnet. Er machte ihr keine Vorhaltungen, beschimpfte sie nicht.

„Du bist nicht wütend auf mich?"

„Ich bin wütend, aber nicht auf dich. Du hattest keine Ahnung, worauf du dich einlässt, und wenn das Amulett nur halb so mächtig ist, wie ich vermute, hattest du ohnehin keine Chance, als du es berührtest."

Sarah wollte nachfragen, was er damit meinte, aber Darren war bereits aufgestanden.

„Los!"

Er schlüpfte in seine Turnschuhe und ging an ihr vorbei zur Tür. „Worauf wartest du?" Ohne sich nach ihr umzusehen, ging er voraus.

Sarah atmete tief durch, dann lief sie ihm hinterher. Sie folgte ihm durch die verlassene Küche in die dahinterliegenden Wirtschaftsräume. Darren schien sein Ziel genau zu kennen. Nicht einmal blieb er stehen. In einem Raum, in dem sämtliche Gartengeräte aufbewahrt wurden, hielt er schließlich an. Aus dem Regal holte er einen Spaten.

„Lass uns gehen!", forderte er Sarah auf und wies zu einer Tür, die direkt in den Garten führte.

Diesmal ging Sarah voraus. Sie sperrte die Tür auf und trat ins Freie. Kühle, feuchte Luft schlug ihr entgegen. Der Regen hatte aufgehört, aber die Luftfeuchtigkeit war noch immer hoch. Sarah führte Darren über die Terrasse und wies auf das Blumenbeet, das Moira erst kürzlich neu bepflanzt hatte.

„Unter der Palme", erklärte Sarah.

Ohne zu zögern, ging Darren auf die Palme zu und begann die Pflanze auszugraben. Etwas hilflos stand Sarah daneben, hatte die Arme um ihren Körper geschlungen und sah Darren zu. Sie traute sich nicht zu fragen, ob sie helfen konnte, schließlich war sie in der Vergangenheit auch keine große Unterstützung gewesen. Alles, was sie getan hatte, war, Verderben über Cheetah Manor zu bringen.

„Scheiße!", schimpfte Darren und verdoppelte seine Anstrengung. Er arbeitete sich einmal um die Palme herum und wurde dabei immer unruhiger.

„Siehst du das?", fragte er und deutete auf den Boden vor sich.

Sarah zuckte zusammen, verstand aber die Aufforderung, näher zu kommen. Vorsichtig riskierte sie einen Blick. Die Palme hatte unglaublich lange und stark verzweigte Wurzeln. Dass eine Pflanze in so kurzer Zeit, wie sie hier stand, so ausgetrieben haben sollte, war unmöglich. Was auch immer mit der Palme geschehen war, es konnte kaum natürlichen Ursprungs sein.

„In diesem Wurzelballen steckt das verfluchte Amulett", schimpfte Darren und schlug mit dem Spaten auf eine der Wurzeln.

Es war, als wäre das Werkzeug aus Plastik, denn die Pflanze nahm absolut keinen Schaden.

Kopfschüttelnd stand Sarah da und konnte einfach nicht glauben, was sie sah.

„Verflucht!" Darren holte erneut aus und hieb auf die Wurzeln ein. Immer und immer wieder. Nichts geschah. Nicht einen einzigen Kratzer konnte er der Palme zufügen. Frustriert donnerte er den Spaten in die Büsche. Dann griff er mit bloßen Händen nach dem Stamm, lehnte sich mit aller Kraft dagegen. Die Palme gab keinen Millimeter nach. Unbezwingbar und fest verwurzelt stand sie da, wie ein Fels in der Brandung.

Darren lief vor dem Beet auf und ab, strich sich mit den Fingern immer wieder durch das bereits verstrubbelte Haar. Schließlich unterbrach er seine Wanderung und blieb vor Sarah stehen. Er sah ihr direkt in die Augen. „Wie viel bist du bereit, für Cheetah Manor zu geben?"

Sarah bekam am ganzen Körper Gänsehaut. Diese Frage hatte ihr Darren schon einmal gestellt. An dem Tag, als er ihr die Magie von Cheetah Manor demonstriert hatte.

Sie schluckte.

Darren starrte sie unverwandt an, wartete. Silberne Sprenkel tanzten um seine Pupillen, schienen sich von Atemzug zu Atemzug zu vermehren.

Sarah zitterte. Sie hatte Angst davor, dass Darren etwas von ihr verlangen könnte, wozu sie nicht bereit war. Ihr Verstand riet ihr fortzulaufen. Sie hatte nichts zu verlieren. Bereits in wenigen Stunden würde sie in einem Flugzeug Richtung Deutschland sitzen.

„Alles", wisperte sie. Ihr Puls raste. Sie hatte furchtbare Angst. „Was soll ich tun?"

Darren war die Anspannung ebenfalls anzusehen. „Ich brauche dich als Anker."

Sarah schnappte nach Luft. Ihr Hals war so trocken, dass er schmerzte, und sie hatte das Gefühl, anstatt ihrer Zunge Sandpapier im Mund zu haben.

„Ich weiß nicht, ob ich das kann." Verzweiflung machte sich in ihr breit.

„Für dich ist es vollkommen ungefährlich. Wenn alles klappt, wirst du lediglich eine Kraft spüren, die durch dich hindurchfließt."

Nie wieder wollte sie die Magie von Cheetah Manor spüren. Und jetzt sollte sie bewusst und aus freiem Willen genau das zulassen? Sie sah Darren an, blickte in seine silbrigen, blauen Augen und hatte plötzlich das Gefühl, an seiner Seite allem gewachsen zu sein. Wenn es das war, was sie tun musste, um ihn zu retten, war sie dazu bereit.

„Okay", stimmte sie zu.

Sie hatte vollstes Vertrauen in Darren. Er würde alles wieder in Ordnung bringen. Darren würde sie nicht darum bitten, wenn es für sie zu gefährlich wäre. Eine schlimme Ahnung befiel sie. „Und du?"

Ein sanftes Lächeln erschien auf Darrens Lippen. „Das liegt an dir."

Sarah begriff nicht, doch ehe sie nachfragen konnte, hatte er sich bereits umgedreht und war verschwunden.

Sarah wartete, endlos lange. Hatte Darren sie vergessen? Was machte er so lange? Nun war sie es, die vor dem Blumenbeet auf und ab schritt. Was tat sie hier eigentlich? Warum war sie bereit, das mitzumachen? Weil sie für das Leid der Menschen verantwortlich war. Sie war Ärztin, hatte einen Eid geschworen, Leben zu beschützen. Aber anstatt genau das zu tun, hatte sie den Tod über Cheetah Manor gebracht.

Darren kam zurück. In der Hand hielt er ein Päckchen Salz und den Dolch, den er schon bei der letzten Beschwörung benutzt hatte. Er legte alles auf den Boden. Dann zog er sich das T-Shirt über den Kopf.

„Du musst die Schuhe ausziehen", erklärte er ihr. „Deine Haut muss den Boden direkt berühren, ohne etwas dazwischen. Die Übertragung funktioniert sonst nicht."

Darren schlüpfte ebenfalls aus seinen Turnschuhen und warf sie einfach zur Seite. Dann hob er das Päckchen Salz auf und begann mit den Salzkristallen einen Kreis zu ziehen. Dieser befand sich diesmal nicht mitten auf der Wiese, sondern nahe an dem Blumenbeet, in dem die Palme stand.

„Was hast du vor?", wollte Sarah wissen.

„Da ich weiß, was den Fluss behindert, werde ich versuchen alle Energie, die ich finden kann, auf die Palme zu lenken."

Sarah verstand zwar nicht, wie er das machen wollte, aber wenn es einer konnte, dann Darren. „Und was ist meine Aufgabe?"

Du stehst außerhalb des Kreises und wirst mich berühren. Damit erdest du mich. Egal was passiert, du darfst mich nicht loslassen."

„Und was, wenn doch?"

Darren schüttelte den Kopf. „Lass uns beginnen."

„Nein", entgegnete Sarah entschlossen. Zuerst musste sie wissen, was auf dem Spiel stand. „Was geschieht, wenn ich dich nicht halten kann?" Wie funktionierte das alles? Sie hatte keine Erfahrung in diesen Dingen. Vielleicht war sie gänzlich ungeeignet.

„Dann werde ich mich verlieren."

Sarah hatte eine leise Ahnung, was seine Worte bedeuteten.

Sie musste jedoch Gewissheit haben. „Du meinst, mit dir geschieht dasselbe wie mit deinem Vater? Du verwandelst dich in einen Gepard und kannst nicht mehr in die menschliche Welt zurück?"

„Siehst du, es liegt alles in deiner Hand." Er lächelte sie aufmunternd an.

Ein flaues Gefühl breitete sich in ihrem Magen aus. „Darren, ich glaube nicht, dass ich das kann. Vielleicht wäre es besser, Moira zu fragen."

„Nein!" Darren klang entschlossen. „Moira hat das letzte Mal sehr deutlich klargestellt, dass sie zu keiner weiteren Beschwörung bereit ist."

„Aber ich soll es sein?", wollte Sarah verzweifelt wissen.

„Du bist die Einzige, die infrage kommt. Wenn du mir nicht hilfst, werde ich es allein tun." Damit hob Darren den Dolch auf und betrat den Kreis.

Sarah schluckte. Panik erfüllte sie. Sie konnte Darren nicht alleinlassen, sie musste ihm helfen, ihn erden. Entschlossen trat sie vor ihn, sah ihn ängstlich an. Sie sorgte sich längst nicht mehr um sich selbst. Sie war bereit, die Hölle zu durchschreiten, wenn sie nur Darren beschützen konnte.

„Du machst das schon", sprach er ihr Mut zu. „Der Gepard und der Mann werden deiner Stimme folgen."

„Ich muss mit dir sprechen?" Sarah riss die Augen auf. Darren musste ihr schon ganz genau erklären, was er von ihr erwartete, sonst machte sie am Ende alles falsch. Und dann wäre er im Körper eines Gepards gefangen und sie wäre schuld daran. Die nächste Panikwelle rollte heran und wollte sie fortspülen.

„Du wirst wissen, was du tun musst."

Sarah hoffte einfach, dass Darren recht behielt.

Er griff nach ihren Händen und legte sie sich auf die Brust. Dann hob er ihr Kinn an und sah ihr fest in die Augen.

„*Wir* schaffen das, okay?"

Sarah schluckte. Wie konnte sie Darren das versprechen? Wieso glaubte er an sie?

Er beugte sich zu ihr herab und küsste sie auf den Mund.

Ganz leicht strichen seine Lippen über ihre, dann löste er sich von ihr.

Noch immer benebelt von seiner Nähe und dem Durcheinander an Gefühlen, die er in ihr heraufbeschworen hatte, sah Sarah, wie sich Darren in die Hand ritzte. Er schleuderte den Dolch von sich, der innerhalb des Kreises in der Erde stecken blieb. Darren ballte die Hand zur Faust. Ein dicker Blutstropfen bildete sich und landete auf dem Boden. Er schloss die Augen und murmelte lautlose Worte. Sarah stand da, die Arme auf seiner Brust, und wartete ab. Würde sie etwas spüren, würde sie …? Sie nahm ein Kribbeln unter ihren Fußsohlen wahr, das sich langsam ausbreitete und ihr Bein hinauf wanderte. Es fühlte sich an, als stünde sie mitten in einem Ameisenhaufen. Sie musste sich zusammenreißen, die Hände nicht von Darrens Brust zu nehmen. Das Kribbeln breitete sich in ihrem Körper aus. Sarah presste die Lippen fest aufeinander, damit sie nicht laut aufschrie. Sie schloss die Augen, hielt sich an Darren fest. Sie spürte ein Ziehen, nahm wahr, wie er die Macht zu sich holte. Immer schneller und schneller floss die Energie, durchströmte ihren Körper. Sarah fühlte sich vollkommen berauscht. Es war, als ob sie gemeinsam mit Darren abhöbe, davongetragen würde. Um sie herum schien nichts mehr existent zu sein. Das Haus verschwand ebenso wie die Wiese unter ihnen. Sarah fand sich in einem Vakuum wieder, in dem es nur sie und Darren gab. Die Macht schwoll immer weiter an, sammelte sich in Darren. Sarahs innere Anspannung nahm zu, sie spürte, dass sie gleich Zeuge von etwas Unglaublichem würde.

Darren breitete die Arme aus. Sein Mund formte tonlose Worte. Magie, rein und klar, mächtig und wärmend, überrollte sie mit der Gewalt einer Dampfwalze. Sarah musste aufpassen, mit dem gewaltigen Schlag nicht den Kontakt zu Darren zu verlieren. Sie hörte ihn schreien, schrie mit, um sich irgendwie selbst zu regulieren. Sie durfte ihn nicht loslassen, musste ihn festhalten. Das waren die einzigen Gedanken, die sie sich erlaubte, an denen sie sich festhielt. Blitze zuckten um sie herum. Etwas hinter ihr ging in Flammen auf. Sie spürte die

Wärme.

„Darren?“, rief sie nach ihm.

Doch er reagierte nicht. Seine Augen waren geöffnet, die Lippen bewegten sich unentwegt, dennoch war sein Blick starr ins Nichts gerichtet.

„Darren?“ Sie blickte nach hinten und erkannte die brennende Palme. Das Feuer färbte sie grünlich, stob immer wieder weit hoch in den Himmel.

Sarah klammerte sich an Darren, rief nach ihm. Und dann bemerkte sie die Veränderung seiner Haut unter ihren Fingern. Knochen begannen sich zu verschieben.

„Nein!“, schrie sie panisch. Darren durfte sich nicht in einen Gepard verwandeln. „Bleib bei mir!“

Sie spürte Fell unter ihren Fingern, krallte sich darin fest. „Darren!“, brüllte sie, so laut sie konnte. Sie wollte ihm eine Ohrfeige geben, ihn wachrütteln, doch sie wagte nicht, auch nur eine Hand von ihm zu nehmen. Wieder schoben sich Knochen hin und her, knackten unheimlich. Sie fühlte, wie das Fell verschwand und sie wieder seine nackte Brust berührte.

„Darren?“, flehte sie ihn an. „Bitte!“

Sie wollte ihn festhalten und wusste doch, dass er ihr abermals entglitt. Diesmal war es sein Gesicht, das sich veränderte. Ihm wuchs eine Schnauze. Gelbliche Katzenaugen blickten sie plötzlich an, versetzt mit silbernen Sprenkeln.

„Darren!“ Tränen rannen über ihr Gesicht, aber das war ihr egal. Sie durfte ihn nicht verlieren. Die Augenfarbe änderte sich und auch das große Maul verschwand. Darrens Gesicht bildete sich zurück. Dafür krümmte er nun beide Hände. Fell überzog bereits seine Unterarme, wanderte immer weiter bis zu den Schultern hinauf.

Sarah wusste nicht mehr, was sie tun sollte. Mit einer Hand ließ sie ihn los, schlang ihren Arm stattdessen um seinen Hals. Als sie sicher war, dass sie die Verbindung zu ihm nicht verlor, schlang sie auch den anderen Arm um seinen Nacken. Sie zog sich zu ihm, presste sich mit aller Kraft, die sie hatte, an ihn. Sie war nicht bereit, ihn gehen zu lassen.

„Bleib bei mir!“, flüsterte sie an seinem Ohr. Sie spürte, wie er gegen das Tier ankämpfte, wie er versuchte, zu ihr durchzukommen.

„Ich bin hier“, ermutigte sie ihn. „Ich bin bei dir und werde nicht aufzugeben.“

Sie zog sich an ihm hoch und küsste ihn auf den Mund. Seine Lippen waren trocken, rau. Sie legte all ihre Gefühle, die sie für diesen Mann empfand, in diesen Kuss. Er musste doch spüren, was er ihr bedeutete!

Plötzlich vergrub sich eine Hand in ihrem Haar. „Sarah“, murmelte er und eroberte stürmisch ihren Mund.

Sie ließ zu, dass seine Zunge in sie eindrang, sie erkundete, mit ihr spielte. Sehnsüchtig klammerte sie sich an ihn, verzehrte sich nach mehr. Zeit und Raum existierten nicht mehr. Ein Mann. Eine Frau. Vereint in dem brennenden Verlangen, den anderen nicht loszulassen.

Sarah protestierte, als Darren sie ganz sanft von sich schob. Sie rang nach Atem, roch feuchte Erde. Verwundert schlug sie die Augen auf. Sie saß neben Darren auf dem Boden im Salzkreis. An der Stelle, wo noch vor wenigen Minuten – oder waren es Stunden? – die Palme gestanden hatte, war nur ein kleiner Krater zu sehen. Das Feuer hatte alles verschlungen.

Darren neben ihr lachte auf, ließ sich rücklings auf die Wiese fallen. Mit ausgebreiteten Armen lag er da und sah hinauf in den Himmel. „So etwas brauche ich nicht alle Tage“, murmelte er und stieß Sarah vergnügt an.

Ihr war absolut nicht nach Lachen zumute. Sie hatte Todesängste ausgestanden, hatte geglaubt, Darren zu verlieren. Wie hätte sie weiterleben sollen, wenn er nicht mehr da wäre? Sie sehnte sich nach den Wortgefechten, die sie stets geführt hatten, den Meinungsverschiedenheiten, die sie ausgetragen hatten, aber auch nach dem untrüglichen Vertrauen, das sie einander entgegenbrachten. Sarah schluckte. Die Klarheit überwältigte sie. Darren hatte sich vorbehaltlos hinter sie gestellt, als es darum ging, den Dorfbewohnern zu helfen. Er hatte ihr bedingungslos vertraut, hatte sein Leben in ihre Hände gegeben. Einen größeren Liebesbeweis gab es nicht. Ihr Herz floss über vor Liebe zu diesem Mann. Einem Impuls folgend, beugte sie sich über ihn und küsste ihn stürmisch.

Darren hielt sie fest, zog sie näher zu sich. Es fühlte sich großartig an.

Es brauchte keine Worte, um sich gegenseitig zu sagen, was sie fühlten. Sie wussten es auch so. Es war, als hätte die Beschwörung eine Verbindung zwischen ihnen geschaffen. Völlig berauscht ließ Sarah von Darren ab und legte sich neben ihn ins Gras. Ihre Köpfe berührten sich, als sie hinauf in den Sternenhimmel sahen.

Darren griff nach Sarahs Hand, drehte sie um und presste die Handinnenfläche auf das Gras. Seine größere Hand legte er darüber, Finger auf Finger.

Sarah spürte es. Die Energie floss über den Boden durch sie hindurch, hinterließ heiße Spuren in ihrem Körper. Die Magie von Cheetah Manor war wiedererweckt. Diesmal hatte Sarah keine Angst. Weder vor der Energie noch vor den Geparden, die auf Cheetah Manor lebten. Darren war da und er würde nicht zulassen, dass ihr ein Haar gekrümmt wurde. Der Energiefluss versiegte und Darren löste seine Hand von ihrer. Er setzte sich auf und blickte hinüber zum Krater. Sarah tat es ihm gleich. Sie sah ihm zu, wie er sich erhob und hinüberschlenderte. Er bückte sich und hob das Amulett auf.

Sarah wollte ihn warnen. Wenn das Amulett wirklich so gefährlich war, sollte Darren es nicht anfassen. Doch es war zu spät. Sie sah, wie der Lapislazuli kurz aufleuchtete. Wie eine durchbrennende Glühbirne erlosch das wabernde Licht.

Darren kam zu ihr zurück und streckte ihr die geöffnete Hand hin.

„Ich denke, es ist am besten, wenn du es vernichtest", sagte Sarah.

Darren schüttelte den Kopf. „Nein, du wirst es seinem Besitzer zurückbringen."

„Ich werde das Ding sicher nicht mehr anfassen", erklärte sie erschrocken. Das Amulett hatte sie dazu gebracht, Cheetah Manor zu verraten und das Leben der Menschen aufs Spiel zu setzen, die sie mit offenen Armen hier aufgenommen hatten.

„Es ist völlig ungefährlich. Der Stein hat seine Macht

verloren."

Sarah musste schlucken, sie war noch immer unsicher. Aber sie vertraute Darren und wusste, dass sie sich auf sein Urteil verlassen konnte. Sie hielt die Hand auf, und Darren legte das Schmuckstück hinein. Sie spürte das kühle Metall, ansonsten nichts. Langsam schlossen sich ihre Finger um das Amulett. Sie atmete erleichtert aus. Die Macht, die davon ausgegangen war, war endgültig gebannt. Nun konnte es niemandem mehr gefährlich werden.

„Bist du sicher, dass es eine gute Idee ist, es Mr. Wicasa zurückzubringen?" Sarah war von Darrens Idee nicht wirklich begeistert.

„Ja. Aber das hat Zeit. Zuerst muss ich Rayna nach Hause holen."

Sarah, die noch immer auf dem Boden saß, ließ sich von Darren hochziehen. „Ich komme mit", erklärte sie entschlossen.

Darren schüttelte den Kopf. „Nein, das muss ich allein tun. Leg du dich noch für ein paar Stunden hin und schlaf etwas."

Sarah widersprach nicht, auch wenn sie wusste, dass sie keinen Schlaf finden würde. Nicht nach dem, was sie eben erlebt hatte.

KAPITEL 41

Wie ein Besessener brauste Darren über die Straße. Es war dunkel. Lediglich das Licht der Scheinwerfer erhellte den Asphalt. Bisher war er keinem anderen Auto begegnet. Das würde sich bald ändern. Jetzt fuhr er viel zu schnell. Sobald er jedoch in die Nähe der ersten Häuser kam, würde er vom Gas gehen. Einerseits wollte er niemanden verletzen und keinen Unfall provozieren, andererseits konnte er es sich nicht leisten, von einem Deputy wegen zu schnellen Fahrens aufgehalten zu werden. Er musste zu Rayna, musste sie zurück nach Cheetah Manor bringen.

Um Eric machte er sich weit weniger Sorgen. Er hatte seinem Bruder eine Nachricht geschrieben, aber Eric würde allein den Weg in die Wälder finden. Er lebte in seinem Haus am anderen Ende der Plantage, gleich neben der Weberei, und musste nur in den Garten gehen. Außerdem war er noch lange nicht so schwach wie Rayna.

Darren nahm den Fuß vom Gaspedal, als die ersten Ausläufer von New Orleans in Sicht kamen.

Wenn er an seine Schwester dachte, zog sich etwas in ihm schmerzhaft zusammen. Wie mochte es ihr jetzt gehen? Im Laufe des Tages hatte man zusehen können, wie ihre Lebensgeister schwanden.

Trotz der Sorge, fühlte sich sein Herz leicht und beschwingt an. Er hegte die nicht ganz unbegründete Hoffnung, dass alles gut würde. Wenn es Rayna besser ging, konnte er sich Sarah widmen. Alles in ihm verlangte nach der Frau, die über ihren eigenen Schatten gesprungen war, um Cheetah Manor, um ihn zu retten. Sie mochte zwar unwissentlich falsche Entscheidungen getroffen haben, dennoch konnte er ihr nicht böse sein. Er hätte offener mit ihr reden müssen, hatte bei ihr ein Wissen vorausgesetzt, das sie nicht besaß. Darren fuhr sich mit der Hand übers Gesicht. Die Wut auf Sarah war verraucht, alles, was geblieben war, war der Ärger auf sich selbst und auf die Bastarde von Eingeborenen, die unschuldige Leben aufs Spiel gesetzt hatten, um ihre perfiden Ziele zu verwirklichen. Das Gebiet von Cheetah Manor gehörte seit Jahrhunderten seiner Familie. Die Indianer hatten das Land damals an seine Familie verkauft, hatten es, geldgierig, wie sie waren, ohne mit der Wimper zu zucken, hergegeben. Er sah keinen Grund, es ihnen zurückzugeben.

Vereinzelt begegnete er nun Autos. Die Straßen von New Orleans kamen nie ganz zur Ruhe. Dennoch erreichte er in Rekordzeit das Campusgelände. Er passierte das Bibliotheksgebäude, fuhr an dem Häuschen der Campus Police vorbei und hielt direkt vor dem Haus, in dem Rayna ihr Zimmer hatte. Das Parkverbotsschild davor ignorierte er gekonnt, dachte aber noch daran, den Schlüssel abzuziehen, und lief in das Gebäude. Er war nicht oft bei Rayna gewesen. Um genau zu sein, dreimal. Das erste Mal hatte er ihr beim Umzug geholfen. Seinen Besuch einen Tag später hatte sie noch geduldet, aber als er am Tag darauf wieder vor der Tür stand, hatte sie ihm unmissverständlich klargemacht, dass er hier nicht erwünscht war. Zerknirscht war er wieder abgezogen und hatte einen anderen Weg finden müssen, Rayna im Auge zu behalten. Mit

Alice, einer Studentin, die sich mit Rayna ein Zimmer teilte, und Marc, der für die Sicherheit auf dem Campusgelände zuständig war und wegen einer großzügigen Finanzspritze ein besonderes Auge auf Rayna hatte. Natürlich hatte sie keine Ahnung, dass er sich über sie informieren ließ, und das sollte auch so bleiben.

Immer zwei Stufen auf einmal nehmend, hechtete er in den zweiten Stock hinauf und lief den Flur entlang. Darren klopfte nicht einmal an, sondern stürmte sofort hinein. Zum Glück war die Tür nicht abgesperrt, aber selbst wenn, hätte ihn auch das nicht aufgehalten.

Erst als er in Raynas Zimmer war, blieb er stehen. Sie lag in ihrem Bett und hatte die Augen geschlossen. Vorsichtig trat er näher, ließ sich neben ihr auf dem Boden nieder.

„Rayna?“, fragte er vorsichtig und strich ihr über die Wange.

Sie regte sich nicht, und Darren wurde unruhig. Er fühlte ihren Puls am Hals. Schwach, aber vorhanden.

Laut fluchend zog er Raynas Bettdecke fort. Sie trug noch immer die Kleidung, die sie bei dem Besuch auf Cheetah Manor angehabt hatte.

„Verflucht“, murmelte Darren und verwünschte sich im Stillen, dass er zugelassen hatte, dass Ethan Rayna herbrachte. Er hätte es ihr verbieten sollen, hätte darauf bestehen müssen, dass sie auf dem Anwesen blieb.

Vorsichtig hob er Rayna auf seine Arme und verließ das Zimmer. Mit dem Fuß trat er gegen die Tür, die laut krachend ins Schloss fiel. Darren blieb keine Zeit, sich einen Kopf darüber zu machen, ob er mit dem Lärm jemanden geweckt hatte. Er trug Rayna die zwei Stockwerke hinunter, achtete darauf, dass er mit ihr nirgends anstieß. Dann hatte er den Pick-up erreicht, öffnete die hintere Tür und bettete seine Schwester vorsichtig auf den Rücksitz. Nachdem er sich vergewissert hatte, dass sie bequem lag, schloss er die Wagentür und klemmte sich erneut hinters Steuer. Es kostete ihn seine ganze Selbstbeherrschung, nicht wie ein Besessener nach Cheetah Manor zurückzurasen, sondern die Tempolimits zumindest halbwegs einzuhalten. Sobald sie jedoch die letzten Häuser hinter sich gelassen hatten, beschleunigte Darren. Er konnte es kaum noch abwarten, Rayna nach Hause zu bringen. Immer wieder schaute er im Rückspiegel nach ihr. Sie lag reglos da. Wenn sie jetzt von ihm ginge, konnte er sich das nie verzeihen. Sie war doch seine kleine Schwester. Mit Vollgas bretterte er über die einsamen, nicht enden wollenden Straßen. Gleich hatte er die Grenze von Cheetah Manor erreicht. Er bremste scharf ab, schlingerte um die Kurve und kam mit quietschenden Reifen hinter der Grenze zum Stehen.

Er wusste nicht, wie lange Rayna noch durchhielt. Ohne die Fahrertür zu schließen, eilte er nach hinten, um sie aus dem Fond zu heben. Vorsichtig trug er sie hinaus und legte sie mit dem Rücken auf den Boden. Ihr Brustkorb hob und senkte sich kaum noch. Er befreite sie von ihren Strümpfen und schob ihre Hose ein wenig nach oben, sodass die nackten Fersen die Erde berührten. Behutsam streckte er ihre Arme aus und legte die Hände so, dass ihre Handflächen den Boden berührten. Darren wartete kurz, aber nichts tat sich. Rayna war zu schwach oder schon zu weit entfernt, um zu bemerken, wo sie sich befand. Er würde sie mit Magie aufladen müssen. Schnell schlüpfte er aus seinen Schuhen und entledigte sich ebenfalls seiner Strümpfe. Dann zog er ihr T-Shirt ein wenig zur Seite, sodass er ihre nackten Schultern berühren konnte.

„Rayna", sprach Darren sie noch einmal an. „Ich werde die Energie jetzt in dich hineinleiten." Für den Fall, dass sie ihn doch irgendwie hörte, wollte er ihr sagen, was er vorhatte.

Er schloss die Augen, spürte das Vibrieren unter seinen Fußsohlen. Und dann schoss die Magie durch ihn hindurch. Er ließ Rayna ruckartig los, hoffte, dass sie nicht zu viel Energie abbekommen hatte. Pure Kraft pulsierte durch seine Adern. Der Gepard fauchte und drängte nach außen. Doch er konnte dem Tier jetzt nicht nachgeben. Zuerst musste er sich um Rayna kümmern. Er konzentrierte sich darauf, die Energie wieder in den Boden zurückzuleiten, und nahm noch einmal die Position hinter ihrem Kopf ein. Diesmal berührte er sie jedoch nicht, sondern streckte seine Hände der Erde entgegen. Kraftvoll und mächtig pulsierte die Magie durch seinen Körper.

Langsam reduzierte er den Fluss. Er wollte Rayna nicht überfordern. Als Darren der Ansicht war, ein gutes Mittelmaß gefunden zu haben, hob er eine Hand und legte sie Rayna auf die Schulter. So konnte er einen Teil der Energie durch seine Hand in den Boden zurückleiten. Er spürte, wie die Energie in Rayna strömte, sich ihr Körper anspannte. Sie begann zu zucken und er ließ sie vorsichtig los. Noch immer waberte die Magie durch Rayna, verließ ihren Körper und verschwand wieder im Boden. Die Verbindung zwischen Rayna und Cheetah Manor funktionierte auch ohne sein Zutun. Darren setzte sich neben seine Schwester und wartete. Da auch er mit der Erde verbunden war, spürte er die fließende Energie. Je länger es dauerte, umso ungeduldiger wurde er. Warum wachte Rayna nicht auf? Inzwischen musste sie doch genug Energie aufgenommen haben. Da er jedoch noch immer das Zirkulieren der Magie spürte, wagte er nicht, sie zu berühren. Für einen Moment befürchtete Darren, er hätte sie verloren und der Gepard in ihr würde die Oberhand gewinnen, doch er sah keine Verwandlung. Endlose Minuten verstrichen. Darren wurde immer ungeduldiger. Was sollte er tun? Er konnte nur hier sitzen und durch die Verbindung zu Cheetah Manor spüren, wie die Magie langsam versiegte. Noch immer lag Rayna da, bewegte sich nicht.

„Rayna?“, er strich sanft mit den Fingerspitzen über ihre Wange.

Sie zuckte, ihre Lider flatterten kurz, dann öffnete sie die Augen und sah ihn verwundert an.

„Wo bin ich?“ Sie versuchte sich zaghaft aufzurichten, und er half ihr, indem er sie stützte.

„Wie geht es dir?“, wollte Darren besorgt wissen.

„Mein Kopf brummt.“ Rayna fasste sich an die Schläfe. „Was ist passiert?“ Sie blickte sich um. „Was mache ich hier auf Cheetah Manor? Die Energie …“ Rayna ließ ihre Hände über den Boden gleiten. „Sie ist wieder da.“

„Ja“, sagte Darren schlicht. Noch immer saßen sie auf dem Boden. Darren war so erleichtert, so froh, dass Rayna lebte. Er schlang die Arme um seine Schwester und zog sie eng an sich.

„Dir geht es gut", murmelte er in ihr Haar. „Ich hätte mir nie verziehen, wenn du es nicht geschafft hättest."

„So leicht bin ich nicht unterzukriegen." Rayna strich sich eine Haarsträhne aus dem Gesicht. „Wie hast du es geschafft, die Energie wieder freizusetzen?"

„Das erzähle ich dir später." Darren stand auf und reichte Rayna die Hände, um sie hochzuziehen. „Lass uns zum Haus fahren."

Gemeinsam gingen sie zu Darrens Pick-up. Rayna stieg diesmal auf der Beifahrerseite ein und Darren fuhr in gemächlichem Tempo bis zum Haus.

KAPITEL 42

Natürlich fand Sarah keinen Schlaf. Einige Zeit wälzte sie sich in ihrem Bett hin und her. Dann beschloss sie, dass das alles ohnehin keinen Sinn hatte. So stand sie wieder auf und schlich hinunter in die Eingangshalle. Zuerst lief sie auf und ab. Dann setzte sie sich in einen Sessel, der etwas abseits in einer Ecke stand. Sie zog die Knie an, lehnte den Kopf gegen das Polster und wartete. Endlos langsam verstrich die Zeit. Wie lange brauchte Darren, um nach New Orleans zu fahren und Rayna abzuholen? Wurde er durch etwas aufgehalten? Vielleicht kam er zu spät … Nein! Das wollte sich Sarah nicht ausmalen. Darren würde es schaffen. Er meisterte alles, was er anfing. Während sie noch weiter darüber brütete, was Darren aufgehalten haben könnte, fielen ihr die Augen zu.

Ein Schlüssel drehte sich im Schloss. Sarah schrak hoch, sah sich um. Erleichtert stellte sie fest, dass sie sich in der Eingangshalle von Cheetah Manor befand und im Sessel eingenickt war.

Die Eingangstür schwang auf. Rayna und Darren betraten das Haus.

„Rayna!", rief Sarah erleichtert. Sie stürzte auf die junge Frau zu und fiel ihr um den Hals. Was, wenn sie Rayna mit ihrer Überschwänglichkeit wehtat? Schnell trat sie einen Schritt zurück und betrachtete Rayna besorgt. „Wie geht es dir?" Rayna sah viel besser aus als am Nachmittag. Sie war noch immer etwas dürr und um die Nase leicht blass, aber sie wirkte bei Weitem nicht mehr wie eine wandelnde Leiche.

„Mir geht es so weit ganz gut", sagte Rayna und brachte ein kleines Lächeln zustande. „Ich bin nur ziemlich müde."

Rayna drehte sich halb zu ihrem Bruder um, berührte ihn kurz am Arm. „Ich gehe hoch und lege mich hin."

Darren nickte. „Das halte ich für eine gute Idee. Schlaf dich aus. Morgen können wir in Ruhe reden."

Schweigend blickte Sarah ihr nach, wie sie die Treppe hinaufging. Als sie außer Sichtweite war, blickte sie Darren unsicher an.

Er sah ebenfalls müde und abgekämpft aus.

„Ich sagte doch, du sollst schlafen", schimpfte er sanft mit ihr und tippte ihr an die Nasenspitze.

„Das habe ich auch", entgegnete Sarah entrüstet und schielte zu dem Sessel hinüber, auf dem es nicht besonders bequem gewesen war.

Darren schüttelte lachend den Kopf. „Ich glaube, ich muss dich mit in mein Bett nehmen, damit ich sicher sein kann, dass du auch schläfst und keinen Unsinn anstellst."

Eine feine Gänsehaut überzog Sarahs Nacken. Sie wollte in Darrens Bett, aber mehr als neben ihm zu liegen, würde sie nicht schaffen.

„Ich bin total müde", erklärte Sarah ausweichend.

„Ich auch." Er zog sie an sich und küsste sie auf den Scheitel. „Ich möchte dich heute Nacht einfach nur im Arm halten."

„Das hört sich wundervoll an", gestand Sarah seufzend.

Hand in Hand gingen sie die Treppe hinauf und Darren führte Sarah in sein Zimmer. Als die Tür hinter ihnen ins

Schloss fiel, ließ er ihre Hand los. Mit einem Lächeln auf den Lippen schlüpfte sie ins Bett, während sich Darren auszog und wenig später zu ihr unter die Decke stieg. Er schmiegte sich an ihren Rücken und schlang einen Arm um ihre Mitte.

„Schlaf", murmelte er an ihrem Ohr.

Es war wunderbar, in seinen Armen zu liegen, seinen Atem in ihrem Nacken zu spüren. Er strahlte so viel Stärke und Macht aus, dass sich Sarah vollkommen beschützt fühlte. Egal was die nächsten Tage bringen mochten, jetzt würde sie den Moment genießen.

KAPITEL 43

Sarah ertastete weiches Fell. Ihre Finger glitten hindurch, berührten die warme, weiche Haut. Die Haare strichen über ihren Handrücken und hinterließen ein zartes Kitzeln. Benommen blinzelte Sarah. Gelbliches Fell mit schwarzen Punkten wurde vor ihren Augen sichtbar.

Plötzlich war Sarah hellwach und saß aufrecht im Bett. Beim Anblick der Raubkatze, die schnurrend neben ihr lag, stieß sie einen spitzen Schrei aus und rückte von dem Tier ab. Was machte der Gepard hier, in Darrens Zimmer? War *er* das etwa? Sarah blickte in gelbe Augen, in denen die vertrauten blauen und silbernen Punkte tanzten.

„Darren?“, keuchte sie vorsichtig, wich aber vorsichtshalber noch mal ein Stück zurück, bis sie fast aus dem Bett fiel. Mit einer Mischung aus Abneigung und Faszination betrachtete sie die Raubkatze, die den Kopf auf die Vorderpfoten gelegt hatte. Mit ihren großen runden Augen sah sie Sarah direkt an, dann legte sie den Kopf schief und bleckte die Zähne.

Sarah konnte nicht weiter zurück, ohne aus dem Bett zu fallen. Sollte sie doch hinausklettern? Noch ehe sie eine Entscheidung getroffen hatte, senkte das Tier den Kopf und stupste sie mit der Schnauze an.

Ratlos saß Sarah da, wartete darauf, dass der Gepard sie in Ruhe ließ. Er kam näher, rieb sich an ihr und sah sie mit flehendem Blick an.

Sarah musste sich ins Gedächtnis rufen, dass das Tier niemand anderes als Darren war, auch wenn es total abwegig war. Sie streckte zögernd die Hand nach ihm aus und traute sich doch nicht, ihn zu berühren.

Ganz ruhig legte der Gepard den Kopf auf ihren Schoß und wartete auf seine Streicheleinheiten. Sarahs Herz klopfte schneller. Noch nie war sie einem gefährlichen Raubtier so nahe gewesen. Das hier war Darren, der ihr nie etwas antun würde. Sie schluckte. Konnte sie sich wirklich auf ihn einlassen? Als könnte die Katze ihre Zweifel spüren, hob sie den Kopf und sah sie an. Eine Gänsehaut überzog Sarahs Arme. Wenn sie Darren wollte, musste sie auch den Gepard annehmen. Das Tier und der Mensch waren eins. Konnte sie das? Konnte sie damit leben, regelmäßig mit einer Raubkatze im Bett aufzuwachen? Und wenn nicht? Würde sie damit klarkommen Darren nicht an ihrer Seite zu wissen? Ihr Herz verkrampfte sich bei dem Gedanken. Sarah wusste, das wollte sie nicht ertragen. Darren gehen zu lassen, nur weil er diese wilde Seite hatte, war keine Option. Für ihn hatte sie sich ihren Ängsten vor der Magie gestellt. Für ihn würde sie auch ihre Furcht vor der Raubkatze bezwingen.

Langsam, noch zögerlich, streckte sie die Hand aus und berührte das Fell des Tieres. Die Katze gab ein zufriedenes Schnurren von sich, schloss die Augen und schmiegte sich ihrer Hand entgegen. Das Fell war wunderbar weich, seidig und glänzend. Sarah verlor ihre Scheu und strich über die Flanke. Dafür erntete sie ein zufriedenes Schnurren. Immer mutiger werdend vergrub sie die Hände in dem warmen Fell. Das Tier drängte sich an sie. Seine Schnauze berührte die nackte Haut an ihrem Hals. Sarah japste nach Luft, befürchtete für einen

Moment, er würde seine Zähne in ihrer Halsbeuge vergraben. Die langen Barthaare strichen über ihre Haut, kitzelten sie. Seine Schnauze strich über ihren Arm. Sie spürte den Atem des Tieres an ihrer Hand und dann etwas Warmes, Nasses, als er mit der Zunge über ihre Handfläche leckte.

„Damit musst du aufhören", erklärte sie dem Tier bestimmt. „Sonst werden wir keine Freunde."

Der Gepard bleckte die Zähne, fauchte und rollte sich dann neben ihr zusammen. Sarah ließ sich ebenfalls in die Kissen sinken. Ihr Arm berührte das Tier. Hier lag sie also neben einer Raubkatze.

„Weißt du", begann sie nachdenklich. „Eigentlich mag ich keine Tiere. Aber ich glaube, bei dir werde ich eine Ausnahme machen." Sie konnte ein kindliches Kichern nicht unterdrücken. „Aber ich hoffe doch, dass ich die meiste Zeit einen Mann im Bett haben werde."

Eine menschliche Hand schlang sich um ihre Mitte. Die Katze schrumpfte in sich zusammen, zog sich an anderen Stellen auseinander. Die Schnauze wurde zu einem sinnlichen Mund, die Augen veränderten ihre Farbe, lediglich die silbernen Sprenkel blieben. Das Fell wich menschlicher Haut, und schließlich streckte sich Darren neben ihr aus.

„Ich denke, das lässt sich machen", erklärte er mit seiner tiefen, männlichen Stimme und beugte sich über sie. Sein Atem strich sanft über ihren Nacken.

„Das Tier fordert hin und wieder ein paar Streicheleinheiten, aber das hier werde nur ich mit dir machen."

Und dann küsste er sie. Erst zärtlich, dann wilder. Seine Küsse wurden drängender, fordernder. Darren zog ihre Decke fort, schob sich über sie.

„Damit werde ich wohl klarkommen", seufzte Sarah und vergrub ihre Hände in seinem Haar.

Darren entkleidete sie Stück für Stück, ließ sich dabei unendlich viel Zeit. Sarah stöhnte auf, warf ungeduldig den Kopf hin und her. Sie wollte nicht mehr warten, wollte mit ihm vereinigt sein. Es schien endlos lange zu dauern, bis er sie zärtlich küsste und dann mit einem kräftigen Stoß in sie eindrang. Endlich. Eine einzelne Träne lief ihre Wange hinab. Sie genoss es, Darren zu spüren, sich mit ihm in einem uralten Rhythmus zu bewegen. Sie fühlte sich vollständig. Es war, wie nach Hause zu kommen.

„Du weißt, dass ich dich nie wieder gehen lasse“, knurrte Darren.

Sarah schlang die Arme um ihn, zog ihn zu sich herab, um ihn zu küssen. Sie verlor sich in seinem Blick und brauchte einige Zeit, ehe sie ihm antworten konnte.

„Ich nehme dich beim Wort“, flüsterte sie. Dann war Sarah nicht mehr in der Lage, zu reden oder zu denken. Ihr Körper fühlte nur noch Feuer, das in ihr anschwoll und sie jeden Moment verschlingen würde. Intuitiv bog sie sich Darren entgegen, bis sie sich mit einem lauten Schrei in einem Funkenregen auflöste. Aus weiter Ferne hörte sie Darren aufstöhnen. Auch er erklomm den Gipfel, ehe er auf ihr zusammensank.

Eine ganze Weile lagen sie so da, dann rollte er sich zur Seite. Sarah atmete tief durch, war noch völlig benommen von diesem Zusammensein.

Ein Klopfen an der Tür ließ sie beide zusammenfahren.

„Darren, bist du da?“, fragte Moira von außen.

KAPITEL 44

Darren sprang auf, stieg eilig in seine Boxershorts und ging zur Tür, ehe seine Mutter hereinkommen und ihn und Sarah in dieser verfänglichen Situation vorfinden könnte. Sarah griff nach der Decke, wickelte sich darin ein und verschwand eilig im angrenzenden Badezimmer.

„Darren?“

Noch ehe Moira die Türklinke hinunterdrücken konnte, machte Darren die Tür einen Spalt auf. So konnte sie ihn sehen, jedoch nicht das Zimmer und sein zerwühltes Bett. „Ja?“

Moira schlug die Hände vor den Mund. „Es ist also wahr“, seufzte sie, und im nächsten Moment spürte Darren die Arme seiner Mutter um seinen Hals. Sie hatte die Tür ein Stück weiter geöffnet. Dass er nur Boxershorts trug, schien sie nicht zu stören.

„Ja, mir geht es gut, Mutter.“ Sanft schob er sie ein wenig von sich, trat zu ihr auf den Flur und zog die Tür hinter sich zu. Hoffentlich hatte sie nichts gesehen.

„Was hältst du davon, wenn ich noch rasch dusche und wir uns dann beim Frühstück sehen?“

„Eric sagte, du hast die Magie befreien können. Sie fließt wieder.“ Moira überging seine Frage.

Innerlich seufzte er auf. „Eric?“, fragte er verwundert, dabei hatte er absolut keine Lust auf ein Gespräch mit seiner Mutter.

„Eric hat gleich heute Morgen angerufen. Er wollte wissen, wie es Rayna geht. Ich konnte es nicht glauben, aber sie liegt tatsächlich in ihrem Bett.“

„Ich weiß“, murmelte Darren wenig begeistert. „Ich habe sie heute Nacht geholt.“

„Oh, Darren.“ Moira hatte Tränen in den Augen, als sie ihre Hand an seine Wange legte. „Das sind so wundervolle Neuigkeiten.“

Darren verdrehte die Augen. „Es ist ganz großartig. Darf ich duschen und wir reden später weiter?“

Moira griff nach seinem Arm. „Glaubst du, er hat überlebt?“, fragte sie besorgt.

Darren wusste, von wem seine Mutter sprach, doch er hatte keine Ahnung, wie es um den Cheetah stand. Anstatt seine Runde in der Morgendämmerung um Cheetah Manor zu drehen, hatte der Gepard es vorgezogen, sich neben Sarah auszustrecken. Aber das konnte er seiner Mutter wohl schlecht erzählen.

„Ich weiß es nicht“, gestand er leise.

„Du hast ihn nicht gespürt?“, hakte sie besorgt nach.

Darren holte tief Luft. „Ich war heute noch nicht unterwegs.“

„Oh!“ Verwundert spähte sie an Darren vorbei.

Mist. Er hatte die Tür nicht richtig geschlossen und sie war wieder aufgegangen. Es gelang ihm nicht rechtzeitig, ihr die Sicht zu versperren. Moira hatte bereits etwas gesehen. Zuerst riss sie erstaunt die Augen auf, dann umspielte ein verschmitztes Lächeln ihre blassen Lippen.

„Ich werde hinuntergehen und frühstücken. Es wäre schön, wenn du nach ihm sehen könntest, bevor du dazukommst“, bat

Moira.

Darren nickte eifrig. Doch seine Mutter hatte sich bereits umgedreht. So ganz traute er dem Frieden nicht und wartete noch einen Moment, bis Moira auf der Treppe war, ehe er zurück ins Zimmer ging. Erleichtert schloss er die Tür und lehnte sich dagegen. Sarahs T-Shirt und ein eindeutig weiblicher Slip lagen auf dem Boden, direkt vor seinem Bett. Darren schloss die Augen. Seine Mutter wusste vielleicht nicht, dass er mit Sarah die Nacht verbracht hatte, aber dass er weibliche Gesellschaft hatte, war ihr wohl nicht verborgen geblieben. Darren fuhr sich mit der Hand über das Gesicht. Das hatte er so nicht gewollt.

Sarah kam aus dem Bad, noch immer in die Decke gewickelt. Sie bückte sich umständlich und angelte nach ihrem Slip. Ein Lächeln umspielte seine Lippen, als er sie betrachtete. Ohne sein Zutun zog es in seinen Lenden und er wünschte sich sehnlichst, die Zeit zu haben, sie aus der Decke zu wickeln und aufs Bett zu werfen, um sie ein weiteres Mal zu lieben.

In diesem Moment warf sie ihm ein scheues Lächeln zu. „Ich glaube, wir sind erwischt worden."

Darren grinste breit. Wenn er ehrlich zu sich war, dann war es ihm total egal, ob seine Mutter mitbekam, dass er mit Sarah schlief. Im Gegenteil. Er wollte es aller Welt sagen, mit seiner Freude nicht hinter dem Berg halten. Er ging auf Sarah zu, zog sie in seine Arme und küsste sie stürmisch. Das Verlangen in ihm flammte noch mehr auf. Er wollte sie. Heute. Morgen. Immer.

„Ich liebe dich." Die Worte kamen einfach so über seine Lippen. Mit verhangenem Blick sah sie zu ihm auf. Sein Herz schlug schneller und er wusste, der Augenblick war gekommen. Er musste alles auf eine Karte setzen. „Ich wollte eigentlich erst einen Ring besorgen, aber ich kann nicht länger warten." Er sank vor ihr auf die Knie.

Sarah japste nach Luft und schlug beide Hände vor den Mund.

„Ich will keinen Tag mehr ohne dich sein. Also frage ich dich: Sarah Beck, willst du meine Frau werden?"

Mit vor Schreck geweiteten Augen sah sie ihn an, und er befürchtete schon, sie würde panisch weglaufen. Tränen schimmerten in ihren Augen, als sie die Hände sinken ließ.

Verdammt! Er war zu schnell vorgespurtet und hatte damit Sarah überrannt. Natürlich wusste er, dass eine Frau umworben werden wollte. Erst wenn er sie für sich gewonnen hatte, hätte er den Antrag machen sollen. Aber der Moment hatte ihn überwältigt und er wollte sie wirklich heiraten.

„Darren“, hauchte sie atemlos.

Die Katze wollte die Krallen ausfahren und zur Not mit Gewalt seine Beute für sich beanspruchen.

„Ich liebe dich auch.“

Darren musste sich beherrschen, sie nicht an sich zu ziehen und sie bis zur Besinnungslosigkeit zu küssen. Angespannt hielt er den Atem an. Sie schien mit sich zu kämpfen.

„Ja.“ Ein unsicheres Lächeln umspielte ihren Mund. „Ja, ich möchte dich heiraten.“

Darren erhob sich, riss sie in seine Arme und wirbelte sie durchs Zimmer. Sein Herz floss über vor Freude und Liebe. Sie hatte Ja gesagt! Sarah wollte bei ihm bleiben und seine Frau werden. Es war ihr egal, was er war, sie hatte ihn akzeptiert als das, was er war.

„Darren!“, rief Sarah erschrocken. „Lass mich runter.“

Er tat ihr den Gefallen und setzte sie auf dem Boden ab. Aber nur, um sie gleich darauf an sich zu ziehen und zu küssen.

„Du machst mich zum glücklichsten Mann dieser Erde“, murmelte er an ihren Lippen.

„Und du mich zur glücklichsten Frau. Aber bis zur Hochzeit lassen wir uns etwas Zeit, oder?“

Er schaute ihr in die Augen. Sie hatte die wunderschönsten blauen Augen, die er in seinem Leben gesehen hatte. Sie waren so perfekt. Alles an ihr war vollkommen. Wie sehr er sie doch liebte.

„Das werden wir“, versprach er ihr. Dann stahl sich ein verschmitztes Lächeln auf sein Gesicht. „Wenn ich jetzt die Zeit hätte, würde ich dich noch mal ins Bett zerren, aber ich muss nach meinem Vater sehen." Er zog sich bedauernd von ihr zurück.

„Wir haben noch viel Zeit", versprach sie ihm und machte sich von ihm los. Sie sammelte ihre Kleidungsstücke ein, die schon wieder auf dem Boden gelandet waren, und zog sich an. Bevor sie ihn allein ließ, hauchte Sarah ihm noch einen Kuss auf die Lippen, dann öffnete sie vorsichtig die Tür, spähte hinaus und verließ das Zimmer.

Darren blieb zurück. Er blickte ihr einen Moment hinterher, bis er sich darauf besann, dass er seiner Mutter versprochen hatte, nach Wayne zu sehen. Was war zwischen seinen Eltern passiert, dass seine Mutter ihn in der Nacht, als der Wirbelsturm Katrina über New Orleans und Cheetah Manor hinweggezogen war, nicht hatte halten können? Darren hatte erlebt, wie stark das Band von Liebenden sein konnte. Egal wie groß die Magie war, die er wirkte, er konnte sich nicht vorstellen, dass es mit Sarah an seiner Seite auch nur einmal gefährlich werden könnte. Sie war ein starker Anker und würde ihn immer in die Realität zurückziehen.

Er öffnete die Balkontür. Während er an die Brüstung trat und in den Garten hinunterblickte, verspürte er die wohlbekannte Unruhe. Das Tier in ihm machte sich zum Sprung bereit.

Seine Gedanken kehrten zu Wayne zurück. Seit der Mann im Körper des Cheetahs gefangen war, hatte er aufgehört von seinem Vater zu reden. Er wollte ihn so in Erinnerung behalten, wie er gewesen war. Manchmal etwas kompromisslos, rechthaberisch, aber für die, die ihm etwas bedeuteten, hatte er sein Leben eingesetzt. War es das gewesen, was ihn in dieser Nacht dazu getrieben hatte, Magie zu wirken? Hatte er gewusst, dass Moira ihn nicht würde halten können? Darren würde wohl nie eine Antwort darauf bekommen. Der Gepard war nicht in der Lage, mit ihm darüber zu reden, und seine Mutter hatte in den Jahren kein einziges Wort über diese schicksalsträchtige Nacht verloren.

Darren ließ los, gab dem Drängen in ihm nach. Fell überzog seine Haut, er spürte, wie einige Sehnen und Muskelstränge sich dehnten, andere sich zusammenzogen. Sein Blick veränderte sich. Er stürzte sich hinab in die Tiefe, fing den Sprung federnd ab und bohrte die Krallen in den Boden. Kurz hob er die Schnauze und schnupperte. Dann senkte er den Kopf und rannte los. Es dauerte nicht lange, da hatte er die vertraute Witterung gefunden und folgte ihr quer durchs Unterholz. Als er sich dem Ufer des Lake Maurepas näherte, wurde Darren immer langsamer. Auf einem umgestürzten Baum blieb er stehen. Im Schatten einer Wasserzypresse sah er die vertrauten Umrisse der anderen Raubkatze. Darren überlegte kurz, näher hinzugehen, doch in diesem Augenblick sah er, wie der Gepard den Kopf hob. Es ging ihm gut. Vielleicht hatte er seine Kraft noch nicht vollkommen zurückerlangt, aber er hatte überlebt. In ein paar Tagen würde er vollkommen der Alte sein. Darren drehte sich um und schlug den direkten Weg zum Anwesen ein. Bei dem Gedanken, Sarah gleich wiederzusehen, beschleunigte sich sein Herzschlag.

KAPITEL 45

Sarah war in ihr Zimmer geschlichen, um zu duschen. Glücklicherweise war ihr niemand begegnet. Man hätte ihr sofort angesehen, dass etwas vorgefallen war. Sie konnte das breite Grinsen einfach nicht unterdrücken. Wie auf Wolken schwebte sie aus dem Badezimmer und begann die Kleidung aus ihrem Koffer auszuräumen. Sie brauchte etwas zum Anziehen, und da sie heute nicht ins Flugzeug stieg, konnte sie auch gleich auspacken. Schließlich entschied sie sich für die Leinenhose und eine ärmellose Bluse. Die Haare hatte sie im Nacken zu einem lockeren Knoten gebunden.

Als sie wenig später das Esszimmer betrat, war nur Moira dort. Sie hob den Kopf, schien aber jemand anderes erwartet zu haben.

„Du bist es." Das Lächeln, an dem sie sich versuchte, missglückte.

„Guten Morgen", grüßte Sarah. Am liebsten wäre sie mit der Neuigkeit, dass sie auf Cheetah Manor bleiben würde und

Darren ihr einen Heiratsantrag gemacht hatte, herausgerückt, aber es war Darrens Familie und er sollte derjenige sein, der seine Mutter über seine Zukunftspläne informierte. Außerdem hatte Moira im Moment andere Sorgen.

Hungrig bediente sich Sarah am Frühstücksbuffet. Auf ihrem Teller stapelten sich ein Milchbrötchen, Fruchtaufstrich und Obst. Mit einer Tasse Kaffee setzte sie sich auf ihren Platz neben der Stirnseite, an der gewöhnlich Darren saß. Die Zeitung lag neben seinem Teller bereit und war ebenso unberührt wie seine Kaffeetasse.

Da Moira völlig in Gedanken versunken war, blickte Sarah nachdenklich aus dem Fenster. Würde Darren vorbeikommen? Würde sie die Raubkatze in Aktion sehen? Vorfreude erfasste sie. Sie war so aufgeregt wie ein Kind zu Weihnachten, das der Bescherung entgegenfieberte.

Eine Bewegung im Garten zog Sarahs Aufmerksamkeit auf sich. Mit einem geschmeidigen Sprung landete die große Raubkatze mitten auf dem Rasen. Sarahs Herz begann aufgeregt zu klopfen. Das war Darren. Würde er gleich durch die Terrassentür hereinwollen? Der Gepard sprang auf das Haus zu und verschwand aus ihrem Sichtfeld.

Moira hatte von alldem nichts mitbekommen. Sie starrte auf ihren Teller und hatte dabei kaum etwas von ihrem Spiegelei angerührt.

Die Esszimmertür öffnete sich und Sarah war für einen Moment verblüfft. Wie war es Darren so schnell gelungen, hierherzukommen? Eben hatte sie ihn noch im Garten gesehen. Es war aber nicht Darren, der eintrat, sondern Rayna. Sarah versuchte ihre Enttäuschung zu verbergen, sich in Erinnerung zu rufen, dass sie sich freuen sollte. Rayna wirkte zwar noch ein wenig blass, machte aber einen recht guten Eindruck.

„Rayna, Kind“, schluchzte Moira, stolperte der jungen Frau entgegen und fiel ihr weinend um den Hals.

„Alles gut, Mom.“ Beruhigend strich Rayna über den Rücken ihrer Mutter. „Es ist alles in Ordnung.“

Moira hielt ihre Tochter auf Armeslänge entfernt und

betrachtete sie aufmerksam. Dann zog sie Rayna wieder in ihre Arme. „Ich bin so unendlich dankbar, dass es dir wieder gut geht."

„Mom", mahnte Rayna ein wenig genervt. „Ich bin am Verhungern."

„Aber natürlich." Moira trat eilig zurück und Rayna bediente sich am Buffet.

Noch während sie die Köstlichkeiten auf ihren Teller lud, verschwand eine Weintraube in ihrem Mund und eine Tomate folgte wenig später. Sie ließ sich grinsend auf einen Stuhl fallen, goss sich einen Becher Tee ein und fiel über die Leckereien auf ihrem Teller her. Genussvoll verdrehte Rayna die Augen und stöhnte: „Ich weiß nicht, wann ich das letzte Mal etwas so Gutes gegessen habe."

„Ich freue mich, dass es dir besser geht", erklärte Sarah und lächelte der jungen Frau zu.

Rayna lächelte freundlich zurück. „Ich auch."

„Guten Morgen", grüßte Darren, als er das Esszimmer betrat. Alle Blicke waren auf ihn gerichtet. Er war frisch geduscht. Seine braunen Haare ringelten sich noch feucht im Nacken. Sarah wäre am liebsten aufgesprungen und ihm um den Hals gefallen. Sie hatte ihn vermisst, dabei war es nicht lange her, seit sie sich das letzte Mal gesehen hatten.

„Hast du ihn gefunden?", fragte Moira angespannt.

„Ja." Darren nickte beruhigend. „Es geht ihm gut. Vielleicht noch nicht ganz der alte Wayne, aber er sah deutlich lebendiger aus als gestern."

Moira sank erleichtert in ihrem Stuhl zusammen. „Gott sei Dank", seufzte sie.

Auch Darren ging zum Buffet und lud seinen Teller voll, ehe er neben Sarah an der Stirnseite Platz nahm.

„Du hast nach Vater gesehen?", wollte Rayna wissen.

Darren nahm einen Schluck Kaffee und nickte. Dann widmete er sich seinem Essen.

„Und du möchtest uns nicht erzählen, wie du es in der letzten Nacht geschafft hast, uns zu retten?" Rayna lehnte sich zurück und verschränkte die Arme vor der Brust.

„Was soll ich da groß erzählen?"

„Na, zum Beispiel, wie es dir gelungen ist, die Magie zu befreien."

Sarah schluckte. Wie würde die Familie reagieren, wenn sie erfuhr, dass sie für die ganze Misere verantwortlich war? Würden ihr Moira und Rayna dann immer noch so herzlich begegnen?

„Ich habe mich darum gekümmert", erklärte Darren abweisend.

Rayna konnte es jedoch nicht auf sich beruhen lassen. „Ich denke, wir haben alle das Recht zu erfahren, was es war."

Darren sah seine Schwester finster an. „Schuld an dem Ganzen war ein Amulett. Ich habe es entfernt und damit ist Cheetah Manor wieder in Sicherheit."

„Allein?" Moiras Stimme klang schrill.

„Nein, Mutter", entgegnete Darren ruhig. „Hätte ich es allein getan, säße ich bestimmt nicht hier, sondern würde auf vier Pfoten durch die Sümpfe wandern."

Rayna schüttelte den Kopf. „Wie kam dieses Amulett nach Cheetah Manor?"

Darren zuckte mit den Schultern.

Am liebsten hätte sich Sarah unter dem Tisch verkrochen. Sie war ihm sehr dankbar, dass er nichts verriet, aber die Familie hatte ein Anrecht zu erfahren, was sie getan hatte.

„Ich habe das Amulett mit nach Cheetah Manor gebracht."

Drei entsetzte Gesichter sahen sie an.

„Du?", fragte Moira fassungslos.

„Sarah hat es nicht besser gewusst. Die Chowilawus haben ihre Unwissenheit ausgenutzt."

Rayna sog scharf die Luft ein, blickte zu Sarah, die betreten den Kopf senkte. Sie hatte den Zorn der Familie verdient.

„Sobald Sarah begriff, was sie getan hatte, kam sie zu mir", nahm Darren sie in Schutz.

Sie lächelte ihn dankbar an. Ihre Blicke begegneten sich, verfingen sich ineinander.

„Und ohne Sarah hätte ich es nie geschafft, das Amulett unschädlich zu machen." Über den Tisch hinweg ergriff er ihre

Hand. „Sarah war eine großartige Hilfe." Ein liebevolles Lächeln umspielte seine Lippen.

„Oh!", machte Rayna und grinste von einem Ohr zum anderen. „Na, das ist aber eine Überraschung."

Verwirrt sah Moira von Darren zu Sarah und wieder zurück. Sie brauchte etwas länger, um zu begreifen. „Ich glaube, mit dieser Entwicklung muss ich erst klarkommen", murmelte sie verlegen und stand eilig auf, um sich noch ein paar Stücke Obst vom Buffet zu holen.

„Sarah und ich werden heute nach New Orleans fahren", verkündete Darren und überraschte Sarah damit. Sie hatte keine Ahnung von Darrens Plänen gehabt. Überhaupt wusste sie nicht, wie es weitergehen sollte. Nur dass sie heute kein Flugzeug betreten würde, stand für sie fest.

„Möchtest du mitkommen?", bot Darren seiner Schwester an.

Rayna blickte auf und schüttelte den Kopf. „Es ist so gut wie Wochenende. Alice ist zu ihrer Familie gefahren. Ich wäre also ganz allein. Die Vorlesung heute kann ich schwänzen. Ich möchte das Wochenende gerne auf Cheetah Manor verbringen."

„Gut. Dann fahren wir beide heute nach New Orleans." Darren warf ihr einen vielsagenden Blick zu und Sarah schwante Übles. Ein Besuch bei Mr. Wicasa war fällig.

KAPITEL 46

Sarah saß neben Darren im Pick-up. Die Fahrt verlief schweigend.

Als Sarah in der Anwaltskanzlei angerufen hatte, überschlug man sich mit Höflichkeiten und bot ihr drei verschiedene Termine an. Vermutlich erwartete Mr. Wicasa die unterschriebenen Dokumente. Sie musste lächeln, als sie daran dachte, was er für ein Gesicht machen würde, wenn sie mit Darren bei ihm auftauchte und im Gepäck nur das Amulett hatte. Und wie würde er reagieren, wenn er erfuhr, dass sie auf das Erbe verzichtete?

Sie sah zu Darren hinüber. Er hatte den Blick starr auf die Straße gerichtet. Sarahs schlechtes Gewissen meldete sich. Sie musste ihm erzählen, dass sie Ethan die unterzeichnete Verzichtserklärung gegeben hatte.

„Da gibt es noch etwas, das du wissen solltest", begann Sarah.

Sofort hatte sie Darrens Aufmerksamkeit. „Was ist los?",

erkundigte er sich.

„Es ist nichts Schlimmes. Ich habe nur eine Entscheidung getroffen." Sarah holte tief Luft, ehe sie fortfuhr. „Ich habe die Unterlagen unterschrieben, mit denen du Ethan zu mir nach Deutschland geschickt hast."

Darren schwieg. Es war ihm anzusehen, dass es in seinem Kopf ratterte. „Du hast auf das Erbe verzichtet? Warum? Hast du die Papiere noch? Wir können das auf der Stelle zerreißen."

„Ich habe sie Ethan gegeben."

Darren griff nach seinem Handy, sah zwischen der Fahrbahn und dem Display hin und her.

„Nein, Darren." Sarah legte ihre Hand auf seine und hinderte ihn so daran, die Telefonnummer seines Freundes zu wählen. „Es ist gut und richtig so. Brains Erbe steht mir nicht zu."

Darren bremste den Pick-up und hielt am Straßenrand an.

Er sah sie besorgt an. „Das musst du nicht tun, Sarah."

Ihr Herz hüpfte vor Freude. Darren war unglaublich fürsorglich. Wie hatte sie auch nur einen Augenblick glauben können, er wäre ein Mistkerl? „Doch, das muss ich tun. Alex und Brain gehörten zusammen. Wäre Alex noch am Leben …" Sie musste schlucken, als sie von ihrem toten Bruder sprach. „Wäre Alex noch da, würde ich das Erbe für ihn antreten. Aber so gehört es euch, Brains Familie. Ich brauche es nicht, um auf der Plantage bleiben zu dürfen." Sie sah ihn fest an. „Du hast zu mir gesagt, ich bin wertlos für Cheetah Manor …"

Als Darren den Mund aufmachte, um ihr zu widersprechen, hob sie abwehrend eine Hand.

„Lass mich bitte ausreden! Ich habe kein Anrecht auf Cheetah Manor, damit hattest du recht. Allerdings hoffe ich, bleiben zu dürfen – an deiner Seite."

Die silbernen Punkte in seinen Augen tanzten aufgeregt hin und her. Schließlich senkte er den Kopf und sah seine Hände an. „Ich bin da etwas anderer Meinung als du, aber ich werde deinen Willen respektieren. Mach das, was du für richtig hältst. Wichtig ist nur, dass du bei mir bleibst." Er beugte sich zu ihr hinüber und küsste sie flüchtig auf den Mund.

Dann fuhr er weiter Richtung New Orleans. „Ich wusste von Anfang an, dass du ein stures Weib bist und mir gefährlich werden wirst“, murmelte Darren grinsend.

Sarah brach in schallendes Gelächter aus.

Eine halbe Stunde später parkte Darren den Pick-up vor der Anwaltskanzlei.

„Hältst du es wirklich für eine gute Idee, mit reinzukommen?“, fragte Sarah unsicher.

„Natürlich. Warum nicht?“

„Weil ich fürchte, dass das Gespräch etwas aus dem Ruder laufen könnte.“ Sarah hatte Angst um Darrens Sicherheit. Lieber stellte sie sich allein dem Anwalt, als dass sie sich um Darren sorgen musste.

„Ach was“, winkte er gut gelaunt ab. „Für diesen Anwalt bin ich Darren Morgan, der Besitzer von Cheetah Manor. Er wird mich nicht mögen, aber wir müssen auch keine Freunde werden.“

„Aber was ist, wenn er dir etwas antut?“

Jetzt lächelte Darren sie breit an. „Erstens …“ Er hob den Zeigefinger. „… weiß er nicht, dass ich ein Gestaltwandler bin. Für ihn decke ich lediglich die Cheetahs. Und zweitens…“ Er streckte den Mittelfinger aus. „… ist Mr. Wicasa Anwalt und kein Schamane. Seine Zauberkünste hören beim Überreichen eines Amuletts auf.“

Sarah atmete tief durch. „Okay. Gehen wir.“ Schnell stieg sie aus, ehe sie es sich noch einmal anders überlegen konnte. Sie hatte ein ganz ungutes Gefühl, als Darren ihr die Tür aufhielt und sie in den stickigen Eingangsbereich trat. Hinter dem Tresen saß Leotie und lächelte ihr entgegen. Als hinter ihr Darren auftauchte, erstarrte sie. Sie griff nach der Kette, die sie um den Hals trug.

„Mrs. Beck“, hauchte sie.

„Hallo.“ Sarah trat an den Tresen heran. „Ich habe einen Termin bei Mr. Wicasa.“

„Natürlich.“ Geschäftig räumte sie einige Papiere zur Seite.

Dann erhob sie sich, strich den Rock glatt und gab Sarah ein Zeichen, ihr zu folgen. Darren ignorierte sie völlig. Dieser schloss sich ihnen einfach an. Sarah wusste, wo Mr. Wicasas Büro lag, und hätte den Weg auch allein gefunden.

Leotie klopfte kurz an der Tür des Anwalts und streckte den Kopf hinein. Sarah verharrte hinter der jungen Indianerin und wartete darauf, dass sie eintreten durfte. Darren war nicht so geduldig. Er drückte die Tür mit einer Hand auf und schob Sarah neben Leotie vorbei in den Raum.

„Mrs. Beck." Der Anwalt sprang auf und kam auf sie zugeeilt. Er war erst halb um seinen Schreibtisch herum, als er wie angewurzelt stehen blieb. Seine Stirn legte sich in Falten, das Lächeln auf seinem Gesicht fror ein. Sarah musste sich nicht umdrehen, um zu wissen, dass Darren hinter ihr stand.

„Ich freue mich, Sie zu sehen." Er gab Sarah steif die Hand und wies auf die Besucherstühle, bevor er sich eilig hinter den Schreibtisch zurückzog.

Sarah setzte sich, Darren zog sich ebenfalls einen Stuhl heran. Leotie, die froh zu sein schien, dass ihre Arbeit getan war, verließ fluchtartig den Raum.

„Mr. Morgan." Der Anwalt nickte Darren zu. Seine Abneigung war ihm deutlich anzusehen.

Darren erwiderte den Gruß. „Ich denke, wir sind uns bisher nicht begegnet."

„Das ist wahr. Ich hatte bisher nur mit Ihrem Bruder zu tun." Etwas nervös griff sich Mr. Wicasa an den Kragen und schob die Krawatte zurecht. „Mrs. Beck, sind Sie wirklich sicher, dass Sie Mr. Morgan bei diesem Gespräch dabeihaben möchten?"

„Absolut." Sarah lächelte liebenswürdig. „Ich werde Ihre Zeit auch nicht lange beanspruchen." Sie griff in ihre Tasche und legte das Amulett vor Mr. Wicasa ab.

Der Anwalt ließ seinen Blick zwischen dem Schmuckstück und ihr hin und her gleiten. „Was ist das?"

„Ich möchte Ihnen Ihr Amulett wiedergeben. Ich benötige es nicht mehr."

Mr. Wicasa wurde unruhig, zupfte wieder an seinem Krawattenknoten herum. „Ich glaube nicht, dass das mir gehört." Er lächelte Sarah unverbindlich an.

„Gut“, sagte Darren ruhig. „Wir werden es trotzdem hierlassen. Nur zur Sicherheit. Ich glaube, Sie können es dem Eigentümer zurückgeben.“

Der Anwalt rutschte nervös auf seinem Stuhl hin und her.

„Mrs. Beck“, wandte er sich an Sarah. „Haben Sie die Unterlagen dabei?“

„Ich fürchte, ich muss Sie enttäuschen.“

Mr. Wicasa kniff die Augen zusammen. „Ich kann Ihnen nicht helfen, wenn Sie mir die Papiere nicht unterschreiben.“ Er klang gereizt.

„Meine Familie ist mit den Diensten von Mr. Washington sehr zufrieden“, mischte sich Darren ein.

Der Anwalt sprang auf und beugte sich über den Schreibtisch. „Mrs. Beck. Sie sollten Mr. Washington nicht trauen. Er ist ein enger Freund der Familie.“

„Genau.“ Sarah hatte keine Angst mehr. Sie blickte Mr. Wicasa direkt in die Augen. „Er würde nie etwas tun, was der Familie schadet.“

„Ich vertrete Ihre Interessen“, rechtfertigte sich der Anwalt.

„Wenn ich ehrlich bin, bin ich mir dessen nicht so sicher“, gestand Sarah. „Deswegen habe ich Mr. Washington meine Verzichtserklärung anvertraut.“

„Sie haben … *was*?“, schnaubte Mr. Wicasa und rang nach Luft. „Glauben Sie mir, Sie wollen nicht auf das Erbe verzichten. Wer hat Ihnen diesen Floh ins Ohr gesetzt? War es Mr. Morgan?“ Er deutete anklagend auf Darren.

Langsam erhob sich Sarah. „Ich verstehe Ihren Unmut nicht ganz, Mr. Wicasa. Versetzen Sie sich doch bitte in meine Lage. Ich darf auf das Erbe meines Mannes nicht verzichten, soll es mir aber von Ihnen kaputtmachen lassen?“ Mit hochgezogener Augenbraue wartete sie auf eine Reaktion.

Diese ließ nicht lange auf sich warten. Er donnerte eine Faust auf den Tisch. „Das werden Sie bereuen, Mrs. Beck.“

Sarah zuckte mit den Schultern.

„Sie werden den Tag, an dem Sie diesem Mann vertraut haben, verfluchen.“ Er deutete anklagend auf Darren.

„Ich verbitte mir diesen Ton!“, herrschte Darren Mr.

Wicasa an.

Der Anwalt war jetzt richtig in Fahrt. „Ich verspreche Ihnen, der Tag wird kommen, da werden Sie mit den Cheetahs und der Familie Morgan zugrunde gehen."

Sarah fuhr zusammen, versuchte sich ihre Furcht nicht anmerken zu lassen. Mr. Wicasa machte ihr Angst. So viel Hass und Wut schwang in seiner Stimme mit.

Darren baute sich vor dem Anwalt auf, stellte sich schützend vor Sarah. „Sie können mir drohen, von mir aus auch meiner Familie, aber nicht meiner Verlobten."

Die Augen des Anwalts verengten sich, als er Darren abschätzend musterte. „Raus!", donnerte er schließlich und fegte mit einer Handbewegung sämtliche Papiere vom Tisch. „Verschwinden Sie von meinem Grund und Boden."

Sarah griff nach ihrer Tasche und wollte das Büro verlassen. Darren hielt ihr die Tür auf und bildete die Nachhut. Mr. Wicasa stapfte aufgebracht hinter ihnen her und wünschte ihnen die Pest an den Hals.

„Ich verspreche Ihnen, Sie werden es bereuen, meine Hilfe abgelehnt zu haben, Mrs. Beck. Der Tag wird kommen, so wahr ich hier stehe. Überlegen Sie es sich noch einmal. Noch ist es nicht zu spät. Ich kann Ihnen ein Hotelzimmer besorgen. Lassen Sie sich nicht auf einen Mann wie Darren Morgan ein. Diese Familie hat sich mit bösen Geistern verbündet."

Sarah beeilte sich, die Kanzlei zu verlassen. Nicht weil ihr die Beschimpfungen des Anwalts Angst machten, sondern aus Sorge, Darren würde etwas Unüberlegtes tun. Sie spähte über ihre Schulter, und stellte erleichtert fest, dass Darren dicht hinter ihr war.

Leotie, die wieder an ihren Platz am Empfang zurückgekehrt war, zog den Kopf ein, als sich Sarah mit schnellen Schritten näherte. Endlich hatte sie die Eingangstür erreicht und drückte sie auf. Sie verließen die Veranda und liefen den schmalen Weg durch den Vorgarten. Der Anwalt war in der Tür stehen geblieben und schrie ihnen noch immer hinterher. Erst als sie die Straße erreichten, zog er sich ins Haus zurück.

Darren legte beschützend einen Arm um ihre Schulter und

Sarah barg ihr Gesicht an seiner Brust.

„Ich bin froh, dass er endlich aufgehört hat“, murmelte Sarah.

Darren lachte auf. „Er glaubt wirklich, ich hätte mich mit bösen Geistern verbündet. Wie gerne hätte ich ihm gesagt, dass *ich* der böse Geist *bin*.“

„Ich bin froh, dass du es nicht getan hast. Wer weiß, welche Geschütze er dann aufgefahren hätte.“ Warum hatte Sarah nicht früher bemerkt, wie unheimlich Mr. Wicasa war? Wie hatte sie nur so blind sein können?

„Du machst dir zu viele Sorgen.“ Er strich ihr über das Haar und hauchte ihr einen Kuss auf die Lippen, ehe er sie mit sich in Richtung des Pick-ups zog. „Ich habe dir doch gesagt, seine Magie hört mit dem Weiterreichen eines Amuletts auf. Er ist vollkommen ungefährlich.“

„Aber es gibt andere, die gefährlich sind?“

„Ja.“ Darrens Miene verdüsterte sich. Sie hatten den Wagen erreicht. Darren öffnete Sarah die Tür und wartete darauf, dass sie einstieg.

Sie wollte mehr wissen. Wenn Mr. Wicasa keine Bedrohung war, vor wem musste sie sich in Acht nehmen?

Darren schloss die Tür hinter Sarah und umrundete das Auto. Als er eingestiegen war, setzte er das Gespräch fort. „Der Schamane Bilagáana ist gefährlich. Aber er verlässt sein Haus im Wald kaum. Eric und Ethan mussten sich schon oft mit Masou Maska herumärgern, dem Chef der chowilawu-indianischen Baumwollplantage.“

„Ich werde mich in Zukunft von allen Menschen mit indianischer Abstammung fernhalten“, beschloss Sarah.

Darren lachte. „Das halte ich durchaus für eine gute Idee.“

KAPITEL 47

Es war ein seltsames Gefühl, wieder zurückzukehren. Deutschland empfing Sarah mit kalten fünfzehn Grad und Dauerregen. Sie fuhr mit dem Taxi vom Flughafen nach Hause. Es war komisch. Eine Erinnerung an ein weit entferntes Leben. Sarah schloss die Tür auf und betrat das verlassene Haus. Durch den Briefkastenschlitz war viel Post geworfen worden und so musste Sarah erst einmal über das Chaos am Boden steigen. Es roch muffig und abgestanden. Sie legte den Schlüssel auf das Sideboard und stellte ihre Tasche dazu. Nachdem sie ihren Koffer hereingeholt hatte, riss sie trotz des Regens ein paar Fenster auf. Alles war besser als dieser muffige Geruch.

Die Wohnung wirkte fremd. Alles hier war leer und unbelebt und doch so, wie Sarah es zurückgelassen hatte. Mit einem flauen Gefühl in der Magengegend betrat sie den Wohnbereich. Das Leben, das sie hier geführt hatte, schien so lange her zu sein. Sie vermisste das sonnige Louisiana, Darren und den Rest der Familie. Sarah atmete tief durch und rief sich selbst zur Ordnung. Ein paar Tage würde sie hier schon überstehen. Sie musste ihre Angelegenheiten regeln, einen Makler finden, der das Haus vermietete, und noch ein paar Dinge mit der Klinik klären. Und dann wollte sie ihre persönlichen Sachen packen. Einen Teil würde sie gleich mitnehmen, der Rest würde in ein paar Monaten mit einem Container in Louisiana ankommen. Darren hatte extra ein Unternehmen ausfindig gemacht. Darren. Sarah seufzte traurig. Sie war erst wenige Stunden von ihm getrennt, und schon jetzt vermisste sie ihn fürchterlich. Sie freute sich, ihn bald wiederzusehen und ihr Leben mit ihm zu verbringen.

Sie ging zurück in den Flur und begann die Post noch auf dem Boden zu sortieren. Werbung und Prospekte würden gleich im Papiermüll landen. Die Briefe dagegen musste sie lesen und wenn nötig beantworten. Mit einem ganzen Armvoll ging sie zurück in den Wohnbereich und legte die Post auf dem großen Esstisch ab. Im Wohnzimmer befand sich ein Brieföffner. Sarah ging hinüber zum Sideboard und seufzte, als sie das gerahmte Foto von Alex und Brain sah.

„Oh, Alex." Sie griff nach dem Bild. „Ich vermisse dich immer noch so unendlich." Auch wenn sie es nie laut aussprechen würde und Alex immer noch schrecklich nachtrauerte, so war sie dennoch dankbar, dass ihr Leben eine solche Wendung genommen hatte. Wenn Brain und Alex nicht gestorben wären, hätte sie nie ihr Schneckenhaus verlassen und wäre nie nach Louisiana geflogen. Dann hätte sie nie Darren kennengelernt. Vorsichtig stellte sie das Foto zurück, betrachtete den goldenen Ring mit dem funkelnden Edelstein an ihrem Finger, den Darren ihr als Zeichen ihrer Verlobung angesteckt hatte. Nicht mehr lange, bereits in einem Monat planten sie zu heiraten. Nach anfänglicher Skepsis freute sich Moira, dass Sarah und Darren zusammengefunden und beschlossen hatten, auf Cheetah Manor zu bleiben. Gleichzeitig war sie äußerst bestürzt gewesen, als sie erfuhr, wie wenig Zeit ihr für die Hochzeitsvorbereitungen blieb. Sarah war es vollkommen egal, welche Blumen auf den Tischen standen oder welche Farbe die Servietten hatten. Sie hatte sich lediglich zusammen mit Rayna ein Kleid ausgesucht.

Ein Klingeln an der Tür riss Sarah aus ihren Tagträumen. Sie eilte in den Flur hinaus. „Ja, bitte?“, fragte sie durch die Sprechanlage.

„Ich habe ein Paket für Sie“, erklärte eine männliche Stimme.

Verwundert betätigte Sarah den Summer und kam dem Zusteller entgegen. Ein junger Mann mit einer triefend nassen Schirmmütze hielt ihr ein kleines Päckchen entgegen. „Frau Beck?“, fragte er nach.

„Ja.“

Er hielt ihr den Paketscanner hin, auf dem Sarah digital unterschrieb.

„Einen schönen Tag noch“, verabschiedete sich der junge Mann und verschwand eilig.

Sarah schloss hinter ihm die Tür und betrachtete nachdenklich das Paket. Als Absender stand das Polizeipräsidium darauf, das in Alex’ und Brains Todesfall ermittelt hatte. Die Leichen waren schon vor Monaten freigegeben worden, allerdings fehlten einige persönliche Gegenstände. Diese waren nach ihrem Tod gestohlen worden. Der Dieb war zwar gefasst worden, bis zu seiner Verhandlung waren die persönlichen Sachen allerdings Beweisstücke und konnten Sarah somit nicht ausgehändigt werden. Nun schien der Diebstahl jedoch aufgeklärt und der Täter verurteilt worden zu sein.

Sarah schluckte. Sie stellte das Päckchen vor sich auf den Sofatisch und setzte sich. Minuten vergingen, in denen sie den Karton anstarrte, als würde er jeden Moment explodieren.

Sarah wünschte sich bei Darren zu sein. Mit ihm an ihrer Seite würde es ihr leichter fallen, das Paket aufzumachen. Aber Darren war weit fort. Ihr würde nichts anderes übrig bleiben, als es allein in Angriff zu nehmen. Die innere Unruhe, die Sarah ergriffen hatte, nahm zu. Schließlich hielt sie es vor Anspannung nicht mehr aus. Sie schnappte sich das Päckchen und riss es auf. Vorsichtig nahm sie das erste Stück heraus. Eine goldene Kette mit einem goldenen Gepard. Dieses Schmuckstück hatte Alex von Brain geschenkt bekommen und stets um den Hals getragen. Alex hatte gewusst, dass Brain ein Gestaltwandler war. Dessen war sich Sarah nun ganz sicher. Warum hatte niemand von beiden etwas gesagt? Wie anders wäre ihr Besuch auf Cheetah Manor verlaufen, wenn sie es gewusst hätte.

Bedächtig legte sie das Schmuckstück zur Seite und holte das nächste Utensil aus dem Paket. Ein Männerring. Diesen hatte Brain stets am Zeigefinger getragen, wenn er keinen Dienst im Krankenhaus behabt hatte. Sarah nahm den Ring in die Hand und betrachtete ihn genauer. Ein Datum war eingraviert. Brains Geburtstag. Daneben stand in schnörkeliger Schrift *Cheetah Manor*. Wie wenig sie Brain doch gekannt hatte.

Traurig griff sie in die Schachtel und zog zwei Uhren heraus. Eine digitale, die Alex gehört hatte, und eine schwere analoge, die sicher einiges wert sein musste. Sarah legte Brains Uhr zu seinem Ring. Brains Sachen wollte sie Moira geben. Sie würde sich darüber freuen. Doch was sollte sie mit Alex' Sachen tun? Die Kette mit dem Gepard wollte sie nicht fortgeben. Sie selbst zu tragen, fühlte sich auch nicht richtig an.

Sarah wollte das Paket wegräumen, als ihr auffiel, dass es zu schwer war, um komplett leer zu sein. Also spähte sie hinein und fand am Boden ein Handy vor. Sie holte es heraus und sah noch einmal hinein. Jetzt war das Päckchen definitiv leer. Doch wo war Brains Telefon abgeblieben?

Im Augenblick war es Sarah egal. Sie griff nach Alex' Handy. Es ließ sich nicht anschalten, vermutlich war der Akku längst leer. Sarah stand auf, holte das Ladegerät aus der Schublade und steckte es an. Nach ein paar Minuten versuchte sie es erneut und diesmal ließ es sich hochfahren. Sie gab die vertraute PIN ein, die letzten Ziffern von Brains Handynummer.

Es war seltsam, in Alex' Messenger zu stöbern. Etliche Nachrichten – auch einige von ihr – die unbeantwortet geblieben waren. Tränen traten Sarah in die Augen. War Alex zu dem Zeitpunkt, als sie die Nachricht schrieb, schon tot gewesen?

Sarah öffnete die Bildergalerie. Mit rot verweinten Augen saß sie auf dem Sofa, hielt das Smartphone ihres Bruders in

Händen und sah sich die Bilder an, die damit gemacht worden waren. Schmerzliche Erinnerungen stiegen in ihr hoch. Brain und Alex, wie sie eine Radtour machten, Brain halb nackt und bis zu den Oberschenkeln in einem See. Ein Selfie, das Alex und Brain zeigte, im Hintergrund der unendlich blaue Himmel. Brain, der das Zelt aufbaute. Eintopf, den die beiden Männer sich als Abendbrot auf dem Campingkocher warm gemacht hatten. Das nächste Bild war etwas unscharf. Ein steiniger Weg, Büsche und … ein Gepard. Sarah schluckte und starrte die Raubkatze an, die niemand anderes als Brain sein konnte. Sie überlegte kurz, ob sie das Bild gleich löschen sollte, entschied sich jedoch dagegen. Wer das Foto sah, würde sich vielleicht wundern, einen Gepard in den Bergen zu sehen, sich aber nicht viel mehr dabei denken. Schon gar nicht konnte der Betrachter wissen, dass Brain und die Katze ein und dieselbe Person waren.

Sarah wischte über den Bildschirm des Smartphones und betrachtete das nächste Foto. Sie runzelte nachdenklich die Stirn. Eine von Falten übersäte Männerhand mit einem klobigen Ring am Finger. Davon abgesehen, dass die Hautfarbe etwas bräunlich war, fand sie nichts Besonderes an diesem Foto. Es war das letzte Bild, das mit dem Handy gemacht worden war. Als Nächstes folgte ein Video.

Sarah drückte auf Play.

„Scheiße", hörte sie Alex schimpfen. „Schnell, Brain! Lauf!"

Geröll war zu sehen, Alex, der sich gegen eine Steinwand kauerte und die Kamera auf sich richtete. „Wir wurden entdeckt!" Das Bild schwenkte auf den Boden, wackelte. Alex war offenbar mit dem Telefon in der Hand gerannt. Das Video wackelte noch mehr, und die Umgebung war nur schemenhaft zu erkennen.

„Brain!", hörte man Alex kreischen. „Brain, nein!" Das Handy fiel zu Boden. Nur noch Schwärze war zu sehen. Man hörte Schritte, dann schrie Alex auf. Ein lang gezogener, panischer Schrei, der von einem hämischen Lachen erstickt wurde. „Mögen die ewigen Jagdgründe euch verschlingen und nie wieder freigeben", wünschte eine krächzende Stimme.

Sarah hielt den Atem an, lauschte angestrengt, um nichts zu verpassen. Knirschende Steine unter Gummisohlen. Schritte, die immer leiser wurden. Das Video lief noch vier weitere Minuten, dann brach es ab.

Tränen liefen Sarah über die Wangen. Sie konnte nicht glauben, was sie eben gesehen und gehört hatte.

Es war ihr egal, wie spät es in Louisiana sein mochte. Sie griff nach ihrem Handy und wählte Darrens Nummer.

„Hallo, Sarah!", meldete er sich gut gelaunt.

„Darren." Sie versuchte das Schluchzen zu unterdrücken.

„Sarah? Was ist passiert?"

Sie räusperte sich geräuschvoll. „Alex' und Brains Tod war kein Unfall."

Es herrschte kurz Schweigen und Sarah befürchtete schon, die Verbindung wäre unterbrochen worden.

„Ich weiß", sagte Darren schlicht.

Sarah zog hörbar die Luft ein. „Was weißt du?"

„Ein Cheetah ist wendig und absolut anpassungsfähig. Auch wenn weder die Sümpfe Louisianas noch die Berge unsere natürliche Umgebung sind, so arrangieren wir uns mit den Gegebenheiten. Brain konnte sehr gut einschätzen, wie weit er gehen durfte, welche Wege für ihn machbar waren."

„Komm auf den Punkt", unterbrach ihn Sarah ungeduldig.

„Er wäre nie ein Risiko eingegangen. Sein Tod war kein Unfall."

„Aber die Polizei hat doch …"

„Wusste die Polizei, dass Brain eine Raubkatze ist?"

Sarah schwieg. Natürlich nicht.

„Der Mann mit dem Ring", murmelte Sarah und riss die Augen auf.

„Welcher Mann?" Darren klang alarmiert. „Sarah, sprich mit mir!"

„Auf Alex' Handy ist ein Video und ein Foto mit einer bräunlichen Hand und einem seltsamen Ring. Soll ich es dir schicken?"

„Nein! Ich buche dir einen Flug. Pack das Nötigste

zusammen. Ich möchte, dass du sofort zurück nach Cheetah Manor kommst."

„Darren." Sarah schüttelte den Kopf. „Ich habe hier noch eine ganze Menge zu erledigen. Ich bin froh, wenn ich das innerhalb einer Woche schaffe."

„Sarah!" Darrens Stimme wurde laut. „Pack deine Sachen, ruf ein Taxi und fahr sofort zum Flughafen."

Sie atmete tief durch. Wäre Darren nicht so in Panik, würde sie ihm widersprechen, doch so blieb ihr der Versuch im Hals stecken.

„Solange du dieses Handy hast, bist du in Gefahr. Ich hoffe, keiner weiß davon."

Angst kroch in Sarah hoch.

„Okay", murmelte sie. „Ich mache mich gleich auf zum Flughafen. Und was dann?"

Die Vorstellung, ganz allein auf der Flucht zu sein, behagte ihr überhaupt nicht. Vielleicht machte sie sich gerade völlig grundlos verrückt.

„Beeil dich!", drängte Darren. „Ich buche dir sofort einen Flug nach Louisiana. Hier auf Cheetah Manor bist du in Sicherheit. Alles andere wird sich später regeln lassen."

„Ich mache mich sofort auf den Weg", versprach Sarah und legte auf.

KAPITEL 48

In den letzten zwei Tagen war Sarah mehr als fünfunddreißig Stunden in der Luft gewesen. Dennoch war es schön, wieder in Louisiana zu sein. Sarah hatte nur ihren kleinen Koffer und ihre Handtasche dabei. Sie würde sich ein Taxi suchen – diesmal mit einem Fahrer ohne indianische Abstammung – und sich nach Cheetah Manor fahren lassen.

Sarah schlüpfte aus ihrer Strickjacke und hängte sie sich über den Arm, als sie das Flughafengebäude verließ. Die vertraute Hitze schlug ihr entgegen und sie schob sich die Sonnenbrille, die sie ins Haar gesteckt hatte, auf die Nase. Gerade wollte sie sich nach einem Taxi umsehen, als ein schwarzer Pick-up mit quietschenden Reifen vor ihr hielt.

Sarah wich zurück. „Ethan?“, fragte sie überrascht, als sie den Fahrer erkannte.

Der war bereits aus dem Auto gesprungen, hatte sich das Gepäck geschnappt und in den Kofferraum verfrachtet.

„Na los, steig ein!“, forderte er sie auf und öffnete ihr die

Beifahrertür.

Noch immer völlig perplex setzte sich Sarah in den Wagen. Ethan schlug die Tür zu und eilte auf die andere Seite. Mit einem prüfenden Blick über die Schulter startete er den Motor und fädelte sich in den zähen Verkehr ein.

„Woher hast du gewusst, dass ich hier bin?“, fragte sie verblüfft.

„Darren hat mich hergeschickt, um dich abzuholen. Wenn du mit so sensibler Fracht unterwegs bist, bist du in Gefahr.“ Ethan sah in den Rückspiegel und setzte den Blinker.

„Du meinst das Handy?“

„Wenn da das ominöse Video und das Bild dieser Hand drauf ist, ja. Wo ist das Telefon?“ Wieder wechselte Ethan die Fahrspur und musste abbremsen.

Sarah war ein klein wenig verwundert, dass Ethan so haarklein informiert war. „In meiner Handtasche.“

Er warf einen flüchtigen Blick zu ihr hinüber, um sich zu vergewissern, ob sie die Tasche auch bei sich hatte. Dann richtete er seine Aufmerksamkeit wieder auf die Straße.

Sarah fühlte sich erschöpft. Sie stützte den Ellenbogen auf die Armlehne und lehnte den Kopf gegen ihre Hand.

„Hast du es gewusst?“

„Was?“, fragte Ethan, ohne sie anzublicken.

„Dass es kein Unfall war.“ Die ganze Zeit während des Fluges hatte sie darüber nachgedacht.

„Ja.“ Ethan machte eine lange Pause, aber Sarah hatte das Gefühl, dass er noch etwas loswerden wollte. „Ich habe Einsicht in die Ermittlungsakten genommen. Die Polizei tappte allerdings völlig im Dunkeln. Ich dachte, es gäbe keine Beweise.“

„Alex und Brain sind nach ihrem Tod bestohlen worden. Als man den Dieb und die Sachen fand, wurden sie einbehalten, weil sie Beweismaterial waren.“

„Vielleicht ahnt der Mörder nichts von dem Handy. Wenn er aber von den Beweisen weiß, schwebst du in Lebensgefahr.“

„Mach mir keine Angst“, versuchte Sarah zu scherzen. Sie fühlte sich ohnehin schon unwohl. So überstürzt von Deutschland aufzubrechen und nicht einmal ihre nötigsten Angelegenheiten regeln zu können, beunruhigte sie ohnehin mehr, als sie sich selbst eingestehen wollte.

Ethan verließ die letzten Außenorte von New Orleans. Die Straße war in jede Richtung nur noch einspurig. Immer weniger Autos kamen ihnen entgegen und schließlich befanden sie sich weit und breit allein auf der Straße. Zumindest kam es Sarah so vor.

Ethan fuhr flott, aber nicht schneller als erlaubt. Sie schwiegen beide und Sarah dachte an Darren. Sie freute sich, ihn wiederzusehen. Da fiel ihr auf, dass Ethan viel zu häufig in den Rückspiegel sah. Sie drehte sich um und spähte durch die Heckscheibe. Ein schwarzer Hummer befand sich hinter ihnen. Er war zwar noch ein ganzes Stück entfernt, schloss aber zügig auf.

„Wer ist das?", fragte Sarah.

„Keine Ahnung." Ethans Lächeln misslang gründlich.

„Warum bist du dann so unruhig?"

„Verdammt, Sarah!", schnaubte er. „Halt einfach den Mund." Er trat aufs Gaspedal und der Pick-up machte einen Satz nach vorne. Sarah wurde in den Sitz gedrückt. Wieder drehte sie sich um und musste feststellen, dass der Hummer trotz des Tempolimits gefährlich aufgeholt hatte. Das Nummernschild war verdreckt und damit nicht lesbar.

„Los, schneller! Sie haben uns gleich eingeholt."

„Ich fahre, so schnell ich kann, oder möchtest du im Straßengraben landen?", wollte Ethan deutlich ungehaltener wissen.

Ein kräftiger Ruck ging durch das Fahrzeug, als der Hummer von hinten auffuhr. Ethan riss das Steuer herum und wich auf die Gegenfahrbahn aus. Sarah schrie auf und hielt sich am Haltegriff fest.

Ethan brachte den Pick-up wieder zurück auf die Spur. Dann trat er aufs Gaspedal, und Sarah wurde abermals in den Sitz gedrückt. Panisch blickte sie nach hinten. Der Hummer hatte sie wieder erreicht, setzte soeben zum Überholen an.

„Ethan, pass auf!", schrie Sarah.

Da stieß auch schon das deutlich schwerere Fahrzeug gegen ihr linkes Heck. Der Pick-up schlingerte. Ethan trat auf die Bremse. Sarah wurde nach vorne gedrückt, spürte den Gurt, der sich unangenehm gegen ihren Brustkorb drückte. Sämtliche Luft wurde aus ihrer Lunge gepresst, und sie hatte nicht einmal mehr die Kraft zu schreien.

Der Hummer zog an ihnen vorbei. Der Fahrer hatte wohl nicht mit ihrem Abbremsen gerechnet.

Dann standen sie. Mitten auf der Fahrbahn.

Und nun? Die Frage hallte durch ihren Kopf. Weder sie noch Ethan regten sich. Beide saßen sie stumm da.

„Ethan!“ Ängstlich deutete Sarah nach vorne. Der Hummer hatte gewendet und kam nun frontal auf sie zugerast.

Sarah krallte sich am Sitz fest. Wenn das Auto auf sie prallte, würde der Pick-up schon allein wegen seines Gewichts den Kürzeren ziehen. Ethan legte den Rückwärtsgang ein und fuhr los. Der Hummer kam immer näher, hielt direkt auf sie zu. Mit einem Mal bremste Ethan scharf. Die Hinterachse brach aus und der Wagen drehte sich. Sarah konnte nicht mehr hinsehen, sie machte sich bereit für den Aufprall und kniff die Augen zu. Doch nichts geschah. Vorsichtig öffnete sie die Augen wieder. Ethan hatte wieder Vollgas gegeben, hielt nun seinerseits direkt auf den Hummer zu.

„Nein!“, kreischte Sarah, und dann schlitterten sie an dem Hummer vorbei. Es knirschte neben ihr, als der Spiegel an ihrer Seite mitgerissen wurde. Das Scheppern war furchtbar und sie spürte förmlich, wie sich der Metallrahmen des Autos neben ihr verzog. Dann ließen sie den Hummer hinter sich. Ethan ging nicht vom Gas, sondern preschte weiter über die Landstraße.

„Haben wir es geschafft?“, fragte Sarah und blickte vorsichtig zu Ethan hinüber, der konzentriert auf die Fahrbahn sah. Geschwindigkeitsbegrenzungen waren zu einem Fremdwort geworden. Er fuhr um ihr Leben.

„Ich habe keine Ahnung, aber vermutlich werden sie nicht so schnell aufgeben.“

Sarah drehte sich nach hinten, wollte es sehen, falls ihre

Verfolger auf sie zukamen. Ethan fuhr, so schnell es nur ging. In den Kurven musste er einige Male abbremsen, sonst wären sie im Graben gelandet.

Ab und an blickte Sarah nach vorne, betete, dass ihnen niemand entgegenkam. Ethan war es inzwischen völlig egal, auf welcher Seite er fuhr. Dann sah sie wieder sorgenvoll nach hinten und seufzte auf, als kein schwarzes Fahrzeug zu sehen war.

„Noch eine Meile, dann haben wir Cheetah Manor erreicht", sagte Ethan.

Sarah wollte erleichtert zusammensinken, als sie hinter ihnen den Hummer herannahen sah.

„Kannst du noch ein wenig schneller fahren?" Ihre Hand umklammerte die Kopfstütze. Der Hummer verschwand hinter der Kurve.

„Ich sehe nichts", gab Ethan unwirsch zurück.

„Er war da", beharrte Sarah.

„Oh, verdammt!"

Jetzt sah auch Ethan den Verfolger. Er trat das Gaspedal durch. Mehr ging einfach nicht. Die Tachonadel schnellte nach oben und Sarah musste sich trotz des Sicherheitsgurtes festhalten.

„Wann sind wir da?" Sie wagte nicht, nach hinten zu sehen.

„Es wird eng."

Eigentlich wollte Sarah das überhaupt nicht hören. Sie wünschte sich sehnlichst, dass Ethan ihr etwas anderes gesagt hätte.

„Halt dich gut fest. Die nächste Kurve wird heftig."

Sarah wusste nicht, ob sie die Hände vors Gesicht schlagen sollte, entschied sich jedoch dafür, sich festzuhalten. Sie machte sich ganz steif, bereit für den Aufprall.

Die Erde spritzte an ihrer Seite hoch, als Ethan etwas von der Fahrbahn abkam. Sarah rechnete schon damit, sich jeden Moment im Graben wiederzufinden. Bäume zogen an Sarahs Fenster vorbei, ihrem Geschmack nach viel zu nahe. Dann hatten sie die Kurve geschafft.

„Siehst du die Gabelung da vorne? Wenn wir sie erreicht

haben …" Er musste nicht weitersprechen. Sarah wusste es auch so. Ein kurzer Blick nach hinten zeigte ihr, dass der Hummer nur noch wenige Autolängen von ihnen entfernt war und viel zu schnell näher kam.

„Mit dem Abbremsen wird es knapp."

„Fahr einfach!", brüllte Sarah Ethan an.

Splitt knirschte unter den Reifen, als Ethan im allerletzten Moment auf die Bremse trat und das Lenkrad herumriss. Der Pick-up brach aus, drehte sich. Wie in Zeitlupe sah Sarah, wie sie an dem hölzernen Wegweiser vorbeischlitterten. Vor ihnen stand ein großer Baum, der viel zu schnell näher kam. Sarah hörte das Krachen und Knirschen, versuchte sich festzuhalten. Der Airbag ging auf und schlug ihr ins Gesicht. Sie wurde hin und her geschleudert. Dann war alles ruhig. Reglos saß Sarah da.

„Sarah?" Ethan klang leicht panisch. Er griff nach ihrem Gurt und löste ihn.

Sie hatten überlebt! Bewegung kam in Sarah. Sie kämpfte gegen den weißen Stoff, der sich überall um sie herum befand. „Alles gut!", erklärte sie Ethan leicht außer Atem.

„Kommst du raus?"

Sarah tastete nach dem Griff und öffnete die Tür. Sie bemerkte, dass das Auto seltsam schief stand, und krabbelte hinaus. Neben dem Auto ließ sie sich auf dem Boden nieder. Ethan sank neben ihr auf alle viere. Sie atmeten beide durch. Dann hob Sarah den Kopf. Als sie den Pick-up sah, brach sie in Tränen aus. Es war so verdammt knapp gewesen. Auf der Fahrerseite war die Schnauze tief eingedrückt. Der Baum hatte ihre Fahrt gestoppt. Ethan hatte sich halbwegs gefangen und stand auf.

„Tut dir etwas weh? Hast du dir etwas getan?" Er kniete neben ihr nieder und tastete ihre Schulter und ihren Arm ab.

„Mir geht es gut." Bestimmt schob sie seine Hand weg und stand auf. „Wo ist der Hummer hin?" Sie spähte vorsichtig am Pick-up vorbei auf die Weggabelung.

„Ich gehe davon aus, dass sie weitergefahren sind. Cheetah Manor können sie nicht betreten."

Sarah ging zur geöffneten Beifahrerseite und zog ihre Handtasche heraus. Ihr Kopf fühlte sich wie Watte an. War das so, wenn man unter Schock stand?

„Also los“, erklärte sie und deutete mit dem Kopf in die Richtung, in der das Haus lag. „Gehen wir die letzte Meile zu Fuß.“

Ethan lachte und schüttelte den Kopf. „Ich habe eine bessere Idee“, erklärte er und winkte mit seinem Handy. „Ich rufe an und lasse uns abholen.“

Sarah sank zu Boden. Ihr war alles recht, wenn sie nur bald in Darrens Armen liegen konnte.

KAPITEL 49

Darren war unendlich erleichtert, dass Sarah wohlbehalten neben ihm saß. Immer wieder musste er sie anschauen und sich vergewissern, dass es ihr tatsächlich gut ging. Am liebsten hätte er sie überhaupt nicht mehr aus seiner Umarmung gelassen. Wie unendlich froh war er doch, dass er die Weitsicht besessen hatte, Ethan zu bitten, Sarah abzuholen. Niemandem würde er seine Frau lieber anvertrauen als seinem Freund. Bei Ethan war sie ebenso sicher wie bei ihm.

„Zum Glück ist es so glimpflich ausgegangen“, erklärte Ethan in diesem Moment.

Von ganzem Herzen konnte Darren ihm nur zustimmen. Auch er war dankbar, dass sein Freund und Sarah den Unfall unbeschadet überstanden hatten.

„Das mit deinem Wagen tut mir sehr leid“, entschuldigte er sich, auch wenn er nichts dafür konnte, dass Ethans Pick-up einem Schrotthaufen glich.

„Es gibt Schlimmeres“, winkte Ethan ab. „Ich bin froh,

dass Sarah und mir nichts passiert ist. Das Auto kann man ersetzen."

Als Sarah neben ihm zu zittern anfing, legte Darren beruhigend einen Arm um ihre Schulter. Er beugte sich über sie und küsste sie auf den Kopf.

„Wofür genau habe ich denn nun mein Leben aufs Spiel gesetzt?", wollte Ethan neugierig wissen.

Sarah brauchte einen Moment, ehe sie reagierte. Sie holte das Smartphone ihres Bruders aus der Handtasche. Es dauerte, bis die Bildergalerie geöffnet war und Sarah das richtige Foto herausgesucht hatte.

Interessiert beugte sich Darren über das Gerät. Das Display spiegelte, und so griff er nach dem Telefon. Mit gerunzelter Stirn betrachtete er die Hand, die zu sehen war. Die Hautfarbe war bräunlich, wie die der Indianer. Den Ring hatte er noch nie gesehen. Er vergrößerte den Bildausschnitt, aber auch das half nicht viel. Die Auflösung war einfach zu schlecht, um Einzelheiten zu erkennen. Darren reichte das Handy an Ethan weiter, der seinerseits nachdenklich das Foto musterte und achselzuckend das Telefon zurückgab.

„Eine indianische Hand. Der Ring sagt mir leider überhaupt nichts", stellte Ethan fest.

Darren nahm das Handy entgegen und reichte es Sarah.

„Was ist auf dem Video drauf?" Sarah hatte am Telefon erzählt, dass die letzten Minuten vor Brains Tod aufgezeichnet waren. Wenn es ihm nur gelingen würde, den Mörder seines Bruders zu finden. Ethan hatte selbstverständlich in München einige Nachforschungen angestellt, aber alle Hinweise waren im Sand verlaufen. Das hier war ihre erste richtige Spur.

„Auf dem Video ist der Mann nicht", sagte Sarah matt. „Bitte, ich will es nicht noch einmal sehen."

Mit großen Augen schaute sie zu ihm auf, und Darren schluckte. Es interessierte ihn brennend, was auf dem Video zu sehen war, aber er würde es Sarah ersparen. „Sicher", sagte er und tauschte einen raschen Blick mit Ethan. Sein Freund nickte ihm zu. Sie würden sich die Aufnahme ansehen, wenn Sarah nicht dabei war. Auf Cheetah Manor war das Handy in

Sicherheit. Sie hatten also jede Menge Zeit und mussten nichts überstürzen.

Darren erhob sich, um das Telefon in seinem Tresor einzuschließen. Dann kehrte er zu Sarah und Ethan zurück.

„Wie geht es nun weiter?“, wollte Sarah wissen. Sie wirkte erschöpft. Nach zwei Tagen beinahe unentwegt auf Achse konnte er ihr dies nicht verdenken.

„Ich werde sehen, ob ich mehr über diesen Ring herausbekomme“, schlug Ethan vor. „Ich habe ein paar Kontakte, die ich dazu befragen könnte.“

„Wunderbar.“ Darren wusste, dass er auf Ethan zählen konnte. Sein Freund würde alles in seiner Macht Stehende tun, um Brains Mörder zu finden.

„Es war ein … interessanter Nachmittag und Abend. Ich freue mich jetzt auf mein Bett“, erklärte Ethan und erhob sich. „In den nächsten Tagen können wir alles Weitere besprechen.“

„Soll ich dir mein Auto leihen?“, erkundigte sich Darren. Natürlich hatte Ethan Mittel und Wege, um auch so nach New Orleans zu kommen, aber seinem Freund ein Auto anzubieten, war das Mindeste, was er tun konnte.

„Das Angebot nehme ich gerne an.“

„Aber“, schaltete sich Sarah besorgt ein, „was ist, wenn die Leute wiederkommen?“

„Das werden sie nicht“, kam Ethan ihm zuvor. „Sie haben gewusst, dass du Beweismittel mitbringst. Deswegen wollten sie dich aus dem Weg schaffen. Hier auf Cheetah Manor ist das Handy sicher. Sie wissen, dass wir es nicht fortschaffen werden. Was sollen sie schon von mir wollen? Ich bin lediglich ein schwarzer Anwalt.“

Darren erhob sich, um Ethan hinauszubegleiten, doch der winkte ab. „Ich finde allein raus“, erklärte Ethan. „Der Schlüssel steckt?“

„Wie üblich“, bejahte Darren.

Er wartete, bis Ethan die Tür hinter sich zugezogen hatte, dann nahm er Sarah in die Arme und drückte sie fest an sich.

„Ich bin froh, dass du wieder hier bist“, murmelte er an ihrem Mund. Dann küsste er sie. Intensiv und leidenschaftlich.

Sie war viel zu lange fort gewesen.

„Ich auch“, entgegnete sie und schmiegte sich an ihn.

Verlangen flammte in ihm auf. Ohne seine Lippen von ihren zu lösen, hob er sie hoch. Er würde sie in sein Zimmer tragen, auf seinem Bett ablegen und dann würde er sie die ganze Nacht lieben.

ENDE

Warum du dich für meinen Newsletter anmelden solltest

- lerne mich persönlich kennen
- begleite mich bei der Entstehung neuer Bücher
- bekomme wichtige Informationen schon vor allen anderen
- verpasse keinen Erscheinungstermin mehr
- erhalte Infos unabhängig von sozialen Netzwerken bequem zu dir nach Hause
- triff mich, egal wo du bist, indem du an Online-Lesungen teilnimmst
- beteilige dich an speziellen Gewinnspielen
- lass dich beschenke und erhalte die kostenlose Kurzgeschichte »Kruento - Verloren«

Jetzt sofortanmelden unter
www.mel-david.de/newsletter

Melissa David

Kruento

Der Anführer

Eine taffe Polizistin, zwei Männer und ein Kampf, den nur einer überleben kann.

Mord gehört zu Sams Alltag, denn die junge Frau ist Detective bei der Bostoner Polizei. Und so wickelt sie auch ihren neuesten Mordfall routiniert ab - bis sie herausfindet, dass ihr Ex Leyton die Finger im Spiel hat.
Während sie ihren Ex beschattet, trifft sie in einem Nachtclub auf den charismatischen Darius. Zu ihm fühlt sie sich auf mysteriöse Weise hingezogen, obwohl sie noch etwas für Leyton empfindet.

Als ihre beste Freundin verschwindet, muss Sam alle Hebel in Bewegung setzen, um sie zu finden. Abermals läuft ihr Darius über den Weg, doch nicht nur er hütet ein düsteres Geheimnis. Auch Leyton scheint ihr gegenüber nicht ganz ehrlich zu sein.

Taschenbuch, 404 Seiten
€ 12,99 [D]
ISBN 978-3842-33851-7

E-Book (Amazon)
€ 2,99 [D]

Melissa David

Kruento

Der Diplomat

Ein Nachtclub, ein Undercoverjob und Geheimnisse, die Arnikas Leben für immer verändern.

Der Journalistin Arnika ist es gelungen, einen Job als Kellnerin im Club Fiftyfive zu ergattern. Ihr Ziel ist es eine Story über den Inhaber des Nachtclubs zu schreiben, denn Jendrael Collister ist nicht nur ein erfolgreicher Geschäftsmann, sondern auch einer der begehrtesten Junggesellen Bostons.

Verzweifelt setzt Arnika alles daran, in den VIP-Bereich des Clubs zu gelangen. Als es ihr endlich gelingt, betritt sie damit die Welt der Kruento.

Je näher sie Jendrael kommt, desto schwerer fällt es ihr, eine Titelstory über ihn zu schreiben. Schließlich muss Arnika sich entscheiden - nicht nur ob sie Jendrael verrät, sondern auch, wie ihr zukünftiges Leben aussehen wird.

Taschenbuch, 404 Seiten
€ 12,99 [D]
ISBN 978-3839-14150-2

E-Book (Amazon)
€ 3,99 [D]

Melissa David

Kruento

Der Diplomat

Zwei verfeindete Gruppierungen, ein gefährliches doppeltes Spiel und eine Liebe, die nicht sein darf.

Die Vampirin und Computerspezialistin Isada hat sich der Splittergruppe Gen Guards angeschlossen, deren erklärtes Ziel es ist, die Inimicus zu bekämpfen. Bei einem misslungenen Einsatz fällt ihr Laptop Pierrick, dem Aufräumer des Clans, in die Hände. Er bittet ausgerechnet Isada um Hilfe, das Sicherheitssystem ihres eigenen Rechners zu knacken.
Je länger sie für Pierrick arbeitet, desto mehr fühlt sie sich zu ihm hingezogen. Auch er scheint Gefühle für sie zu entwickeln, doch er ist bereits verheiratet - mit Isadas Schwester.

Für die junge Vampirin beginnt ein gefährliches Doppelspiel und schon bald ist nicht nur ihr Leben in Gefahr.

Taschenbuch, 440 Seiten
€ 12,99 [D]
ISBN 978-3842-35773-0

E-Book (Amazon)
€ 3,99 [D]

Printed in Poland
by Amazon Fulfillment
Poland Sp. z o.o., Wrocław

73887308R00183